AUF
SCHMALEM
GRAT

WEITERE TITEL VON GREGG OLSEN

In Deutscher Sprache

Detective-Megan-Carpenter-Serie

Die dunkle Schlucht

Die einsame Bucht

Auf schmalem Grat

Am stillen Wasser

In Englischer Sprache

Detective Megan Carpenter Series

Snow Creek

Water's Edge

Silent Ridge

Stillwater Island

Port Gamble Chronicles

Beneath Her Skin

Dying to Be Her

GREGG OLSEN

AUF SCHMALEM GRAT

Übersetzt von Marco Mewes

bookouture

Die Originalausgabe erschien 2020 unter dem Titel
„Silent Ridge“
bei Storyfire Ltd. trading as Bookouture.

Deutsche Erstausgabe herausgegeben von Bookouture, 2023
1. Auflage Januar 2023

Ein Imprint von Storyfire Ltd.
Carmelite House
50 Victoria Embankment
London EC4Y 0DZ

www.bookouture.com

ISBN: 978-1-83790-092-3
eBook ISBN: 978-1-83790-091-6

*Für Darlene Dibley,
deren Kraft nach einem großen Verlust alle um sie herum
inspiriert.*

PROLOG

Ausbeinmesser verteilt auf dem Badezimmertisch, funkelnd im matten Licht. Blut auf den scharfen Klingen, ein krasser Kontrast zur hellen Musterung der Fliesen. Der Körper einer Frau hängt kopfüber vom stählernen Duschkopf über der großen Badewanne. Eine Wand des Bads wird vom Bild einer riesigen, grellgelben Sonnenblume eingenommen. Das gleiche Muster findet sich auch auf dem Duschvorhang, doch der gelbe Kunststoff ist mit roten Spritzern übersät. Hinter den Messern ist das einlaminierte Foto eines Mädchens im Teenager-Alter von der South Kitsap Highschool an den Spiegel gelehnt.

Die abgelöste Haut der Frau fällt mit einem nassen Geräusch in die Badewanne wie ein Anzug aus Fleisch. Es hat lange gedauert. Das Ziel war gewesen, so viel Angst wie möglich zu erzeugen und die Frau nicht umzubringen, bevor nicht jeder Tropfen Menschlichkeit aus ihr herausgesickert war.

Was mischst du dich ein, Schlampe. Ich wünschte, du könntest den Ausdruck auf dem Gesicht deiner Tochter sehen, wenn ich es ihr abschneide. Ich wünschte, du könntest ihre Schreie hören.

Der spaßige Teil ist vorbei. Die Schlachterschürze wird abgelegt, zusammengerollt und in einen Müllbeutel gestopft. Der Beutel wird später verbrannt.

Die Messer müssen von all dem Schmutz gereinigt werden, den das flehende Opfer auf ihnen hinterlassen hat. Sie werden unter dem Wasserhahn abgespült, bis die Farbe des Wassers von rot über rosa zu klar gewechselt ist.

Mein Freund sagte immer: Kümmere dich um deine Werkzeuge, und sie kümmern sich um dich.

Im Badezimmerschrank sind eine Zahnbürste, eine Flasche Peroxid und eine mit Bleiche. Die Klinge wird geschrubbt, bis sie glänzt. Die Messer werden mit einem Handtuch trocken gewischt. Das Handtuch wandert in den Müllbeutel. Die Messer werden in eine Messertasche aus Stoff geschoben, die Klingen nach unten. Die Tasche wird eng zusammengerollt und mit einer Schnur zusammengebunden. Bleiche und Peroxid verschwinden strudelnd im Abfluss, die Flaschen und die Zahnbürste im Müllbeutel. Die Messertasche wird ins Schlafzimmer getragen, wo Kleidung bereitliegt. Ein paar Blutflecken sind noch auf den Badezimmerfliesen, aber das ist kein Problem. Die schmücken die Geschichte nur aus.

Fertig angezogen. Ein letzter Blick ins Bad. Die gehäutete Leiche, wie eine Schlange, die sich befreit hat. Die Augen noch immer flehentlich, selbst im Tod. Es ist mehr, als sie verdient.

Ein letzter Schritt. Das laminierte Foto des Mädchens, das Monique als Rylee kannte, wird ins Schlafzimmer gebracht und aufs Bett gelegt. Direkt daneben befindet sich ein aktuelleres Bild. Rylee starb angeblich schon vor Jahren, aber wie alles an dem Mädchen war das eine Lüge. Monique hatte ihr geholfen, zu verschwinden. Rylee lebt. Jetzt heißt sie Megan Carpenter. Aber egal, als wer sie sich ausgibt, sie wird bald tot sein.

Zurück zum gemieteten Boot, wo das Warten beginnt. Zwei Tage vergehen. Vielleicht war ein Fehler passiert? Vielleicht findet niemand die Leiche? Monique hat keine Freunde.

Zumindest nicht hier. Es könnte Wochen dauern, bis jemand die Leiche findet. Aber ein paar Stunden später führt eine ältere Dame einen kläffenden Hund die Straße entlang. Die alte Frau guckt immer wieder zu dem Haus. Sie führt den Hund bis zur Mitte des Vorgartens und bleibt stehen, schnüffelt in der Luft wie ein Hund an einem anderen. Sie geht zur Tür, die absichtlich nicht abgeschlossen wurde. Die alte Frau betritt das Haus. Sie kommt sehr schnell wieder zurück nach draußen. Ihr Gesicht ist bleich. Ihre Hände zittern.

Sie wählt eine Nummer mit drei Ziffern auf ihrem Handy.

EINS

»Jefferson County Sheriff's Office. Reserve Deputy Ronnie Marsh«, sagt die junge, rothaarige Frau ins Telefon. Sie hört zu und notiert sich ein paar Dinge in einem ledergebundenen Notizheft. Sie legt auf und pustet sich eine Haarsträhne aus den Augen, bevor sie zu mir an den Schreibtisch kommt.

Ich bin Sheriff's Detective Megan Carpenter. Ronnie ist eine jüngere Version meiner Selbst, aber meine Haare sind kürzer und blond, während ihre rot sind und bis zu ihren Schultern reichen. Make-up bedeckt ein paar versprengte Sommersprossen über ihren Wangenknochen. Ich trage nur einen Hauch Schminke an den Augen.

Manchmal Wimperntusche, wenn ich besonders wach aussehen muss.

Als ich Ronnie vor einem Monat kennenlernte, hatte sie gerade frisch die Polizeischule abgeschlossen und absolvierte ihre vorgeschriebenen Praktika in diversen Abteilungen des Sheriffbüros. Gegen meinen Protest wurde sie mir von Sheriff Tony Gray, meinem Boss, Freund und Mentor, zugewiesen. Ich hatte nicht erwartet, dass sie auch nur zwei Tage hier durchhält.

Bei unserem letzten gemeinsamen Fall wurde sie

verwundet und man hatte ihr angeboten, sie so lange krankzuschreiben, bis ihr gebrochenes Handgelenk geheilt war. Stattdessen hatte sie Sheriff Gray gebeten, sie in den Bürodienst zu versetzen. Ich bat ihn, ihr Praktikum hier bei uns im Büro zu verlängern, und wies darauf hin, dass meine Akten dringend sortiert werden müssten und wir jemanden brauchten, der ans Telefon ging, Kaffee kochte und Mittagessen besorgte. Und trotz ihres Gipsarms machte sie sich äußerst nützlich. Der Gips ist längst ab und, was am besten ist: Sie geht mit Marley Yang aus, dem Laborleiter. Ich habe endlich einen kurzen Draht zum Kriminallabor. Ich war mir nicht zu schade, Menschen zu benutzen. Und ich tat ihr gleichzeitig einen Gefallen.

Ronnie kommt an meinen Tisch, ihr Notizbuch in der Hand, um mir zu zeigen, was sie geschrieben hat. »Detective Carpenter, das kam gerade rein.«

Ihre Handschrift, wie alles an ihr, ist stilvoll. Ich lese, was sie geschrieben hat. Mir klappt der Unterkiefer runter und ich spüre einen Kloß im Hals. Die Adresse kenne ich nicht, aber den Namen dafür umso mehr. Für eine Sekunde hoffe ich, dass sie sich nur verschrieben hat oder es jemand anderes ist. Aber mein Bauchgefühl sagt etwas anderes.

Monique Delmont ist tot.

Ermordet.

Vor einer Stunde hat Sheriff Gray den Anruf erhalten und mich erst jetzt informiert. Nicht, dass er hätte wissen können, dass er mich informieren müsste. Er kann unmöglich von meiner Beziehung zu Monique wissen. Aber er weiß, dass ich Mordfälle bearbeite und gute Resultate liefere. Er hätte mich anrufen sollen. Außerdem bin ich neugierig, warum Sheriff Gray diesen Fall selbst bearbeitet. Normalerweise leitet er keine Ermittlungen.

Ronnie starrt mich an, als wäre ich eine Haarprobe unter einem Mikroskop. Ich habe meinen Schock nicht gut verborgen. Früher konnte ich das besser – damals hatte ich keine Verbindung zu irgendwem oder irgendeinem Ort und log bezüglich meiner Person. Den einen Tag war ich College-Studentin, den anderen Journalistin und so weiter.

Ich bin schon eine lange Zeit in diesem Sheriff's Office. Zumindest erscheint es wie eine lange Zeit, wenn man gewohnt ist, immer nur kurz an irgendwelchen beliebigen Orten zu leben.

»Kennen Sie sie?«, fragt Ronnie.

Natürlich fragt sie das. Ich antworte nicht und schaue weiter auf das Notizheft. Mrs Delmont wohnt nicht in Jefferson County. Sie wohnt etwas südlich von Tacoma. Ich bin irritiert.

»Sind Sie sicher, dass das etwas für mich ist?«, frage ich.

»Das war Sheriff Gray am Telefon. Er sagte, dass Sie kommen sollen.«

Ich stehe auf und schließe meinen Laptop.

»Kann ich mitkommen?«, will sie wissen. Mir war klar, dass sie das fragen würde.

»Dieses Mal nicht. Sie sind für leichte Arbeiten eingeteilt. Falls etwas passiert oder Sie verletzt werden, muss der Sheriff das ausbaden.« *Und ich, weil ich dich mitgebracht habe*, denke ich mir.

Ihre Enttäuschung ist ihr so deutlich anzusehen wie mir der Schock über die Meldung vorher. »Ich brauche Sie hier«, sagte ich. »Vielleicht später, falls der Sheriff einverstanden ist.« Sie ist nicht glücklich, aber das erwarte ich auch gar nicht. Meistens ist ihr Instinkt gut. Aber das hat sie nicht davon abgehalten, einem Fremden die Tür zu öffnen und sich entführen zu lassen.

ZWEI

Als ich eintreffe, stehen auf dem Hof zwei Autos des Jefferson
County Sheriff's Office, zwei weiße Vans und ein nicht gekenn-
zeichneter Jeep. Einer der Dienstwagen des Sheriffbüros ist der
von Sheriff Gray, der andere gehört Deputy Copsey, der an der
Haustür eines zweigeschossigen Hauses aus der präviktoriani-
schen Zeit steht. Die Chevy-Vans und der Jeep Cherokee
stehen etwas dichter am Haus. Ein Van ist mit dem Logo eines
Blumengeschäfts bestückt und gehört meiner Freundin, unserer
Forensikerin Mindy Newsom. Der andere Van ist Jerry
Larsens. Jerry ist unser Leichenbeschauer. Die Hecktüren
seines Vans stehen weit offen. Der Jeep gehört der Spurensicherung.

Ich kann mich nicht erinnern, schon einmal in diesem Teil
der Stadt gewesen zu sein. Aber wir sind in Port Townsend,
meiner Stadt, nur drei Kilometer von meinem Haus entfernt.
Das Haus ist hübsch, die Gegend ebenso, mit einem schönen
Blick über die Bucht und den Wald dahinter, aber es ist ein
Rückschritt im Vergleich zu dem Haus, in dem ich Monique
zuletzt gesehen habe.

Ich bin mir nicht sicher, ob wir Freundinnen waren oder

was sonst. Was ich weiß, ist, dass wir durch Mord miteinander verbunden waren.

Ihre Tochter, Leanne Delmont, war sechzehn, als sie, zusammen mit meiner Mutter, ein Opfer meines biologischen Vaters wurde. Mein Erzeuger ist – oder war – Alex Rader, Polizist von Beruf, Serienmörder aus Leidenschaft. Leanne starb, als sie meiner Mom half, diesem psychotischen Scheißkerl zu entkommen.

Als ich Monique das erste Mal traf, gab ich vor, Journalistin zu sein, die einen Artikel darüber schrieb, welche Auswirkungen ein Mordfall auf Familien hatte.

Ich belog Monique darüber, wer ich war und was ich tat, aber irgendwann kam sie dahinter. Als ich wirklich Hilfe brauchte, war sie für mich da. Sie half mir, auf die Portland State University zu kommen, obwohl ich nicht mal einen Highschool-Abschluss hatte. Sie half mir mit Geld und bezahlte für meine Wohnung. Ich vertraute ihr. Aber in Wahrheit habe ich sie dadurch in Gefahr gebracht. Und jetzt hatte diese Gefahr sie grausam eingeholt.

Sie hätte zu Hause in Tacoma sein sollen. Warum war sie hierher gekommen? Ich bekomme ein ganz mieses Gefühl im Magen. Das ist meine Schuld. Ich kann es spüren.

Sheriff Gray sieht mich einparken, kommt die Treppe herunter und über den Hof. Der Ausdruck auf seinem Gesicht ist todernst. Das wird übel.

»Megan«, sagt er und legt seine Hand auf meinen Arm. Ich mag es nicht, angefasst zu werden, aber ihm erlaube ich es. Er ist vermutlich mein bester Freund. Er weiß Dinge über meine Vergangenheit, die niemand sonst weiß. Nicht alles, aber das meiste.

»Hat Ronnie dir den Namen des Opfers genannt?«

Er kann nicht wissen, dass mich etwas mit dem Opfer verbindet. Falls sie es ist. Aber er weiß irgendetwas, weil er aufmerksam beobachtet, wie ich reagiere. Ich nicke und warte, dass er weiterspricht.

»Du musst diesen Fall nicht übernehmen«, sagt er. »Ich kann ihn einem anderen Detective zuteilen. Um ehrlich zu sein, sollte ich das vermutlich. Trotzdem glaube ich, dass du dir so oder so etwas ansehen solltest.« Sheriff Gray holt sein Handy heraus und sucht ein Foto aus der Galerie heraus.

Ich wappne mich, fürchte, dass es Fotos der Leiche sind und dass sie es ist. Erstochen oder erschossen. Erhängt oder irgendeinen anderen grausamen Tod gestorben. Doch was er mir zeigt, ist nur ein abfotografiertes Foto. Das Bild ist nicht besonders scharf, was mir verrät, dass Tony es gemacht hat. Er kann immer noch nicht gut mit Technik umgehen. Aber es ist scharf genug, damit ich sehen kann, dass es ein Schnappschuss von mir ist, wie ich aus dem Bürogebäude des Sheriff's Office komme und zu meinem Auto gehe. Das Foto scheint vor Kurzem aufgenommen worden zu sein. Das vermute ich nur, weil ich nicht sehr viel Auswahl bei meiner Kleidung habe. Aber ich erkenne den Gesichtsausdruck. Es ist keine Wut. Es ist Schmerz. Ich wurde zweimal in die Brust geschossen, während ich eine Schutzweste trug. Ich habe immer noch blaue Flecke und manchmal etwas Mühe, zu atmen oder mich zu bewegen. Jetzt gerade zum Beispiel. Der Atem bleibt mir im Hals stecken.

»Worum geht es hier?«, fragt er.

Gute Frage. Ich habe nicht den Hauch einer Ahnung. »Wie lange ist das Opfer schon tot?«

»Larsen meint, zwei Tage vielleicht.«

»Dann wäre sie Samstag gestorben.«

Tony steckt sein Handy wieder in die Tasche. »Ist schwer mit Sicherheit zu sagen. Die Heizung war auf höchste Stufe gestellt. Es ist wie in einem Ofen da drin.«

Ich sehe die Schweißflecken unter seinen Armen und an seinem Kragen. Er sieht aus, als müsste er sich mit einem

Kühlakku hinsetzen. Er wartet auf eine Antwort, aber ich habe das Recht zu schweigen, und davon mache ich Gebrauch.

»Megan?« Der Blick, den er mir zuwirft, duldet keinen Widerspruch.

Ich will es nicht, aber ich tue die eine Sache, die ankündigt, dass ich gleich lügen werde: Ich schaue weg, bevor ich spreche. »Ich habe wirklich keine Ahnung, Tony.«

Er verzieht den Mund, als würde er mit etwas hadern.

»Tut mir leid, Sheriff. Ich weiß nicht, was hier los ist.« Das klingt aufrichtig. Und teilweise stimmt es sogar. Ich reiße mich soweit zusammen, dass ich erst nachdenke und dann rede, aber bevor ich noch eine Lüge erzählen kann, zieht er eine kleine Beweismitteltüte aus Plastik aus seiner Gesäßtasche. Er hält sie mir hin, aber ich nehme sie nicht. Darin ist ein einlaminiertes Foto, und ich erkenne auf der Stelle mein Highschool-Jahrbuchfoto von der South Kitsap. Ich war sechzehn, als es gemacht wurde. Es ist dasselbe Foto, das in der Lokalzeitung von Port Orchard veröffentlicht worden war, als ich auf der Flucht war. Die Schlagzeile handelte von meinem ermordeten Stiefvater, meiner vermissten Mutter, meinem vermissten Bruder und mir. Die Polizei hatte mich als Verdächtige gesucht. Es steht kein Name unter dem Foto. Keinerlei Text. Nicht einmal, woher das Foto stammt. Ich atme etwas leichter, bin aber immer noch angespannt.

»Hör zu, Megan, ich war als Erster hier und habe dieses und das andere Bild im Schlafzimmer gefunden. Ich habe ein Foto von dem einen gemacht und dieses hier eingetütet, bevor irgendjemand anderes hier war. Niemand außer uns beiden hat es gesehen.«

Ich vermeide den Blickkontakt und weiche aus. »Woher wusstest du von dem Tatort?«

Er weiß, dass ich abzulenken versuche, aber er spielt mit. Er sieht, dass ich aufgebracht bin. Er kennt mich zu gut.

»Eine Nachbarin, die mit ihrem Hund draußen war, hat

etwas Schlechtes gerochen. Sie rief die Polizei und ich war in der Nähe. Als ich aus dem Auto stieg, erkannte ich den Geruch sofort.«

Ich kannte den Geruch ebenfalls. Ich habe noch nicht viele verweste Leichen gesehen, aber eine ist mehr als genug, um den beißenden Geruch nie wieder zu vergessen.

»Die Haustür war unverschlossen. Ich ging hinein und fand die Leiche – und die Fotos – und rief die Spurensicherung und den Gerichtsmediziner. Und ich bestellte auch Mindy Newsom her.«

Mindy ist freiberufliche Kriminaltechnikerin und meine Freundin, seit ich nach Port Townsend gekommen bin. Sie hatte gerade ihren Abschluss in Forensik an der University of Washington gemacht und war ganz neu im Sheriff's Department, als ich dort anfing. Sheriff Gray ließ für sie sogar einen alten Konferenzraum in ein Labor umbauen. Sie bekam ihre staatliche Zulassung als Kriminaltechnikerin und dann wurde ihre Stelle auf Teilzeit reduziert. Der Bezirk Jefferson schien ihre Dienste nicht regelmäßig zu benötigen. Sie hörte auf, heiratete und bekam ein Baby. Während der Elternzeit eröffnete sie in der Innenstadt ein Blumengeschäft.

»Wo waren die Fotos?«, frage ich. Ich hoffe, es klingt, als wäre mir die Frage nicht wichtig, aber meine Stimme zittert ein wenig.

»Bevor ich dir noch irgendetwas erzähle, musst du erst ehrlich zu mir sein.«

»Das werde ich. Ich meine, das bin ich.«

Das ist gelogen.

»Kennst du Monique Delmont?«

»Woher weißt du, dass sie es ist? Hast du die Leiche identifizieren können? Hat irgendjemand sie identifiziert?«

Tony ist der Sheriff, aber war früher ein hervorragender Detective. Ich bin mir sicher, dass es Monique ist, wenn er das sagt. Die Bilder sprechen für sich. Und sie bringen mich mit dem Opfer in Verbindung.

»Megan? Kennst du sie oder nicht?«

Ich sehe ihm in die Augen und erzähle ihm einen Teil der Wahrheit.

»Ich kenne *eine* Frau namens Monique Delmont drüben in der Gegend von Seattle und Tacoma. Als ich am College war, habe ich sie ein paar Mal getroffen. Ich war mit einer Freundin ihrer Tochter befreundet.« Meine Geschichte ist erstunken und erlogen, denn ihre Tochter war schon seit Jahren tot, als ich versucht habe, ihren Mörder zu finden. So haben Monique und ich uns kennengelernt.

»Ich weiß nicht, ob das hier dieselbe Person ist, aber falls ja, dann habe ich keinen Schimmer, warum sie ein Foto von mir hat, das mich beim Verlassen des Büros zeigt.« Das laminierte Foto erwähne ich nicht. Muss ich auch gar nicht. »Vielleicht könnte ich sie identifizieren, aber es ist eine Weile her.«

»Das, was da drin ist, könntest du nicht identifizieren«, antwortet er und deutet mit dem Daumen über die Schulter. »Die Spurensicherung hat ihre Handtasche und ihren Führerschein, auf dem eine Adresse in Tacoma steht. Genau wie du gesagt hast. Und jetzt sag mir die Wahrheit: Kennst du diese Frau? Lüg mich nicht an, Megan.«

Ich antworte nicht.

Tony seufzt und reicht mir erneut das Beweismitteltütchen mit dem Highschoolfoto. Diesmal nehme ich es.

»Das Foto, das ich dir auf meinem Handy gezeigt habe, ist bei der Spurensicherung.« Er will noch etwas sagen, unterbricht sich jedoch vorher.

Ich atme tief durch. Ich kann mir denken, was ihm durch den Kopf geht. Er will mir sagen: Falls das Foto irgendetwas mit dem Fall zu tun hat, dann mach das Richtige damit. Und das habe ich auch vor: Ich werde es bei der erstbesten Gelegenheit verbrennen.

Ich schaue mich um. Alle Nachbarhäuser stehen ein gutes Stück von diesem entfernt.

»Du sagtest, eine Nachbarin hätte die Leiche gefunden?«

»Ja. Ihr ist sonst niemand Fremdes in der Gegend aufgefallen. Sie hat niemanden kommen oder gehen sehen. Sie sagte, die Frau, Monique Delmont, ist vor zwei Wochen hier hergezogen. Allein. Sie haben sich ein paar Mal zum Tee getroffen, aber nicht hier im Haus. Sie war nur früher im Haus gewesen, als es noch den Donaldsons gehörte. Die sind nach Florida gezogen und haben das Haus vermietet. Ich habe noch keine Kontaktdaten.«

»Die kann ich raussuchen«, biete ich an. »Hast du die Adresse der Nachbarin?«

Tony holt ein Stück Papier raus, gibt es mir aber noch nicht. »Hier sind ihr Name und ihre Adresse. Sicher, dass du die willst?«

»Ich erledige das«, sagt mein Mund, aber mein Herz weiß nicht genau, was ich gerade getan habe.

»Willst du für die Sache einen Partner?«, fragt Tony und reicht mir den Zettel.

Ich schüttele den Kopf und überlege es mir dann anders. Ich bin Einzelgängerin. Das erscheint mir der beste Weg, weil ich niemandem traue. Aber für Ronnie habe ich eine kleine Schwäche. Wir sind nicht beste Freundinnen oder so, aber ich ertrage es, sie in meiner Nähe zu haben. Manchmal. Wenn sie nicht endlos und ohne Pause ihre Gedankenströme vor sich hinplappert.

Sie kennt sich bestens mit dem Internet aus. Besser als ich. Und sie kann Dinge für sich behalten. Beim letzten Fall, den wir gemeinsam bearbeitet haben, hat sie sich das Handgelenk gebrochen, sie musste im Gesicht genäht werden, ihre Rippen waren geprellt und ein blaues Auge hatte sie auch. Der Mistkerl war in ihr Haus eingedrungen, als wir uns gerade die Aufnahmen einer Sicherheitskamera ansahen. Er schoss aus nächster Nähe auf mich und entführte sie. Er hatte geglaubt, dass ich tot sei. Ein schwerer Fehler. Für den ich ihn umgelegt habe. Ich bin mir ziemlich sicher, dass sie das alles mitangesehen hat, aber falls ja, hat sie niemandem davon erzählt. Sie hat behauptet, ohnmächtig gewesen zu sein. Aber die Art, mit der sie mich manchmal ansieht, verrät mir etwas anderes.

»Ronnie sitzt auf der Ersatzbank«, sage ich, »aber ich könnte ihre Hilfe am Computer gebrauchen, wenn das okay ist?«

Natürlich gibt er grünes Licht.

DREI

Ich habe Tony nicht gefragt, *wie* Monique ermordet wurde, und sage stattdessen, dass ich es mir selbst ansehen will. Auf dem Zettel, den Ronnie mir gegeben hat, stand nur etwas von Mord, aber der Mangel an Fragen meinerseits hat dem Sheriff verraten, dass ich schon mit Haut und Haaren in dem Fall drinstecke. Ich bin ausgebildete Detective. Ich hätte ihm Fragen über das Opfer stellen müssen, statt meine eigene Verbindung zu rechtfertigen. Ich habe ihn angelogen. Und er weiß es.

Monique hatte sich für Opfer von Gewaltverbrechen eingesetzt. Ich habe den Kontakt mit ihr nicht aufrechterhalten, aber das bedeutet nicht, dass ich sie nicht im Auge behalten habe. Sie war oft in den Nachrichten, wenn sie sich für irgendwelche Gesetzesentwürfe stark machte. Sie war immer wieder bei Bewährungsanhörungen, um einige der brutaleren Verbrecher weiterhin von der Straße fernzuhalten. Das alles hat ihr höchstwahrscheinlich viele Feinde eingebracht. Mein Bauchgefühl verrät mir jedoch, dass sie nicht deshalb tot ist.

Ich war noch gar nicht im Haus, habe aber bereits einen Verdächtigen. Die Art, wie Monique gestorben ist, ist nicht so wichtig wie die Tatsache, dass sie in Port Townsend gestorben ist. Sie hat mich nicht kontaktiert, aber es wurden Fotos von mir am Tatort gefunden. Falls sie wusste, wo ich lebe, warum hat sie mich nicht angerufen? War sie vielleicht vor jemandem auf der Flucht? Das ergibt alles keinen Sinn. Ich kann völlig falsch liegen, aber ich kenne nur eine einzige Person, die eine Verbindung zu mir hat und sie in der Vergangenheit bedroht hat.

Michael Rader.

Alex Raders Bruder.

Ich habe Alex getötet, weil er meine Mutter entführt hat, als sie ein Teenager war. Er hat sie vergewaltigt, gefoltert und wollte sie umbringen, aber sie ist ihm entkommen. Wenn auch nicht so richtig, denn er hatte sie mit mir geschwängert. Er war ein Serienmörder. Und ein cleverer dazu. Alex hat drei Mädchen ermordet, von denen ich weiß. Alle zum Zeitpunkt ihrer Entführung etwa im selben Alter wie meine Mutter. Alle blonde Cheerleaderinnen. Alle drei Morde wurden verschiedenen Männern zugeschrieben. Alle diese Morde, die er begangen hat, führten zur Verurteilung Unschuldiger, weil Alex Rader Polizist war. Er ließ Beweise verschwinden oder platzierte welche. Und um alles noch schlimmer zu machen, davon bin ich überzeugt, ermordete Alex' Bruder Michael, der als Gefängniswärter arbeitet, später all diese Männer hinter Gittern. Michael ist ebenso bösartig und gefährlich wie Alex.

Ich habe versucht, meine Spur zu verwischen, meine Existenz zu löschen, und ich hatte geglaubt, dass ich dabei erfolgreich war. Im Grunde sollte alle Welt mich für tot halten. Aber Michael kennt die Wahrheit, weil Monique sie ihm erzählt hat. Sie hat mir gebeichtet, dass er damit gedroht hatte, ihre Familie umzubringen, falls sie es nicht tat. Ich konnte ihr dafür keine Vorwürfe machen, aber ich hatte ihr die Beweise übergeben, die ich in Alex' Haus gefunden hatte, die belegten, dass er all die Mädchen ermordet hatte. Sie hatte versprochen, sie der Polizei zu geben, damit die Familien der Opfer endlich die Wahrheit erfuhren und damit abschließen konnten. Stattdessen gab sie

sie Michael, und es tat immer noch weh, dass die einzige Person, der ich vertraut hatte, mich verraten hatte. Deshalb war ich weiterhin auf der Flucht, um mich und meinen Bruder Hayden vor Michael zu schützen.

Mit Ausnahme von Michael und Monique wussten lediglich drei Menschen auf der Welt, dass ich noch am Leben war: Hayden, mein Ex-Freund Caleb Hunter und Dr. Karen Albright, meine Therapeutin.

Hayden hasst mich aus demselben Grund, aus dem ich unsere Mutter gehasst habe. Ich habe ihn verraten und alleingelassen. Er hat jeden Grund, mich zu verachten, aber er würde so etwas niemals tun.Zu Caleb habe ich seit Jahren keinen Kontakt. Ich glaube, dass ihm das auch lieber ist. Ich habe alle Brücken zu ihm abgebrochen. Er wusste, was ich getan hatte, und es machte ihn krank – aber zu einem Mord ist er nicht fähig.

Mit Dr. Albright habe ich letzten Monat gesprochen. Aber sie ist auch nicht zu einem Mord in der Lage.

Aber da ist noch jemand, der weiß, dass ich am Leben bin. Jemand, der mir E-Mails schickt: »Wallace«, so unterschreibt er seine Mails. Es ist jemand, der weiß, wer ich bin und wer ich war. Er oder sie weiß, wo ich wohne, und weiß von mir und Monique.

Wenn ich also Hayden, Caleb und Dr. Albright ausschließe, bleiben noch zwei Verdächtige für diesen Mord: Wallace und Michael Rader.

Das Foto, auf dem ich gerade die Wache verlasse, zeigt, dass ich beobachtet werde. Und mein Highschoolfoto zeigt, dass es eine Verbindung zu meiner Vergangenheit gibt. Ist Wallace oder Michael der Mörder? Ist Michael mein Stalker?

»Bist du bereit?«, fragt Tony, als ich mich noch einmal draußen umschaue. Das Haus wird auf beiden Seiten von Bäumen begrenzt. Ich habe freie Sicht auf den Hafen und den Wald daneben. Es gibt wenig bis gar keinen Verkehr. Eine Frau führt ihren Hund spazieren. Sie bleibt stehen, um ein Häufchen ihres Hundes aufzuheben, und geht dann weiter. Ich sehe Tony an, aber er schüttelt den Kopf. Das ist nicht die Nachbarin. Mehrere Boote liegen vertäut am Kai, mit Menschen an Deck. Es ist ein schöner Tag. Auf einem Segelboot zwei Männer, die trinken. Ein Mädchen springt ins Wasser. Ein anderes Boot mit mehreren Anglern und noch ein Segelboot mit einer Frau, die sich in der Sonne bräunt. Die meisten Leute auf den Booten sind neugierig, was die ganze Polizei hier will. Ich bin erstaunt, dass sich noch keine Nachbarn vor dem Garten versammelt haben.

Deputy Copsey steht neben der Eingangstür. Mit seinen blonden Haaren und ausgeprägten Muskeln, die sein Uniformhemd bis an die Belastungsgrenze dehnen, ist er nur schwer zu übersehen.

Durch die offene Tür dringt der unverwechselbare Gestank von Verwesung. Er treibt mir die Tränen in die Augen und sticht in der Nase. Sheriff Gray bietet mir eine Tube mit Eukalyptus-Creme an, von der er sich ein wenig unter die Nase gerieben hat. Ich lehne dankend ab. Ich mache das nicht zum ersten Mal. Das Beste ist, die Sache hinter sich zu bringen. Meine Klamotten werde ich nach der Schicht in die Reinigung geben müssen, und der Geruch wird mir trotzdem noch eine Weile in der Nase bleiben.

»Ma'am«, grüßt Deputy Copsey mit einem Nicken und einem Lächeln, als Sheriff Gray und ich die Stufen heraufkommen. Er weiß, dass ich es hasse, »Ma'am« genannt zu werden. Das ist seine Art, mir zu zeigen, dass ich zum Team gehöre. Einer der Jungs. Ein Mitglied der Truppe. Das ist mir herzlich egal. Ich habe einen Job zu erledigen.

»Deputy«, erwidere ich und lächle.

Copsey schreibt unsere Namen ins Protokoll. Er notiert Namen und Uhrzeit von jedem, der das Haus betritt oder verlässt.

Ein Deputy der Spurensicherung, den ich nicht kenne, legt eine zusammengefaltete weiße Folie links von der mit einem Teppich bedeckten Treppe aus. Er trägt einen weißen Ganzkörperanzug aus Tyvek, die Kapuze hochgezogen, Handschuhe und grüne Papierüberzieher an den Füßen. Er kommt die Treppe wieder runter, wobei er sorgsam darauf achtet, auf die Folie zu treten. Er reicht uns Latex-Handschuhe und Schuhüberzieher. Sheriff Gray hat etwas Probleme mit den Handschuhen. Seine Hände sind schwitzig und das Latex klebt an seiner Haut. Der Kerl von der Spurensicherung reicht mir ein Haarnetz. Ich erkläre ihm, nur mit einem strengen Blick, dass er es behalten kann. Darin werde ich langsam richtig gut.

Er steckt es wieder weg. »Hier entlang, Ma'am, Sheriff. Bleiben Sie auf der Folie.«

Ich verbessere ihn nicht wegen der »Ma'am«-Scheiße. Ich stehe am Fuß der Treppe. Meine Vorstellungskraft geht mit mir durch. Sheriff Gray hat den Zustand der Leiche nicht erwähnt, nur, dass ich das Opfer nicht erkennen werde. Das spricht Bände.

Ich gehe die Treppe hinauf und mit jedem Schritt wird der Geruch strenger. Ich frage mich, ob Gestank nach oben steigt, wie warme Luft. Der tiefe, weiche Teppich ist schwarz, grau und sandfarben. Es ist eine Weile her, dass er das letzte Mal gesaugt wurde. Ich hatte immer gedacht, dass Monique einen Sauberkeitsfimmel hat. Sie muss sich verändert haben.

Bei jedem Schritt rechne ich damit, Blut zu sehen. Doch noch ist keines zu finden. Ich erreiche den Kopf der Treppe und der Techniker führt uns einen kurzen Flur entlang. Links und rechts sind offene Türen. Direkt voraus steht eine Tür halb offen, und dahinter liegt offensichtlich ein Gäste-WC. Ich sehe kleine, dekorative Handtücher neben einem Waschbecken hängen. Unbenutzt. Die Nachbarin hat dem Sheriff erzählt, dass Monique vor etwa zwei Wochen eingezogen ist.

Dieses Bad hat sie wohl nicht benutzt.

Der Techniker bringt mich zu einer Tür rechts. Ich weiß, dass der Raum links zu den Bäumen hinaus geht, also vermute ich, dass man von diesem auf das Wasser schaut. Das Innere des Raumes kommt nach und nach in Sicht, als ich mich langsam der Tür nähere. Eine hohe Kommode steht an der linken Wand. Es steht nichts drauf. Keine Fotos, keine Deko. Ich mache noch einen Schritt und sehe direkt neben der Kommode eine weitere Tür. Vermutlich das Hauptbadezimmer. Die Tür steht offen und ein weiterer ganz in weiß gekleideter Techniker beugt sich weit nach vorne und macht Fotos. Seine Kamera klickt.

Am anderen Ende des Zimmers ist ein Erkerfenster mit durchlässigen Gardinen und einem Verdunklungsrollo. Das Rollo ist halb hochgezogen und durch die weißen Gardinen fällt weiches Licht. Rechts von mir steht ein Kingsize-Bett mit einer teuer aussehenden, königsblauen Tagesdecke. Der Teppich ist weich und cremefarben. Der Techniker in der Badezimmertür steht breitbeinig über etwas, das wie Blutspritzer aussieht.

Die Leiche liegt weder auf dem Bett noch dem Boden. Es hilft, in Gedanken nur von »der Leiche« zu sprechen, nicht von Monique. Damit distanziere ich mich von ihr als Person.

Auf dem Teppich zwischen Badezimmer und Bett sehe ich schwache, rosafarbene Flecken. Jemand ist in das Blut getreten und damit durch das Zimmer zum Bett gegangen. Mir fällt auf, dass etwas an den Flecken seltsam ist. Wenn ein Schuh diese Abdrücke hinterlassen hätte, wären die Ränder scharf und deutlich gewesen, und rund. Stattdessen sieht es aus, als hätte sich jemand die Hand am Teppich abgewischt.

Dann erkenne ich es.

Zehen und Ferse.

Der Mörder war barfuß.

Es gibt keine Anzeichen für einen Kampf im Schlafzimmer. Auch im Erdgeschoss gab es keine Spuren davon, jedenfalls nicht im Eingangsbereich. Im Erkerfenster steht eine niedrige

Doppelkommode, auf der ich einige gerahmte Bilder sehe: Monique und ihre Tochter, Leanne. Ein weiteres, nur von Leanne. Leanne mit einem älteren Mädchen und einem kleinen Jungen. Der Junge ist vielleicht sechs Jahre alt und schaut mit einem von Ohr zu Ohr reichenden Grinsen zu dem Mädchen auf. Leannes ältere Schwester ist Gabrielle. Der Junge ist Gabrielles Sohn, Sebastian.

Mir graut davor, Gabrielle darüber zu informieren, dass ihre Mutter tot ist. Sheriff Gray wird anbieten, das zu übernehmen, aber es ist meine Aufgabe.

VIER

MONTAGMORGEN

Vom Boot aus konnte sie sehen, wie ein Pick-up mit dem Schriftzug SHERIFF'S OFFICE eintraf. Sie hatte ein Fernglas, das sie aber noch nicht benutzte. Sie wollte auf Rylee warten. Der Pick-up parkte vor dem Haus und ein korpulenter Mann stieg aus. Sie richtete das Fernglas auf sein Gesicht. Es war Sheriff Anthony Gray. Die alte Frau mit dem Hund ging zu ihm. Die Frau deutete auf das Haus und hielt sich dann die Nase zu. Ihr Hund zerrte an der Leine. Der Geruch verrottenden Fleisches musste unwiderstehlich für ein Tier sein. Ganze zwei Tage waren seit dem Mord vergangen. Bevor sie das Haus verlassen hatte, hatte sie die Heizung auf die höchste Stufe gedreht.

Der Sheriff sagte etwas zu der Frau. Vermutlich, dass sie dort warten sollte. Dann betrat er das Grundstück und ging ins Haus. Wenige Minuten später kam er wieder raus und ging schnurstracks zu seinem Auto, ohne mit der Frau zu sprechen, die ihm nachlief, wobei sie ihren Hund hinter sich her zerrte.

Es würde eine Weile dauern, bis Rylee an den Tatort gerufen würde. Sie ging unter Deck, machte sich einen starken Drink, holte die Kamera mit dem Teleobjektiv, setzte einen Hut mit breiter Krempe auf und ging wieder an Deck. Sie drehte ihren Liegestuhl so, dass er zum Ufer zeigte. Sie trug einen schwarzen Badeanzug mit einer leichten Tunika darüber und Sandalen. Sie richtete die Kamera auf Sheriff Gray und die alte Frau und machte ein paar Bilder. Der Sheriff schrieb etwas auf einen Notizblock und forderte die Frau dann auf, zu gehen. Er musste sie nicht zweimal bitten. Sie humpelte davon und zog ihr Hündchen hinter sich her.

Als Nächstes traf ein weißer Van mit dem Logo eines Blumengeschäfts ein. Dann noch ein Van, dieser mit zwei Deputys. Auch von ihnen hatte sie Fotos, aber keine Namen. Noch nicht.

Der Sheriff sprach mit ihnen und sie begannen, weiße Ganzkörperanzüge überzustreifen. Sie ignorierte sie. Sie wollte nur Rylee sehen. Die Schlampe hatte ihr alles genommen. Sie würde warten, bis sie den Ausdruck auf Rylees Gesicht sehen konnte, wenn der Sheriff ihr erzählte, was im Haus vorgefallen war. Sie wünschte, sie könnte mit im Haus sein, wenn Rylee die Leiche sah. Sie hätte ein Babyfon mit Kamera dort drin verstecken sollen. Aber gut, hinterher war man immer schlauer. Selbst wenn sie die Kamera gefunden hätten, wäre es ihr egal gewesen. Sie konnte eine bei Walmart kaufen und bar bezahlen, und es hätte den Spaß nur erhöht. »Nächstes Mal«, murmelte sie.

Sie lehnte sich vor und richtete ihr Fernglas auf ein Auto, das gerade eintraf. Es war ihr Taurus: Rylee, die hier unter dem Namen Megan Carpenter lebte. Ihr echter Name war Alexandra Rader, Alex Raders uneheliche Tochter. Aber für sie würde sie immer nur Rylee sein.

Sie hatte zahlreiche Fotos von dem Auto und Rylee auf dem Parkplatz vor dem Sheriff's Office und vor Rylees Wohnung in Port Townsend gemacht. Ihr Autolack zeigte zahlreiche Rostflecken rund um die Radkästen. So viel hielt Sheriff

Gray von ihr. Sie hatte kein besseres Auto verdient. So oder so, lange würde sie es nicht mehr brauchen.

Sie hatte durch Michael Rader von Monique erfahren. Michael hatte sie zu Monique geführt, und Monique zu Rylee.

Der Plan war wie am Schnürchen gelaufen. Sie hatte sich mit Monique angefreundet und sie dazu überredet, Rylee in Port Townsend zu finden und vor Michael zu warnen. Monique hatte sie um Hilfe gebeten und natürlich hatte sie eingewilligt. Monique sollte vorausfahren und sie würde ein paar Tage später folgen. Sie brauchte die Zeit, um Moniques Tochter aufzuspüren und das Medikament zu bekommen, das ihr helfen würde, den perfekten Tatort zu inszenieren.

Sie schaute wieder durchs Fernglas und beobachtete, wie Rylee mit Sheriff Gray sprach. Er war alt und sah müde aus. Er sollte längst im Ruhestand sein. Vielleicht würde sie ihm dabei helfen. Aber jetzt noch nicht. Erst musste sie sich um die anderen kümmern.

Sie beobachtete aufmerksam Rylees Gesicht und war enttäuscht, als sie weder blass wurde noch anfing zu weinen. Tatsächlich zeigte sie nicht die geringste Regung. Sie war entweder eine Soziopathin oder sehr gut darin, ihre Gefühle zu verbergen.

Ein anderer Deputy war kurz vor Rylee eingetroffen und bewachte die Eingangstür. Er sah aus wie ein Schläger. Sie würde ihm gerne mal in einer dunklen Gasse begegnen. Bei der Vorstellung musste sie lachen. Einer von Alex' Sprüchen hatte gelautet: »Dem würdest du nicht in einer dunklen Gasse begegnen wollen.« Sie mochte dunkle Gassen. Sie hatte oft in dunklen Gassen gearbeitet, als sie noch auf der Straße gelebt hatte. »Nie wieder«, sagte sie laut.

Der Sheriff und Rylee sprachen mit dem großen Deputy an der Tür und gingen ins Haus. Sie lehnte sich zurück und wartete. Sie hatte mehr als genug Beweise zurückgelassen, um das Opfer zu identifizieren. Mehr als genug, was auf Rylee hinwies und den Sheriff auf ihre Spur brachte. Aber die Schlampe würde sich vermutlich irgendwie herausreden. Sie wechselte ihre Namen so leicht, wie andere ein Essen aus der Speisekarte auswählten. Sie war glatt wie ein Aal.

Sie hoffte, dass es nicht allzu lange dauerte. Sie musste noch immer weit weg von hier und ein Auto stehlen. Moniques hatte sie bedauerlicher-, aber notwendigerweise zurücklassen müssen.

FÜNF

Ich schaue mir sämtliche Bilderrahmen auf der Kommode an. Als ich Monique das erste Mal traf, zeigte sie mir ein Foto ihrer Tochter Leanne, das eine Woche vor ihrer Entführung aufgenommen worden war. Leanne hatte auf einem angeschwemmten Holzstamm im Point Defiance Park in Tacoma gesessen und in einer ablehnenden, aber zugleich schüchternen Pose über ihre rechte Schulter geschaut. Leanne und ihr Vater hatten mit ihrer Segelyacht vor der Landzunge geankert und waren mit dem Beiboot für ein Picknick ans Ufer gefahren. Das hier war dieses Foto.

Der Sheriff sagte, dass Monique erst seit zwei Wochen hier war. Warum hatte sie all diese Fotos mitgebracht? Sie mussten ihr Trost gespendet haben. Ich habe zwei Fotos von Hayden. Sie spenden mir keinen Trost.

Ein anderer Bilderrahmen liegt nach vorn gekippt flach auf dem Holz. Ich denke, dass es ebenfalls ein Foto von Leanne sein wird. Vielleicht war es zu schmerzhaft für Monique. Ich gehe zu dem Kriminaltechniker hinüber.

»Kann ich mir das ansehen?«

»Wir haben noch keine Abdrücke genommen«, antwortet er nur und dreht sich wieder zum Badezimmer um.

Als er nicht hinschaut, hebe ich den Bilderrahmen etwas an. Das Bild zeigt eine junge Frau, die große Ähnlichkeit mit der ermordeten Leanne Delmont aufweist. Im Hintergrund spielt ein kleiner Junge an einem Klettergerüst in irgendeinem Park. Sie lacht und klatscht in die Hände. Der Junge ist vielleicht vier oder fünf. Das Glas im Rahmen ist zu einem Spinnennetzmuster zersprungen. Ich lege es wieder so hin, wie es war.

Sheriff Gray wirft mir einen warnenden Blick zu und räuspert sich, bevor er sich an den Techniker wendet: »Lassen Sie sie ins Badezimmer schauen, dann sind Sie uns los.«

»Ja, Sir.« Der Forensiker ist nicht glücklich, ruft aber seinen Kollegen aus dem Badezimmer. »Nichts anfassen. Und vorsichtig mit dem Blut.«

Ich mag ihn schon jetzt nicht. Breitbeinig steige ich über das Blut auf dem Teppich, so wie der andere Techniker es getan hat. Ich beuge mich vor und versuche, nicht den Türrahmen zu berühren. Ich fühle mich wie eine Schlangenfrau, und auch wenn es fast einen Monat her ist, dass ich angeschossen wurde, verkrampft sich etwas in meiner Brust. Der Schmerz schießt von meinem Solarplexus beide Arme hinab, aber ich habe genug Zeit, alles zu sehen, was ich sehen will.

Moniques Leiche hängt vom Duschkopf herab. Ein Stück weißes Stromkabel ist um ihren Hals geschlungen. Das Ende mit dem Stecker hängt über ihre Schulter herab. Sie war eine kleine Frau und ihre Füße berühren kaum die Badewanne. Ihre Haut liegt in einem Stück in der Wanne unter ihr. In einem Stück. Wie ein Taucheranzug mit einer Perücke und einer Gesichtsmaske.

Ihr Kopf hängt seitlich herab, die Augen treten aus den Höhlen hervor wie blutige Murmeln. Wo ihre Nase war, sind zwei tränenförmige, mit Blut gefüllte Höhlen. Ihr Kiefer hängt herab, als ob sie schreiend gestorben wäre. Tony sagte, dass es keine Nachbarn in der unmittelbaren Nähe gibt, und ich habe auch keine gesehen, als ich vorgefahren bin.

Niemand hat ihre Schreie gehört.

Mir wird schwindelig, übel. Meine Knie geben nach. Zum Glück ist Sheriff Gray hinter mich getreten und ergreift meinen Arm. Er führt mich zurück ins Schlafzimmer. Einer meiner Schuhüberzieher bekommt ein wenig Blut ab und ich höre, wie der Techniker genervt aufstöhnt. Ich raunze ihn beinahe an, aber noch lieber würde ich mich übergeben. Ich renne aus dem Schlafzimmer in den Flur und ins Gäste-WC, bevor es zu spät ist. Ich würge und ächze, aber es kommt nichts heraus. Mein Magen ist völlig verkrampft.

Ich ziehe etwas Toilettenpapier von der Rolle, feuchte es im Waschbecken an und wische mir den Mund ab. Zur Hölle mit den Technikern. Ich spritze mir Wasser ins Gesicht und nutze noch mehr Klopapier, um mich abzutrocknen. Tony hatte recht: Es gibt keine Möglichkeit, das, was dort drinnen hängt, als Monique Delmont zu identifizieren. Selbst die Haare sind so mit verkrustetem Blut verklebt, dass die Farbe unmöglich zu bestimmen ist. Ich schaue in den Spiegel. Gut, dass ich so wenig Make-up trage. Ich kehre ins Schlafzimmer zurück.

»Alles in Ordnung, Megan?«

Ich werde mein Steak nie wieder »blutig« essen können, aber ansonsten ist alles gut.

»Das wird schon. Ich hatte nur eben erst gefrühstückt.«

Mein Magen macht einen Sprung, aber ich werde den Technikern nicht die Genugtuung gönnen, mich zweimal kotzen zu sehen.

»Gut, dass Sie sich den fettigen Speck gespart haben, hm?«, erwidert der Techniker, woraufhin der Sheriff sich zu ihm umdreht.

»Deputy, Sie machen sich besser wieder an die Arbeit. Ich

will sämtliche Fotos und ihre Berichte in zwei Stunden auf meinem Schreibtisch haben. Verstanden?«

Die Techniker erwidern nichts. Ihre Körpersprache verrät genug. Wir sind Störenfriede, Idioten, die ihr Territorium verwüsten. So ist die Spurensicherung manchmal. Mindy ist hier irgendwo und ich will mit ihr sprechen. Sie wird sich nicht so benehmen. Jerry Larsen habe ich noch nirgendwo entdeckt. Er sitzt vermutlich in seinem Van und trinkt Kaffee, bis er die Leiche mitnehmen kann.

»Macht deine Brust dir wieder Ärger?«

»Tut nur weh, wenn ich atme.« Ich lächle ihn an. Er lächelt nicht zurück. Er weiß, dass ich den Schmerz überspiele. Ich weigere mich, Schmerzmittel zu nehmen. Ich kann es mir nicht leisten, unvorsichtig zu werden, und die Dinger machen mich schläfrig.

Eine Zinnschale auf der Doppelkommode enthält etliche Ringe. Eine Halskette aus dünnem Gold und zwei Anhänger mit einem Diamanten und einem Rubin liegen neben der Schale. Ein verziertes, holzgeschnitztes Schmuckkästchen steht am anderen Ende. Der Deckel steht offen und ich kann weitere wertvolle Stücke darin sehen. Ich halte Monique nicht für eine Person, die billigen Schmuck trägt. Warum hat der Mörder den Schmuck zurückgelassen? Weil es kein Raub war.

»Genug gesehen?«, erkundigt sich Tony.

Als ich antworte, kommt nur ein Krächzen heraus, also nicke ich einfach. Wir gehen die Treppe hinab, sorgfältig darauf bedacht, genau dort wieder hinzutreten, wo wir beim Reinkommen unsere Füße abgesetzt haben. Draußen spielt Copsey Candy Crush auf seinem iPhone, bis er den Sheriff sieht und das Gerät schnell wegsteckt. Würde er den Sheriff so gut kennen wie ich, hätte er Tony einfach nur nach ein paar Tipps für das Spiel gefragt. Sheriff Gray verbringt Stunden in seinem Büro damit, irgendwelche Spiele zu spielen.

»Ich will, dass die ganze Umgebung abgesucht wird«, sage

ich. »Hundert Meter in jede Richtung. Ich will wissen, wie der Kerl hierher gekommen ist und wie er wieder abgehauen ist.«

»Das wird bereits erledigt, Megan.« Sheriff Gray deutet nach rechts. Ich entdeckte Mindy zwischen den Bäumen. Sie biegt nach links ab und kommt in gerader Linie wieder auf uns zu. Sie läuft ein Gitter am Boden ab.

»Sollte ihr nicht jemand helfen?«

»Sie will das alleine machen«, erklärt Tony. »Sie hat das Foto von dir vor der Polizeiwache da drin gesehen und macht sich Sorgen um dich. Genau wie ich.«

Ich beobachte ihre systematischen Bewegungen. Wenn jemand Beweise finden kann, dann sie.

»Mach dir keine Sorgen«, sagt er.

Ich habe das Gefühl, wieder atmen zu können. Er ist ein guter Mensch: Ehrlich bis zur Schmerzgrenze. Aber wie ich würde er für einen Freund immer die Regeln beugen. Und ich vertraue ihm mehr als den meisten, was immer noch nicht viel ist. Außerdem kennt er mich ausschließlich als Megan. Er kennt weder den Namen Rylee noch weiß er, dass ich auf der South-Kitsap-Highschool war. Und es gibt nichts auf dem Foto, was auf die Schule schließen lässt. Ich bin bloß paranoid.

Mindy schaut kurz auf und winkt. Ich erwidere das Winken und gehe zurück zu meinem Auto.

SECHS

Den Rest des Tages verbringe ich mit dem Gefühl, schlafzuwandeln. Ich werde aufwachen und feststellen, dass nichts davon wirklich passiert ist. Monique wird in Tacoma sein und ich werde nach zu viel Wein im Bett liegen. Oder Scotch. Aber der Schmerz, den ich mitten in der Brust spüre, verrät mir, dass ich wach bin. Ich bin hier, unterwegs, und erledige meine Arbeit.

Erster Schritt: die Nachbarn abklappern. Namen aufschreiben, Fahrzeuge, Beschreibungen, alles, was helfen könnte, herauszufinden, wer wann wo war. Es ist ein nettes Viertel, aber die Vorgärten sind zu perfekt gepflegt. Zu groß. Ich kann mir nicht vorstellen, dass einer der Hausbesitzer seine Gartenarbeit selbst erledigt. Ich bezweifle, dass der Mörder mitten am Tag hier war, um sein düsteres Werk zu vollbringen, die Gärtner werden also nichts gesehen haben.

Als ich wegfuhr, stieg unser Leichenbeschauer Jerry Larsen gerade in seinen Van und sagte mir noch, dass er mir keinen genauen Todeszeitpunkt nennen könne. Wenn er raten müsste, würde er sagen zwei Tage, weil die Nachbarin, die ihren Hund ausgeführt hatte, das Opfer an dem Tag das letzte Mal gesehen hat. Die Blutgerinnung spricht ebenfalls dafür. Ich erinnere mich, das Tony die Frau mit dem Satz zitiert hat, dass sie mit dem Opfer Tee getrunken habe. Ich frage mich, wann das war.

Ich habe ihren Namen und ihre Adresse: 123 Julianne Lane, Mrs Perkins. Ich fahre an dem Haus vorbei und für zehn Minuten ziellos durch die Gegend, um ein Gespür für das Viertel zu bekommen. Ich wohne schon ein paar Jahre in Port Townsend und war noch nie in dieser Ecke. Die weitesten Triebe meiner Entdeckerlust reichten nach Port Hadlock und Chimacum und wieder nach Hause. Vielleicht mal in die Innenstadt zu einem der fünf Restaurants und/oder Bars. Abseits meiner Ermittlungen gehe ich nirgendwo hin. Mein letzter Fall führte mich auf etliche Inseln, aber nicht, um die Aussicht zu genießen.

Ich biege in die Einfahrt von Nummer 123. Mrs Perkins steht hinter der Wetterschutztür. Sie ist eine zerbrechlich wirkende Frau mit dünnen, blauweißen Haaren. Sie rückt ihre große Brille mit dickem schwarzenb Plastikgestell zurecht und schaut mich mit zusammengekniffenen Augen an. Das Haus, in dem Monique ermordet wurde, liegt ein ganzes Stück weit weg, drei Straßenkreuzungen entfernt. Auf keinen Fall hat diese Frau irgendetwas in ihrem Zuhause gesehen. Ehrlich gesagt kann ich mir nicht mal vorstellen, dass sie so weit läuft, nur um mit ihrem Hund morgens Gassi zu gehen.

Ich klopfe an die Tür, halte meine Dienstmarke hoch und erkläre, dass ich von der Polizei bin. Mrs Perkins legt den Kopf schräg und ihre Brille rutscht herunter. Mit den Gläsern könnte ich Ameisen verbrennen. Sie schiebt sie wieder ihre kleine Nase hoch.

»Ich bin Detective Carpenter«, sage ich laut, nur für den Fall, dass sie ebenso schlecht hört wie sieht. »Vom Sheriffbüro.«

Sie regt sich nicht.

»Sie haben heute mit meinem Chef gesprochen, Sheriff Gray. Ich möchte mich mit Ihnen über Ihre Freundin unterhalten, Monique Delmont.« Ich verrate ihr nicht, dass ich da bin, um ihr Fragen zu stellen, weil ich fürchte, dass sie sich dann komplett in ihrem Schneckenhäuschen verkriecht und in der nächsten Ecke verschwindet.

»Sie war nicht direkt eine Freundin.«Mrs Perkins sagt das laut, als wäre ich diejenige mit dem schlechten Gehör. Na, das kann ja witzig werden.

Sie öffnet die Tür.

»Kommen Sie rein. Ich setze Kaffee auf. Ich selber trinke Tee, aber ich mache einen guten Kaffee. Ich röste meine Bohnen selbst. Das ist das Geheimnis.«

Ich folge ihr ins Wohnzimmer. Sie wohnt in einer netten Gegend, aber die Häuser stehen sehr viel dichter beieinander als dort, wo ich gerade war, und einander an der Straße auch direkt gegenüber. Durch das Fenster habe ich einen hervorragenden Blick in das Wohnzimmer auf der anderen Straßenseite. Dort steht eine Frau am Fenster und beobachtet mich. Sie sieht fast aus wie Mrs Perkins. Beide sind Ende achtzig, klein, weiße, dauergewellte Haare mit einem leichten Blaustich. Sie trägt eine Hornbrille, die an einer silbernen Kette um ihren Hals hängt. Beide Frauen tragen das, was meine Tante Ginger ein Hauskleid nannte: ein formloses, einteiliges Kleid mit kurzen Ärmeln. Das Hauskleid auf der anderen Straßenseite ist rot mit großen weißen Blumen. Mrs Perkins' Hauskittel ist weiß mit roten Blumen. Ich habe fast den Eindruck, dass die beiden jeden Morgen telefonieren und ihre Garderobe absprechen.Mrs Perkins bemerkt, dass ich über die Straße schaue. »Das ist Mrs Guidry. Leona ist Witwe, genau wie ich. Sie ist furchtbar neugierig.«

»Kannte Mrs Guidry Monique ... Mrs Delmont?«

»Setzen Sie sich«, antwortet sie. »Das Sofa ist sehr bequem. Mein Sohn hat es mir zu Weihnachten geschickt. Hat es aus Arizona anliefern lassen, wo er mit seiner Frau und ihren drei

Kindern lebt. Er arbeitet bei Amazon. Seit sein Vater gestorben ist, kommt er nur noch selten nach Hause.«

Sie hat meine Frage nicht beantwortet, aber ich habe gelernt, dass man manche älteren Menschen besser nicht drängt. Sie kommen aus einer anderen Zeit, als die Menschen sich noch besucht und unterhalten und erst einmal kennengelernt haben, bevor es ans Eingemachte ging. Meine Mutter erzählte mal, dass sie sich erinnerte, wie ihre Eltern mit ihren Nachbarn oder Freunden in der Küche saßen, Spiele spielten, Kaffee tranken – oder etwas Stärkeres. Ich schaue wieder auf und da ist immer noch Mrs Guidry, weiterhin ans Fenster geklebt wie ein Laubfrosch.

»Neugieriges Ding«, murmelt Mrs Perkins und macht eine abweisende Geste. »Kümmern Sie sich nicht um sie. Sie ist wie eine Katze – wenn Sie ihr auch nur einen Hauch Aufmerksamkeit schenken, werden Sie sie nicht mehr los. Möchten Sie einen Tee, Detective?«

Was ich möchte, ist eine Antwort, aber ich muss mitspielen.

»Ja, gerne. Können wir uns in die Küche setzen? Das fände ich angenehmer und weniger formell.« Damit klinge ich ein bisschen wie aus einer alten Hausfrauenwerbung, aber es funktioniert. Sie lächelt und bedeutet mir mit einem Fingerwinken, ihr zu folgen.

Der Küchentisch besteht aus einem dunklen Holz. Obenauf liegt ein riesiges, halbfertiges Puzzle. Das Bild auf der Schachtel zeigt einen Feuerwehrmann, der nur eine blickdichte Baumwollunterhose und einen roten Feuerwehrhelm trägt. In der Hand hält er einen Schlauch, und der bereits fertige Teil des Puzzles zeigt eine äußerst muskulöse Brust und einen Teil des Sixpacks. Ein Fourpack, um genau zu sein. Ganz unten auf dem Puzzle steht etwas:

LASS MICH DEIN FEUER LÖSCHEN

Es scheint, dass Mrs Perkins sich noch gut zu beschäftigen weiß, auch wenn ich keine Ahnung habe, wie sie gut genug gucken kann, um ein Puzzle zusammenzusetzen.

Sie lächelt und füllt einen Kessel mit Wasser, dreht den Herd an und kommt zurück an den Tisch. Wir setzen uns.

»Vielleicht können Sie mir mit dem Puzzle helfen. Ich habe das verflixte Ding schon dreimal gemacht und mache immer zuerst den Feuerwehrmann, aber dieses Mal finde ich einige Teile einfach nicht.«

Vielleicht hat sie sie gegessen. Ich schaue auf dem Boden nach. Einige hautfarbene Puzzleteile liegen unter meinem Stuhl. Ich sammle sie auf und lege sie am Puzzle an.

»Da ist er«, sagt sie mit einem breiten Grinsen. »Ist er nicht hinreißend? Ich könnte ihn auffressen.« Sie wird rot und hält eine Hand vor das Gesicht. »Tut mir leid.« Sie beginnt zu weinen.

Ich warte, bis sie sich beruhigt hat.

»Sie müssen mich für eine dumme alte Frau halten.«

Der Gedanke schoss mir durch den Kopf, aber ich möchte hier weiterkommen. Also sage ich: »Nein. Das tue ich ganz und gar nicht.«

Sie tupft sich die Augen mit dem Zipfel einer Serviette ab. Der Teekessel pfeift wie eine Dampflok. Sie steht auf und holt Geschirr, das vermutlich ihr bestes Porzellan ist. Die Griffe der Teetassen sind so winzig und zerbrechlich, dass ich sie zwischen Daumen und Zeigefinger halten muss, woraufhin ich automatisch den kleinen Finger abspreize. Meine Mutter nannte das Schicki-Micki. Prätentiös. Den Lebensstil der Reichen und Ahnungslosen. Es ist allerdings die einzige Art, mit der ich die verdammte Tasse festhalten kann.

Ich gebe mehrere Löffel Zucker in meinen Tee und rühre vorsichtig um, aus Angst, die Tasse zu zerbrechen oder etwas zu verschütten. Mrs Perkins öffnet einen Schrank über dem Herd und holt eine Flasche Johnnie Walker heraus. Sie gibt einen

ordentlichen Schuss in ihren Tee und bietet mir die Flasche an.
Ich lehne ab. Ich bin im Dienst. Und ich habe den Tee schon
mit dem Zucker ruiniert.

Sie setzt sich. »Ich muss die Flasche vor Leona verstecken.
Sie hat ein Alkoholproblem.«

Ich lache. Ich kann nicht anders. Sie lächelt und wir sind
Freundinnen. Einfach so.

»Also, Detective, worum geht es?«

Bevor ich etwas sagen kann, steht ein Jack-Russell-Terrier
neben meinen Füßen und schaut mich an. Ich mag Hunde, also
beuge ich mich nach unten, um ihn zu streicheln.

»Das sollten Sie nicht tun«, warnt mich Mrs Perkins.

Ich richte mich wieder auf. Der Hund starrt mich weiterhin
an, offenbar am Überlegen, ob ich Mittag, Abendessen oder nur
ein Snack bin.

»Das ist Gonzo. Er ist alt. Er kann kaum noch was sehen.
Vermutlich hält er Sie für Leona. Sie gibt ihm immer Leckerlis.
Beachten Sie ihn gar nicht, dann wird er müde und legt sich
hin.«

Ich ignoriere ihn und ziehe Beine und Füße unter den
Stuhl. »Sie wollten mir von Mrs Delmont erzählen«, frische ich
ihr Gedächtnis auf.

»Oh, richtig. Monique. So ein hübscher Name. Nicht wie
Leona oder Rowena. So heiße ich. Rowena Perkins. Rowena
Rafferty, vor meiner Hochzeit. Sie dürfen mich Weena nennen.
Ich glaube, ›Mrs Perkins‹ ist einfach zu viel.«

Das brauche ich alles nicht zu wissen, also mache ich
weiter. »Erzählen Sie mir von Mrs Delmont, Weena.«

»Oh, ja. Verzeihen Sie mir mein Geplappere.« Sie hält inne
und nimmt einen Schluck von ihrem Tee, bevor sie sich allen
Ernstes die Lippen leckt. »Ahhh.«

Ich glaube, ich kenne den wahren Grund, warum sie die
Flasche versteckt.

»Monique ist am Samstag vor zwei Wochen in das ehemalige Haus der Donaldsons gezogen«, beginnt sie. »Ich hatte jemanden im Haus gesehen. Es stand über ein Jahr lang leer. Also ging ich hin, um mich vorzustellen. Sie war so freundlich. Und sie wirkte furchtbar traurig. Wir tranken Tee. Sie saß genau da, wo Sie jetzt sitzen. Sie hat mir beim ersten Mal mit dem Puzzle geholfen.«

Sie nimmt einen noch größeren Schluck. Schweigt. Schaut auf das Puzzle. Ich bin überzeugt, dass sie sich in ihren Gedanken verloren hat, bis sie ein Puzzlestück in die Hand nimmt und versucht, es im Schritt des Feuerwehrmannes anzulegen.

»Weena ...«, sage ich.

»Oh. Ja. Ich war in Gedanken.«

Ich weiß genau, was für Gedanken das waren.

»Sie hat mich nie zu sich eingeladen. Ich dachte, vielleicht ist es schmutzig bei ihr. Aber sie war immer so hübsch angezogen, also wusste ich, dass das nicht sein kann. Sie war wunderschön. Sie hat mir von ihren zwei Töchtern und ihrem Enkel erzählt, aber wir haben nie viel von ihnen gesprochen. Sie schien das nicht zu wollen. Ich glaube, sie waren der Grund, warum sie so traurig war. Mein eigener Sohn ruft kaum an und kommt mich nie besuchen. Ich habe sie verstanden. Ich weiß nicht, warum diese Kinder tun, was sie tun. Vielleicht hat er nur keine Lust auf eine hilfsbedürftige alte Frau.«

Sie unterbricht wieder und trinkt den Rest ihres Tees mit einem erstaunlich lauten Schluck.

Ich dränge ein wenig. »Haben Sie jemals jemanden bei ihrem Haus gesehen? Hatte sie noch andere Freunde?«

»Deswegen habe ich gesagt, dass sie keine Freundin war. Im Grunde nicht. Nachdem sie einige Tage hier war, schien sie sich zurückzuziehen und lieber für sich zu bleiben. Manchmal war ihr Auto verschwunden, darum weiß ich, dass sie unterwegs war. Aber meist war sie zu Hause. Etwa vor vier Tagen ging ich zu ihr. Donnerstag, glaube ich. Ja, ein Donnerstag. Ich machte mir Sorgen, dass sie vielleicht krank wäre, und als sie die Tür öffnete, konnte ich sehen, dass sie geweint hatte. Ich habe nicht danach gefragt. Das geht mich nichts an.«

»Was für ein Auto fuhr sie?«

»Von Autos verstehe ich nichts. Ein blaues. Mein Mann ist immer gefahren. Ich muss nicht oft raus. Mein Gärtner kommt einmal die Woche und ein Junge liefert mir die Einkäufe. Sogar meine Medikamente kommen mit der Post. Amazon ist ein Gottesgeschenk. Wenn ich Gonzo nicht hätte, käme ich gar nicht mehr aus dem Haus.«

»Sie waren also niemals in Moniques Haus?«

»Das habe ich dem Sheriff schon erzählt.«

SIEBEN

Nach zwei weiteren veredelten Tees und beharrlichem Nachfragen finde ich heraus, dass Mrs Rowena Perkins Sheriff Gray belogen hat. Ihre Entschuldigung dafür, ihm nicht sofort die Wahrheit erzählt zu haben, lautet, dass er sie nie direkt gefragt hätte, ob sie im Haus gewesen sei.

Ich rufe den Sheriff an. »Bist du noch am Tatort?«

»Ich bespreche mich gerade mit Mindy. Hast du schon was rausgefunden?«

Ich habe ein schlechtes Gewissen. Wenn ich ihm erzähle, was Perkins ihm verschwiegen hat, wird er sich selbst in den Hintern treten, weil er sie nicht danach gefragt hat, und er wird ihr die Hölle heiß machen. Sie ist nur eine alte Frau, die in etwas verwickelt wurde, was weit außerhalb ihrer Komfortzone liegt. Sie hat geglaubt, das Richtige zu tun. Aber sie ist alt genug, um zu wissen, dass keine gute Tat ungestraft bleibt.

»Schick jemanden zu Mrs Perkins, der ihre Fingerabdrücke nimmt.

»Ach, Scheiße.«

»Ja«, sage ich. »Sie hat vergessen, dir zu erzählen, dass sie im Haus war. Ihr Hund ebenfalls. Hier die Kurzfassung: Sie hatte Monique seit Tagen nicht gesehen und hat etwas Übles gerochen. Auch wenn sie nicht mit ihr gesprochen hat, sah sie Monique letzten Donnerstag nach Hause kommen. Sie waren nicht eng befreundet, weil Monique lieber für sich blieb. Seitdem hatte sie Monique weder gesehen noch gesprochen und daher geglaubt, dass sie vielleicht krank wäre. Als sie auf der Straße den Verwesungsgeruch wahrnahm, ging sie zum Haus. Sie klopfte, aber die Tür war nicht ganz geschlossen. Als sie sie öffnete, musste sie fast brechen. Sie glaubte immer noch, dass der Gestank vielleicht davon herrührte, dass Monique sich übergeben musste, also ging sie hinein.«

»Hat sie die Leiche gesehen?«, will er wissen.

»Nein. Allerdings hat sie etwas in der Dusche hängen sehen und ist sofort verschwunden. Ihr Hund hat etwas von dem Blut aufgeleckt, bevor sie ihn wegziehen konnte.«

»Verdammt.«

Ich sehe den Ausdruck auf seinem Gesicht vor meinem inneren Auge. Er könnte furchteinflößend sein – und vermutlich soll er das auch gerade sein.

»Versuch nicht zu brüllen, wenn du mit ihr sprichst.«

»Die mache ich fertig ... und ihr Hündchen auch«, erwidert er und ich muss lachen. Wenigstens nimmt er den ganzen Schlamassel mit Humor.

»Sag Mindy, sie soll mich anrufen«, bitte ich ihn.

»Warte, sie ist hier.«

Eine Sekunde später ist Mindy in der Leitung. »Hey. Du bist wie eine schwarze Wolke. Aber du hältst mein Geschäft am Laufen. Wir haben hier schon wieder einen völlig Irren, oder?«

Sie macht Witze, weiß aber nicht, wie recht sie hat. Wo auch immer ich hingehe, folgt mir der Ärger auf dem Fuße.

»Sieht danach aus«, antworte ich.

»Wir haben ein vor Kurzem von dir gemachtes Foto auf dem Bett gefunden. Glaubst du, das Opfer hat das gemacht?«

»Das bezweifle ich. Der Sheriff hat mir erzählt, wo er es gefunden hat. Klingt eher so, als wäre es absichtlich dort platziert worden.«

»Das war auch mein Eindruck. Der Mörder hat dein Bild dort hingelegt. Ein Stalker vielleicht?«

Mehr als einer, denke ich mir.

»Na super«, sage ich. »Ich habe keine Verabredungen, aber einen Stalker.« Ich versuche, die Sache auf die leichte Schulter zu nehmen. Ich will nicht, dass irgendjemand auf die Idee kommt, mich beschützen zu wollen. Ich kann auf mich selbst aufpassen. Und ich komme mit demjenigen klar, wer auch immer das ist. Auf meine Weise.

»Der Sheriff hat deine Partnerin angerufen und ihr die Informationen über das Opfer gegeben. So wie ich Ronnie kenne, hat sie schon einen Stapel Papiere auf deinen Schreibtisch gelegt.«

Sie ist nicht meine Partnerin. Sie ist ein Reserve Deputy.

»Ja, sie ist wirklich so gut«, antworte ich.

»Also, was willst du zuerst? Das Haus oder die Umgebung? Im Haus sind wir noch nicht fertig und Jerry hat gerade erst die Leiche mitgenommen. Ich kann dir erzählen, was ich draußen gefunden habe.«

Die Leiche abzutransportieren muss schwierig gewesen sein.

»Nix. Nicht den kleinsten Hinweis darauf, dass jemand durch die Bäume hinterm Haus gekommen ist. Ich habe die Fenster überprüft und den Boden darunter. Ob jemand durch die Fenster geguckt hat, kann ich nicht sagen, aber zumindest wurde keines davon aufgebrochen. Das gilt auch für die Türen. Die Haustür war unverschlossen, keine Anzeichen für gewaltsames Eindringen. Weder von der Straße noch durch die Bäume kann man sehen, ob jemand im oberen Stock ist. Außerdem gibt es in beiden Schlafzimmern Verdunklungsrollos. Die im Gästeschlafzimmer sind geschlossen. Im Hauptschlafzimmer warst du ja selbst.«

»Anzeichen für einen Kampf?«, will ich wissen.

Mindy verneint das.

»Keine Spuren auf dem Teppich, die darauf hinweisen, dass sie jemand geschleift hätte. Ich fand eine Lache einer Flüssigkeit direkt hinter der Badezimmertür. Ich habe es fast nicht bemerkt, weil genau dort die Toilette steht, aber es roch nach Urin. Ich habe es mit einem Handschuh berührt und einen äußerst wissenschaftlichen Test durchgeführt: Ich habe daran geschnüffelt. Es war eindeutig Urin. Ich habe eine Probe für später mitgenommen. Ich glaube, dass sie dort gepackt wurde und ihre Blase sich entleert hat. Ich fand Kleidung im Wäschekorb. Die hatte keine Blut- oder Urinflecken.«

Ich erzähle ihr Weenas Geschichte. »Ich habe Sheriff Gray gerade erzählt, dass sie den Gestank gerochen hat und ins Haus gegangen ist. Sie hat die Leiche wohl gesehen. Ihr Hund war bei ihr und hat Blut aufgeleckt.«

»Ich werde nach Hundehaaren Ausschau halten«, sagt Mindy.

Damit habe ich noch eine Frage für Rowena Perkins. Ich werde sie noch einmal besuchen müssen.

»Glaubst du, sie wollte gerade duschen, als es passiert ist?«, frage ich. Ich wäre fast hineingetreten. In dem Augenblick war es unbedeutend. Ich dachte, es wäre nur Wasser aus der Dusche gewesen.

»Davon bin ich so gut wie überzeugt«, antwortet Mindy.

»Die Blutflecken auf den Badfliesen führten alle in und aus der Wanne. War eine Menge Blut in der Wanne? Ich habe nicht geguckt.«

Mindy sagt etwas zu einem der Techniker und wendet sich dann wieder an mich.

»In der Wanne waren blutige Fußspuren, Megan. Die

Leiche scheint professionell gehäutet worden zu sein. Ich würde auf einen Tierpräparator oder einen Chirurgen tippen. Jemand, der sich mit Anatomie und einem Skalpell auskennt. Die Spurensicherung wird den Abfluss der Badewanne mit einem Endoskop untersuchen, um zu sehen, ob wir dort noch etwas finden. Und sie werden Abstriche machen. Vielleicht haben wir Glück und finden ein Haar, das nicht dem Opfer gehört.

Aber, Megan, auf keinen Fall gehören die blutigen Fußabdrücke dem Opfer. Ich habe mir die Schuhe in ihrem Schrank angesehen, und sie trägt Größe neununddreißig. Die Abdrücke auf dem Boden wirken klein, sind aber so undeutlich, dass man das nicht richtig sagen kann. Sheriff Gray hat ihren Führerschein, sie war einen Meter achtundsiebzig. Ihr Mörder ist sehr viel kleiner.«

Es ist so schlimm, wie ich befürchtet hatte. »Du glaubst also, dass sie ihren Killer ins Haus gelassen hat? Oder dass es jemand war, der einen Schlüssel hatte?«

»Sieht danach aus, Megan. War sie eine Freundin?«

»Nein«, lüge ich. »Ich glaube, ich bin ihr mal begegnet, als ich noch zur Schule gegangen bin. Der Name kommt mir bekannt vor.«

Mein Leugnen klingt selbst für mich wenig überzeugend.

»Pass auf dich auf. Die Menschen machen nicht einfach solche Schnappschüsse und lassen sie herumliegen, damit man sie findet, wenn sie nicht völlig gestört sind.«

Sie hat recht.

»Ich habe Sheriff Gray am Telefon zugehört. Die Frau, die die Polizei gerufen hat, hat also gelogen und war im Haus?«

»Sie hatte Angst, dass man sie verdächtigen könnte.«

»Der Sheriff meinte, sie sei etwa achtzig und sehe ziemlich zerbrechlich aus.«

»Rowena Perkins liebt Tee mit einem kräftigen Schuss

Johnnie Walker und puzzelt halbnackte Feuerwehrmänner, die ihren Schlauch schwingen.«

»Wer tut das nicht?«, erwidert Mindy lachend. »Vielleicht hatten die beiden Streit wegen des Puzzles.«

Eher wegen des Johnnie Walker, denke ich mir, sage aber nichts.

ACHT

Ich muss im Büro von Dr. Andrade anrufen, um herauszufinden, wann die Autopsie stattfindet, aber ich bezweifle, dass er mit mir sprechen wird. Während des vorigen Falls habe ich ihn mitten in der Nacht zu Hause angerufen. Ich wollte wissen, was er herausgefunden hatte. Er hat aufgelegt, mich zurückgerufen und wieder aufgelegt. Ich werde Ronnie bei ihm anrufen lassen. Sie ist meine Geheimwaffe. Sie ist gutaussehend, rothaarig. Männer können ihr nicht widerstehen. Frauen wollen sein wie sie. Zumindest die anderen – ich nicht.

Rowena Perkins erwartet mich an ihrer Haustür. Ich folge ihr durch die Küche, lehne diesmal aber das Angebot eines Tees ab und lasse mir lieber einen Johnnie Walker einschenken. Er brennt, als er meine Kehle hinabgleitet, aber ich brauche etwas, damit ich sie nicht anschreie.

»Sie haben mir immer noch nicht alles erzählt, Mrs Perkins.« Ich spreche sie bewusst offiziell an, damit sie weiß, dass ich nicht spaße.

Sie setzt sich und legt die Hände in ihren Schoß. Altersflecken zieren ihre Handrücken und ihre Knöchel sind trocken und rot. Ich glaube nicht, dass Handcreme so spät im Spiel noch etwas ausrichten wird.

»Ich wusste, dass Sie noch mal wiederkommen«, sagt sie. »Sie machen auf mich den Eindruck eines sehr klugen Mädchens.«

Ein Mädchen genannt zu werden gefällt mir sehr viel besser als »Ma'am«, aber ihre Schmeicheleien werden ihr nicht helfen. »Was haben Sie mir verschwiegen?« Ich schaue mich um und finde keine Spur von Gonzo. Ich vermute, dass er draußen ist und den Rasen wässert.

»Als ich die Leiche sah, hat mich das so erschreckt. Ich muss geschrien haben, weil Gonzo gewinselt hat. Dann hat das arme Ding auf den Boden gepinkelt.«

»Er hat auf den Badezimmerboden gepinkelt?«

»Er ist alt und ich muss ihn zu Tode erschreckt haben. Es ist nicht seine Schuld. Ich hätte ihn nicht mit dort hineinnehmen sollen.«

Sie hätten nicht in dem Haus sein sollen.

»Ich verstehe«, sage ich. »Ich informiere unsere Kriminaltechniker, dass es sich um Hundeurin handelt.«

Rowena bekommt feuchte Augen und plötzlich bricht der Damm. Zwischen heftigen Schluchzern fragt sie: »Werden Sie Gonzo als Beweismittel mitnehmen? Ich glaube nicht, dass ich ohne ihn leben kann. Seit mein Stevie mich vor zehn Jahren verlassen hat, ist er alles, was ich noch habe. Er ist meine Familie. Ich wüsste nicht, was ...«

Mir steigen ebenfalls Tränen in die Augen. Ihr Sohn meldet sich kaum noch bei ihr und sie ist offensichtlich einsam. Das kann ich gut nachempfinden. Ich habe nicht viel Kontakt zu Hayden und vermisse ihn. Der Hund ist Rowenas einziger Freund. Der Hund und der gut bestückte Feuerwehrmann.

»Rowena, niemand wird Ihnen den Hund wegnehmen. Niemand wird Gonzo belästigen. Das verspreche ich.« Ich gebe ihr eine Karte mit meiner Telefonnummer im Büro. »Falls Sie irgendwelche Fragen haben, rufen Sie mich an. Falls Ihnen noch irgendetwas einfällt, rufen Sie mich an. Ich versuche, noch einmal herzukommen und Ihnen zu erzählen, was wir rausgefunden haben. Wie klingt das?«

Sie steht auf und umarmt mich weinend. Ihr Gefühlsausbruch ist das Ergebnis dessen, was sie in dem Haus gesehen hat. Sie weint, weil sie vollkommen allein ist und ich nett zu ihr bin.

Ich stelle ihr noch eine letzte Frage.

»Ist Ihnen sonst noch irgendetwas Ungewöhnliches aufgefallen, als Sie in dem Haus waren? Als Sie durchs Schlafzimmer gingen?«

Ich frage mich, ob sie die beiden Fotos von mir auf dem Bett bemerkt hat. Vor allem das einlaminierte.

Sie schüttelt den Kopf.

»Haben Sie irgendetwas auf dem Bett gesehen?« Ich muss es einfach wissen.

Sie sieht mich an, als wäre ich verrückt. »Ich war ganz auf den Gestank konzentriert. Das ist alles, was ich gesehen habe. Mit Ausnahme von Gonzo, der ... Sie wissen schon.«

Auf meiner Fahrt zurück ins Büro rufe ich Mindy an.

»Es ist Hundepisse, oder?«, frage ich geradeheraus.

»Ja. Es ist Hundeurin.«

»Sie sagt, ihr Hund habe auf den Badezimmerboden ›gemacht‹, weil sie geschrien und ihn erschreckt habe.«

»Verstanden. Danke.«

»Ich bin unterwegs ins Büro.« Ich muss Mindy nicht erzählen, dass sie mich anrufen soll, falls sie etwas findet. Ich lege auf und schaue auf die Straße. Was ich in diesem Badezimmer gesehen habe, werde ich nie wieder vergessen. Dass mein Foto auf dem Bett lag, wird mir Albträume verursachen. Jemand weiß, dass die Person auf dem Bild und die, die aus dem Sheriffbüro herauskommt, ein und dieselbe Person ist. Auch Sheriff Gray ist das auf der Stelle klar gewesen.

NEUN

Ich parke auf demselben Platz, auf dem ich stand, als das Foto von mir gemacht wurde. Ich schaue mich nach der Stelle um, an der die Person mit dem Fotoapparat gestanden haben muss. Ich erinnere mich an den Winkel und gehe in Richtung der Tannen und Zedern, die eine Seite des Parkplatzes säumen. Hier muss das Foto geschossen worden sein.

Der Boden ist dicht mit Tannennadeln bedeckt. Ich schiebe sie mit der Fußspitze herum. Ich kann nicht sagen, wann exakt das Bild gemacht wurde, aber es kann nicht länger als zwei Wochen her sein. Ich will die Tannennadeln gerade wieder in Frieden lassen, als ich etwas Rotes aufblitzen sehe. Ein Zigarettenstummel von Camel. Der Lippenstift daran ist neonrot.

Wer würde eine derart absurde Farbe tragen?

Im Umkreis von fünfzehn Metern um das Sheriffbüro gilt striktes Rauchverbot. Ich ziehe einen Beweismittelbeutel aus der Tasche meines Blazers und nehme den Zigarettenstummel damit auf. Ich werde ihn ans Labor übergeben, damit er mit den Spuren aus dem Haus verglichen werden kann. Zweifelhaft, dass dabei etwas herauskommt, und vermutlich muss ich meine

Geheimwaffe Ronnie benutzen, um Marley Yang, den Leiter des hiesigen Kriminallabors, dazu zu bringen, für mich ein paar Tests durchzuführen. Marley steht auf Ronnie. Sie findet ihn auf gewisse nerdige Art süß und hat sich ein paar Mal mit ihm getroffen. Zwei oder drei Mal die Woche kommt Marley bei uns im Büro vorbei – er nutzt jede Gelegenheit, um sie zu sehen.

Ich schiebe die Nadeln noch ein wenig herum, finde aber nichts mehr außer einer leeren Schokoriegelverpackung und einer schwarzen Damenunterhose mit Spitze.

Iih.

Ich hebe die Süßigkeitenverpackung auf. Stalking ist vermutlich ein kräftezehrender Job und die Person könnte hungrig geworden sein. Aber ich kann mir nicht vorstellen, dass sich jemand die Unterwäsche auszieht, während er mich stalkt. Ich könnte einen nackten Stalker haben, der auf Schokolade steht, Camels raucht und neonroten Lippenstift trägt. Ich bin schon ein Stück zurück in Richtung des Dienstgebäudes gegangen, als ich noch mal umdrehe und den Slip ebenfalls aufhebe. Falls er Nan gehört, Sheriff Grays Sekretärin, werde ich vermutlich tot umfallen vor Lachen. Nan musste sich schon aus einigen hochnotpeinlichen Situationen befreien, seit ich hier arbeite.

Ich meine, mich zu erinnern, dass sie auch mal diese Lippenstiftfarbe getragen hat.

Ronnie hält mir die Tür auf. »Was haben Sie da draußen gemacht? Haben Sie etwas verloren?«

»Offen gesagt habe ich etwas gefunden«, antworte ich und gehe zu meinem Schreibtisch. Ich hole die drei Beweismittelbeutel aus meiner Tasche und lege sie auf die Tischfläche.

»So beginnt doch ein Witz«, sagt sie. »Ein Zigarettenstummel, eine Schokoriegelverpackung und ein Schlüpfer kommen in eine Bar ...« Sie kichert. Es ist nicht witzig. Naja, irgendwie schon. In letzter Zeit hat sie angefangen, wirklich miese Witze zu erzählen. Sie meint, das würde ihr helfen, Stress abzubauen. Ich denke, es ist besser als ihr unablässiges Plappern über gar nichts.

»Haben Sie den Namen überprüft, den Sheriff Gray Ihnen gegeben hat?«, will ich wissen.

Sie hat einen Aktenhefter, den sie auf den Schreibtisch legt.

»Ich habe den Namen durch die örtlichen, Staats- und Bundesdatenbanken gejagt und durch Washingtons Führerscheinzulassungsstelle. Dort gab es ein Foto, und ich habe eine Kopie des Führerscheins.«

Sie klappt den Hefter auf. Die Kopie liegt gleich obenauf. Es gibt eine Führerscheinnummer, ein Ausstellungsdatum, ein Ablaufdatum, die Führerscheinklasse, Monique D. Delmonts Name und Geburtsdatum, eine Beschreibung ihres Äußeren und ihr Foto. Kaum zu glauben, dass ein ganzes Menschenleben auf einem sieben mal zehn Zentimeter großen Stück Papier festgehalten werden kann.

Mein Highschoolfoto, das der Sheriff mir gegeben hat, ist einlaminiert. Ich frage mich, warum. Man laminiert etwas ein, um es zu schützen. Warum sollte sich jemand so viel Mühe machen und es dann am Tatort eines Mordes zurücklassen? Ich taste meine Jackentasche ab, um mich zu vergewissern, dass das Foto noch dort ist. Als ich es nicht fühlen kann, überkommt mich Panik. Ich taste die anderen Taschen ab. Es steckt in meinem Hemd. Ich kann mich nicht daran erinnern, es dorthin getan zu haben. Ich bin völlig außer Fassung – das kann ich mir im Augenblick nicht leisten.

»Sheriff Gray hat angerufen und gesagt, dass Sie mich für den Fall haben möchten. Ist das in Ordnung?«

»Yeah. Ich meine, ja.«

Sie wirkt aufgeregt. Ich wappne mich für den Dammbruch an Worten, der immer über mich hereinbricht, wenn Ronnie aufgeregt ist.

»Ich wäre überglücklich, an noch einem Mordfall arbeiten zu dürfen. Ich meine, das ist nichts, weswegen man glücklich sein sollte. Jemand ist gestorben und das ist echt schlimm. Aber ich kann es kaum erwarten, dabei zu sein. Ich bin schon die Akteninformationen für den Namen durchgegangen, aber was brauchen Sie sonst noch? Sheriff Gray hat mir verboten, das Büro zu verlassen. Ich sehe nicht, dass ich eine große Hilfe sein kann, wenn ich an meinem Schreibtisch bleibe. Aber er hat mir verboten, das Büro zu verlassen, also bleibe ich auch hier. Es sei denn natürlich, Sie bitten mich darum, es zu verlassen. Dann würde ich ...«

Ich hebe eine Hand, um sie zu stoppen. Mir ist schon ganz schwindelig.

»Vergessen Sie das Atmen nicht, Ronnie.« Mir wird erst klar, dass ich das laut ausgesprochen habe, als ich es höre.

»Sorry, Detective Carpenter. Es ist nur so, dass ich schon so lange tatenlos herumsitze, dass ich fürchte, mein Hintern wird ganz platt. Das ist so langweilig. Und ich liebe es, mit Ihnen zu arbeiten. Ich hoffe, damit klinge ich nicht wie so ein, äh ...«

»Arschkriecher?«, schlage ich vor.

»Ja. So einer.«

»Keine Sorge, den Titel hat schon jemand anderes inne«, erwidere ich und schaue zu Nans Schreibtisch. Nan dreht sich zu mir um, als hätte sie den Kommentar gehört. Hat sie vielleicht sogar. Manchmal glaube ich, dass sie ein Supergehör hat. Es würde zu ihrer Superneugier passen. Ich sehe, dass sie dieselbe Lippenstiftfarbe trägt wie die auf dem Zigarettenstummel. Jetzt, wo ich so darüber nachdenke, ist auch die Unterhose in ihrer Größe. *Doppel Iih!*

»Soll ich Marley anrufen?«, will Ronnie wissen.

Ich gebe ihr die Sachen, die ich unter den Bäumen gefunden habe. »Es ist mir äußerst unangenehm, das zu fragen.« Ist es mir eigentlich nicht.

»Falls er möchte, dass ich es ihm bringe, wäre es dann okay, wenn ich dafür das Büro verlasse?«

Ich gebe ihr meinen Segen und sie eilt ans Telefon.

Nan hat vielleicht ein Supergehör, aber ich habe Ronnie.

ZEHN

Während Ronnie mit Marley spricht, widme ich mich dem Aktenhefter, den sie mir gegeben hat. Moniques Führerschein-foto ist recht aktuell. Ihre Haare sind kürzer und scheinen ihren Glanz verloren zu haben. Ihr Gesicht wirkt alt, als hätte sie nicht viel Schlaf gefunden. Natürlich erwischt einen der Ange-stellte in der Zulassungsstelle immer von der schlechtesten Seite. Die Augen halb geschlossen. Jedes Kinn gut sichtbar. Ich bin mir ziemlich sicher, dass sie einen internen Wettbewerb führen, wer von ihnen das hässlichste Foto machen kann.

Ich klappe den Hefter zu und beschließe, ihn mit nach Hause zu nehmen und dort zu lesen. Mit einem Scotch. Ich dringe nicht gerne in die Privatsphäre einer Freundin ein.

Nicht mal einer toten.

———

Ich werfe meine Handtasche auf den Tisch neben der Tür, schlüpfe aus meinen Schuhen und hänge meinen Blazer auf. Das Schulterholster lasse ich um. Das habe ich mir zur Gewohnheit gemacht, seit ich die E-Mails meines Stalkers bekomme. Jetzt habe ich sogar einen noch besseren Grund. Jemand weiß, wer ich bin. Jemand kennt meine Vergangenheit. Falls das nicht mein Stalker ist, haben sich meine Probleme gerade verdoppelt.

Eine Flasche Glen-irgendwas Scotch ruft nach mir. Nach dem ersten Schluck schmecken die ohnehin alle gleich, darum bin ich nicht wählerisch, wenn ich mir eine kaufe. Ich gebe einen großzügigen Schluck in einen Plastikbecher.

Nach meinem traumatischen Erlebnis mit Alex Rader habe ich angefangen, zu einer Therapeutin zu gehen: Dr. Karen Albright. Die Mitschnitte unserer Treffen könnten einen Hinweis auf Moniques Mörder enthalten. Ich hole den Karton mit den Kassetten und das Abspielgerät aus der untersten Schreibtischschublade – ich habe es aufgegeben, sie ganz oben im Schrank aufzubewahren.

Ich wähle ein Band aus, lege es ein und erinnere mich zurück, wie ich an diese Kassetten meiner Gespräche mit Dr. Albright kam. Ich weiß noch, wie ihre blauen Augen – die wirkten wie aus einer anderen Welt – mir anfangs Angst gemacht haben. Wie ihr Büro nach Mikrowellenpopcorn roch. Wie sehr ich ihr am Ende vertraut habe. Bei meinem ersten Besuch war ich neunzehn gewesen. Abweisend. Verbarrikadiert wie hinter einer Straßensperre. Ich hatte noch nie jemanden an mich herangelassen, war aber clever genug, um zu wissen, dass alles in mir – von meinen Erfahrungen bis hin zu meinem Stammbaum – irgendwie exorziert werden musste. Ich war traumatisiert, und auch wenn ich es im Spiegel nicht sehen konnte, andere sahen es. Nächtliche Panikattacken sind nicht nur traumatisch, sondern auch unglaublich peinlich. Du weißt nie, ob jemand deine Schreie gehört hat.

Dr. Albright hatte gesagt: »Eines Tages wirst du sie haben wollen.«

Anfangs hatte ich mich dagegen gesträubt und ihr gesagt: »Das bezweifle ich.«

Dr. Albright hatte gelächelt. »Glaub mir, das wirst du. Es wird der Tag kommen, an dem das Anhören dieser Bänder dich noch stärker machen wird.« Sie nahm mich in die Arme. Wir haben beide geweint. Wir haben uns eine lange Zeit einfach nur gehalten. Ich wusste, dass es kein Abschied für immer war, aber es war das Ende von anderthalb Jahren Therapie. Zu der Zeit habe ich meinen Uni-Abschluss in Kriminologie gemacht und mich in der Nähe von Seattle auf der Polizeiakademie eingeschrieben.

Ich atme durch, nehme einen Schluck und drücke auf ›Play‹.

Dr. Albrights vertraute, beruhigende Stimme kommt aus dem winzigen Lautsprecher. Sofort bin ich zurück in der Zeit, in der mein Leben neu geschrieben wurde, als ich auf der Flucht war, auf der Suche nach meiner Mutter und dem Mörder, der mich gezeugt hat. Karen Albright dringt sehr behutsam in diese Vergangenheit vor.

Passenderweise ist Monique Delmont das Thema.

Dr. A: Worüber hast du mit Mrs Delmont gesprochen?

Ich: Ich habe von dem Artikel erzählt, den ich angeblich schreibe. Dann habe ich nach Einzelheiten über den Mord an ihrer Tochter Leanne gefragt. Abgesehen von ihrer Anspielung auf Leanne und ihren Vater auf einer Yacht hat sie keinen Ehemann erwähnt. Kein einziges Mal in unserer gemeinsamen Zeit. Ich weiß nicht, ob sie geschieden sind oder er tot ist. Ich habe nicht gefragt. Ich glaube nicht, dass ich noch mehr von dem Schmerz ertrage, mit dem die Eltern toter Kinder leben.

Dr. A: Was hat sie dir über Leanne erzählt?

Ich: Sie sagte, dass das echt schwere Zeiten für sie waren. Einige von Leannes Entscheidungen waren ihr unangenehm und sie wollte nicht, dass die Welt sie für eine schlechte Mutter hielt. Sie stellte ihre Tochter als selbstsüchtiges, zügel-

loses Mädchen dar, das keinerlei Regeln befolgte. Sie sagte, Leanne sei ein wildes Mädchen aus privilegiertem Hause gewesen, das an niemanden als an sich selbst dachte. Heute sei sie von der Art, wie sie ihre Tochter dargestellt habe, angewidert.

Ich pausiere das Band. Der Mord an Leanne wurde Arnold Cantu zugeschrieben, einem Serienmörder. Aber der echte Mörder war Alex, mein Psycho-Vater. Monique und ihr Ehemann hatten anfangs nicht an Cantu als Mörder geglaubt, weil dessen Opfer allesamt College-Studentinnen gewesen waren, älter als Leanne. Aber es hatte eine Zeit gegeben, in der Leanne von zu Hause weggelaufen war und in einem Haus in der Nähe der Universität von Washington in Seattle gewohnt hatte. Mit anderen Worten: In Cantus Jagdrevier. Ich schalte das Band wieder ein.

Dr. A: Hat Monique jemals zugegeben, dass sie vielleicht falsch gelegen hat?

Ich: Ja. Sie hat am Ende akzeptiert, dass Leanne eines von Cantus Opfern war.

Dr. A: Das muss schwer gewesen sein. Wie hast du dich dabei gefühlt?

Ich: Ich war wütend und verletzt und wollte ihr den Schmerz nehmen, aber ich wusste nicht, wie.

Ich schalte das Gerät wieder aus. Ich denke an meine eigene Mutter. Hat sie mich als böses Mädchen betrachtet? Als wildes Mädchen? Hat sie überhaupt an mich gedacht? Ich erinnere mich an das Foto, das Monique von Leanne hatte. Das, auf dem sie auf dem riesigen Treibholzstamm im Point Defiance Park sitzt. Leanne schaut über die Schulter in die Kamera, mit einem ablehnenden, aber zugleich schüchternen Ausdruck. Ein identisches Foto hatte ich an der Wand in Alex Raders Arbeitszimmer bei ihm zu Hause gefunden, zusammen mit anderen Fotos von dem übel zugerichteten, toten Körper von Leanne. Das waren einige der Fotos, die ich Monique zur sicheren Aufbewahrung überlassen hatte, damit sie sie an die Behörden übergibt. Das waren die Fotos, die Michael Rader jetzt hat.

Ich habe fast die halbe Flasche Scotch geleert. Ich packe Kassetten und Abspielgerät wieder weg, nehme die Pistole und lege sie auf den Nachttisch neben dem Bett. Ich hoffe, dass ich schlafen kann.

Bevor ich in einen leicht angetrunkenen Schlaf versinke, schreibe ich Ronnie noch eine Nachricht, dass wir uns morgen gleich früh treffen müssen.

ELF

Im Büro ist es ruhig, als ich auf Ronnie warte. Sie sollte jede Minute eintreffen. Ich bin seit fünf Uhr früh hier. Ich gehe noch einmal die Akte von Moniques Mord durch.

Ihr Bild auf dem Foto starrt mich an. Sie war eine gutaussehende Frau. Trotz aller Versuche, ihr Führerscheinfoto möglichst leblos wirken zu lassen, scheint ihre Güte durch.

Die zweite Seite haut mich völlig um.

Monique hat Eintragungen im Strafregister. Neben den üblichen Verkehrsvergehen – bei Rot fahren, Verkehrsschilder ignorieren, Verkehrspolizisten ignorieren – gibt es auch einige Einträge für mittlere Vergehen: unbefugtes Betreten und Ruhestörung. Sie war eine Frau, die nicht mal »Scheiße« gesagt hätte, wenn sie den Mund voll damit gehabt hätte. Zumindest nicht, als ich sie noch kannte.

Aber kannte ich sie überhaupt wirklich? Ich hatte mir nie die Zeit dazu genommen. Ich habe sie benutzt, um an Informationen zu kommen. Ich habe ihre Beziehungen genutzt, um am College angenommen zu werden. Ich habe ihr Geld genutzt, um leben zu können, während ich weiter nach meiner vermissten Mutter gesucht habe.

Ich hatte nie einen Grund, nachzuschauen, ob sie vorbestraft war. Meine eigene Akte, sollte ich jemals geschnappt werden, würde im Vergleich zu ihrer jeden Rahmen sprengen. Ich habe gemordet. Ganz gezielt. Ohne jede Reue.

Die nächsten Seiten bestehen aus Polizeiberichten über die Vorkommnisse von unbefugtem Betreten und Ruhestörung. Nichts davon ist vor Gericht gelandet, die Anklagen wurden fallen gelassen. Ich hätte auch nichts anderes erwartet. Monique hatte Freunde in gehobenen Positionen. Irgendwie war es ihr gelungen, mich ohne Highschool-Abschluss aufs College zu bekommen, weil irgendjemand für sie meine Unterlagen gefälscht hat. Ich hatte mich dann unter falschem Namen, inklusive falschen Ausweisen und einem gefälschten Schulabschluss eingeschrieben.

Eine der Anklagen wegen unerlaubten Betretens ist ein wenig ernster als die andere. Sie brach in eine Wohnung ein und wurde dabei erwischt. Die Wohnung gehörte einem kurz zuvor auf Bewährung freigelassenen Straftäter, der ein zwölfjähriges Mädchen entführt und vergewaltigt hatte. Der Bericht erwähnt nicht, was sie bei ihm gesucht hatte. Vermutlich Beweise für andere Verbrechen.

Zwischen den Zeilen lese ich, dass der Richter ihr gegenüber milde gestimmt war und ihr lediglich einen Klaps auf die Hand gab, so etwas nicht noch einmal zu tun. Der Mann, bei dem sie eingebrochen war, war ein Dreckskerl gewesen. Sie war eine Person, die in der Öffentlichkeit stand, bekannt für ihren Einsatz für Opfer von Gewaltverbrechen.

Ronnie hatte auch ein paar Zeitungsberichte gefunden. Der Dreckskerl hatte während seiner Bewährungszeit ein anderes kleines Mädchen entführt. Auch wenn er es nicht umgebracht hatte, wurde er verurteilt und wanderte wieder in den Bau. Ein zweiter Artikel berichtet, dass er von einem Mithäftling umgebracht worden war. Auch Gefängnisinsassen haben Töchter,

Frauen und Schwestern und wenig für Kinderschänder und Kindermörder übrig.

Ich höre auf zu lesen. Wir brauchen DNA, um zu beweisen, dass die Leiche wirklich Monique ist, aber ich habe keinen Zweifel daran. Doch warum war sie hier? Ich frage mich, ob sie ihr eigenes Haus verkauft hat und sich Port Townsend angesehen hat, weil sie hier herziehen wollte. Aber eigentlich war sie besser organisiert. Sie hätte sich erst eine neue Wohnstätte gesucht und dann ihr Haus in Tacoma verkauft. Ihr Haus war wunderschön und ich kann mir nicht vorstellen, dass sie in Port Townsend leben wollte. Auch wenn ihr Haus viel zu groß für eine Person war.

Als ich umblättere, erhalte ich die Antwort.

Ronnie hat einige Immobilienmakler überprüft und herausgefunden, dass Moniques Haus in Tacoma nicht zum Verkauf steht. Anschließend hat sie beim Grundbuchamt herausgefunden, dass das Haus noch immer auf Moniques Namen eingetragen ist. Das Mietshaus hingegen gehört den Donaldsons, deren aktuelle Wohnanschrift in Sarasota, Florida liegt. Sie hat sogar ein Foto der Website der Seniorensiedlung beigefügt, in der sie leben. Der Ausschnitt zeigt die Telefonnummer der Wohneigentümergemeinschaft und die direkte Durchwahl der Donaldsons. Ronnie hat nicht übertrieben, als sie meinte, dass sie zu Tode gelangweilt sei.

Die nächsten Unterlagen sind ein Schock. Eine Seite besteht aus einem Foto von Leanne Delmont und einem Zeitungsartikel über ihren Mord. Es folgt der Ausdruck eines Artikels über Moniques Arbeit als Fürsprecherin von Gewaltopfern. Die letzte Seite ist ein Foto der jungen Frau, die ich auf dem Bild mit dem gesprungenen Rahmen auf Moniques Schlafzimmerkommode gesehen habe. Es ist ein Schulabschlussfoto, und darunter steht etwas von Gabrielle Delmont und einem Sohn namens Sebastian. Michael Rader hat Monique gedroht, Gabrielle zu finden und zu töten, wenn sie ihm nicht bestätigt, dass ich noch lebe, und wenn sie ihm nicht verrät, wo ich lebe. Ich muss Gabrielle finden. Ronnie hat neben dem Foto keine weiteren Informationen über sie angefügt. Ich hoffe, das bedeutet nicht, dass es sonst nichts zu finden gibt.

Ich schiebe die Zettel zu einem Stapel zusammen und klappe den Hefter zu. Warum war Monique in Port Townsend? Warum in diesem konkreten Haus? Ist das wichtig? Es bietet einen Blick über die Bucht. Es liegt halbwegs abgeschieden. Sie hat Mrs Perkins zufolge keine Freundschaften geschlossen. Sie ließ Mrs Perkins nicht ins Haus. Ist das wichtig? Wollte sie kein Aufsehen erregen? Damit habe ich reichlich Erfahrung. Hat sie versucht, mich zu finden? Sie muss irgendeinen Grund gehabt haben, herzukommen. Vielleicht hat sie mein Bild in der Zeitung gesehen. Falls ja, warum ist sie dann nicht ins Sheriffs's Office in Port Hadlock gekommen? Dort hatte mich jemand fotografiert.

Kann sie das gewesen sein?

Ronnie kommt mit zwei Bechern Kaffee und einer Tüte Bagels herein. »Morgen, Boss.«

»Nennen Sie mich nie wieder so«, sage ich, aber nicht wütend. Immerhin hat sie Kaffee und Bagels dabei. »Ich bin nicht Ihr Boss.«

Ich bin allerdings deine Vorgesetzte, also kannst du mir gerne in den Hintern kriechen.

Sie setzt sich an meinen Schreibtisch und ich probiere meinen Kaffee. Genau so, wie ich ihn mag: mit Koffein. Jeder Menge Koffein.

»Ich bin die Informationen durchgegangen, die Sie gestern zusammengestellt haben. Gute Arbeit.«

Sie lächelt und pustet den Dampf von ihrer Tasse. Ronnie trinkt normalerweise Bonbon-Kaffee. Latte, Frappuccino, irgend so was. In der Regel mit Sahne oben drauf. Heute lebt sie mal gefährlich, denn ihr Getränk sieht aus wie echter Kaffee.

»Danke. Marley war gestern nicht im Labor. Ich glaube, er lag krank zu Hause, heute rechnen sie auch nicht mit ihm. Ich habe die Beweise noch.«

»Ich brauche Sie heute für etwas anderes.«

»Okay. Schießen Sie los.«

Ich erzähle es ihr.

ZWÖLF

Sheriff Gray kommt früher als üblich ins Büro und sieht aus, als hätte er eine schwere Nacht hinter sich. Ich könnte mir vorstellen, dass jeder, der gestern am Tatort war, die Nacht mit Albträumen verbracht hat. Schon der Gedanke daran lässt mich erschaudern.

Ich betrete sein Büro und schließe die Tür hinter mir. »Ich will heute Ronnie mitnehmen. Ich fahre nach Port Orchard, um mich mit jemandem zu treffen.«

Sheriff Gray sieht mich misstrauisch an, fragt aber nicht, mit wem genau ich verabredet bin. Er weiß, dass ich nicht immer alles rausposaune und gibt mir Spielraum.

»Sie hat Schreibtischdienst, Megan«, erinnert er mich. »Sie hat immer noch ein kaputtes Handgelenk.«

»Ich brauche sie«, erwidere ich.

Er ist überrascht, irgendwie, fragt aber nicht nach dem Grund. Er weiß, dass sie fleißig und clever ist.

»Du kannst sie haben, aber pass auf sie auf.«

Als ob ich zulassen würde, dass ihr etwas zustößt. Das schafft sie schon ganz alleine. Sie wurde schon mal verletzt. Das gehört zum Job.

»Versprochen.«

»Und melde dich jede Stunde bei mir. Wenn ich es mir recht überlege, lass *Ronnie* jede Stunde bei mir anrufen.«

Er vertraut mir nicht. Würde ich auch nicht.

»Ich sag's ihr.«

Ja. Genau.

Ich lasse den Zigarettenstummel und die anderen Sachen bei Nan. Ich gebe ihr das Antragsformular für Marley mit und sage ihr, dass er heute Vormittag vorbeischauen und nach uns suchen wird.

»Falls er fragt, wo seid ihr dann?«, erkundigt sich Nan.

»Das geht ihn nichts an«, antworte ich. *Oder dich*, setze ich in Gedanken hinzu. Marley wird enttäuscht sein, dass Ronnie nicht hier ist, aber ich bin mir sicher, dass er seinen Spaß daran haben wird, Fragen über den Schlüpfer zu stellen.

Wir verschwinden, bevor Nan mich mit ihrem Blick zu Tode starren kann.

»Wohin zuerst?«, will Ronnie wissen. »Port Orchard?«

Ich starte den Motor und schaue zu den Bäumen hinüber, in der Hoffnung, vielleicht meinen Stalker zu entdecken. Es ist niemand dort.

Ich hatte Ronnie gebeten, etwas tiefer nach Gabrielle zu graben. Sie hat das Foto von ihr und ihrem Sohn gefunden, während sie Informationen über Monique suchte, hat es aber nur ausgedruckt, weil sie fand, dass die Frau und Monique so große Ähnlichkeit hatten. Ich habe Gabrielles Nachnamen nie gekannt. Da sie einen Sohn hat, bin ich nicht davon ausgegangen, dass er Delmont lautet.

Ronnie hatte etwas getan, das sie »Mülltauchen« nennt, und eine Heiratsurkunde von Gabrielle und eine Geburtsurkunde ihres Sohns gefunden. Sebastian Wilson wurde etwa zu der Zeit geboren, als Leanne Delmont von meinem Erzeuger ermordet wurde. Gabrielles Ehemann starb, als der Kleine sechs Monate alt war. Sie machte ihren Abschluss an der Portland State University und zog nach Port Orchard. Ronnie hat eine Adresse gefunden, aber die Telefonnummer war nicht erreichbar.

Port Orchard passt. Fast alles Schlechte in meinem Leben ist dort geschehen. Dort wurde Rolland, mein Stiefvater, ermordet. Dort musste ich meinen eigenen Tod vortäuschen und flüchten. Ich glaube nicht, dass ich noch wie das Mädchen von damals aussehe, aber ich reiße mich nicht darum, jemals wieder dorthin zurückzukehren.

»Ich habe mit der Spurensicherung gesprochen, und sie haben gestern kein Handy gefunden«, erzählt Ronnie unterwegs. »Im Haus ist auch kein Telefon angeschlossen, kein Kabelfernsehen, nichts. Finden Sie das nicht seltsam?«

Tue ich, aber ich will gerade nicht darüber reden. »Wir brauchen Moniques Telefonunterlagen aus ihrem Haus in Tacoma, ihr Handy, alles.« Ich sage ihr nicht, dass ich die Telefonnummern auswendig kann. »Außerdem die Anrufprotokolle für Gabrielles nicht funktionierendes Telefon. Vielleicht haben sie und ihre Mutter kürzlich miteinander gesprochen.«

»Ich habe schon einen Antrag gestellt«, erklärt Ronnie. »Die Verbindungsnachweise sollten auf unserem Schreibtisch liegen, wenn wir zurückkommen. Ich habe sowohl um einen Ausdruck als auch um eine digitale Version gebeten, die sie mir aufs Handy schicken.«

Je näher wir Port Orchard kommen, desto unbehaglicher fühle ich mich. Ich mache mir keine Sorgen, dass mich jemand erkennen könnte, aber Caleb wohnt noch dort, soweit ich weiß. Ich hätte das überprüft, wenn ich Ronnie nicht mitgenommen hätte. Caleb weiß, was ich getan habe, was ich heute tue und unter welchem Namen ich lebe. Ich kann nicht riskieren, ihn unter meinem alten Namen Rylee anzurufen, nicht vor Ronnie.

»Ich war noch nie in Port Orchard«, sagt Ronnie.

Das ist gut. Hoffentlich wird das dein letzter Ausflug dorthin, denke ich mir.

»Ich war als Kind mal dort«, erzähle ich ihr. »Gibt nicht viel zu sehen.«

Sie schaut auf ihr Handy und listet mir alle Touristenattraktionen auf. Ich lasse sie plappern. Nichts Neues dabei. Ich will nicht in die damalige Zeit zurück. Oder die damalige Stadt, wenn wir schon dabei sind.

»Wir hätten Detective Osborne anrufen können, um zu checken, ob Gabrielle noch unter der Adresse wohnt«, sagt Ronnie.

»Was?« Ich habe vor dreißig Kilometern aufgehört, ihr zuzuhören. »Sie meinen Clay?«

»Er schuldet uns was. Wir haben für ihn seinen letzten großen Mordfall gelöst. Außerdem glaube ich, dass er eine Schwäche für Sie hat.«

Clay ist ein Sheriff's Detective in Kitsap County. Er ist ein hübscher Kerl, aber ich brauche niemanden mit einer »Schwäche« für mich. Ich habe schon genug Probleme, meine Arbeit zu machen. Ich verarbeite noch meine Konfrontation mit einem Bruder, den ich seit sieben Jahren nicht gesehen habe, und dann ist da die Beziehung mit Dan Anderson, den ich bei einer Mordermittlung in Snow Creek kennengelernt habe.

Gabrielles letzte bekannte Adresse ist nahe dem Veterans Memorial Park, und wir sind fast da, als ich endlich meinen Griff ums Lenkrad lockere.

»Fahren wir anschließend nach Tacoma?«, will Ronnie wissen.

»Vielleicht. Ich muss mit Moniques Nachbarn sprechen.« Ich sage immer noch ›ich‹. Ich bin es gewohnt, allein zu arbeiten. Ronnie scheint nicht zu bemerken, dass ich sie nicht immer mit einbeziehe, aber ich arbeite daran. Und falls nicht, muss sie damit leben.

Ronnie schaut auf ihr Handy. »Tacoma hat die höchste Verbrechensrate im Staat. Zweihunderttausend Einwohner, und eine Rate von fast hundert Verbrechern pro hunderttausend Einwohner.«

Ich schaue sie an, als wollte ich fragen: »Und?«

»Mrs Delmont ist mit ihrer Arbeit für Verbrechensopfer vielleicht jemandem auf den Schlips getreten.«

»Um das herauszufinden, sind wir hier.«

»Oh. Ist ihre Tochter auch Teil der Gruppe für Verbrechensopfer?«

Bitte halte den Mund, denke ich.

»Das wissen wir erst, wenn wir mit ihr gesprochen haben«, erkläre ich.

Ich bezweifle stark, dass Monique jemals ihre einzig verbliebene Tochter in die Gruppe mit einbezogen hätte.

»Biegen Sie hier links ab«, sagt Ronnie. »Noch zwei Kreuzungen, dann wieder rechts.«

Ich sage nichts, aber ich weiß genau, wohin ich fahre. Ich habe mal in Port Orchard gelebt.

Das kann ich Ronnie nicht erzählen. Tatsächlich kann ich es niemandem erzählen.

DREIZEHN

Ich fahre, Ronnie auf dem Beifahrersitz, das Smartphone in ihrer Hand wie festgeklebt. Das wäre nicht so schlimm, wenn die Schutzhülle nicht von Hello Kitty wäre. Letzten Monat waren es Einhörner und Regenbögen. Ich folge Ronnies Navi-Anweisungen zu einem schlichten, eingeschossigen Haus. Alle Häuser in dieser Straße liegen hinter einem schmalen Graben mit dichten Hecken und Sträuchern und nur einem Weg, der die Grundstücke abtrennt. So viel zur Privatsphäre. Das Haus ist von Ranken bedeckt und hinter Sträuchern verborgen, aus denen nur ein paar Betonstufen herausschauen, die direkt zur Haustür hinaufführen. Keine Veranda, einfach nur ein Treppenabsatz aus Zement. Mehr als die Eingangstür und die obere Hälfte der Fenster ist von der Straße aus nicht zu sehen.

»Sieht unbewohnt aus«, stellt Ronnie fest.

Sie hat recht. Die Fenster haben weder Gardinen noch Jalousien. Aber jetzt sind wir schon mal hier.

Ronnie folgt mir über eine schmale Holzbrücke zu einem mit roten Ziegelsteinen gepflasterten, sich leicht windenden Zuweg. Ich bleibe vor dem winzigen Vorgarten stehen, horche und schnuppere. Nichts als der angenehme Duft nach Erde und Geißblatt, das sich an der rechten Hausseite bis zur Regenrinne hochgezogen hat.

Dann rieche ich *es*.

Ronnie rümpft ihre sommersprossige Nase. Sie also auch.

»Gehen Sie zurück ins Auto«, sage ich und ziehe meine .45er aus dem Schulterholster. Ein Übelkeit erregender Verwesungsgeruch weht über mich hinweg und ich schlucke die Galle runter, die mir die Kehle hochsteigt. *Eine Leiche*, denke ich, spreche es aber nicht aus. Ronnie hat sich nicht gerührt, außer um ihre eigene Waffe zu ziehen. Ich verschwende eine Sekunde daran, mich an den Befehl des Sheriffs zu erinnern, bevor ich sage: »Können Sie zur Rückseite gehen?«

Sie nickt und läuft an der rechten Hausseite entlang, wo mehr Platz zum Bewegen ist.

»Und sehen Sie zu, dass Ihnen nichts zustößt, Ronnie.«

Sie hört nicht auf mich, aber damit habe ich meine Schuldigkeit dem Sheriff gegenüber getan.

Ich gehe in die Hocke und bewege mich bis unter eines der Fenster. Ich bin nicht groß genug, um hineinzuschauen. Im Entengang bewege ich mich zur Haustür. Die Betonstufen sind von einem schwarzen Metallgeländer geschützt, das bis zum winzigen Treppenabsatz hinaufführt.

Ich gebe Ronnie noch eine halbe Minute, um hinter dem Haus in Stellung zu gehen, dann steige ich die Treppe hinauf. Als ich den Vorsprung erreiche, ruft jemand durch die Tür hindurch.

»Ich habe die Polizei gerufen. Ich bin bewaffnet.«

Das bin ich auch.

Ich hole meinen Dienstausweis hervor, klappe ihn auf und rufe: »Sheriffs's Office. Nicht schießen.« Natürlich habe ich keinerlei Zuständigkeit in diesem County, aber hoffentlich hilft es mir trotzdem weiter.

Ronnie kommt genau in dem Augenblick um die Ecke des Hauses gerannt, als die Tür geöffnet wird und eine Frau, die aussieht wie Leanne Delmont, herausschaut. Mein Herz pocht. Für eine Sekunde habe ich den Eindruck, eine tote Frau zu sehen.

»Mrs Delmont?«

»Gabrielle. Ich heiße Gabrielle. Kann ich Ihren Ausweis sehen?«

Ich reiche ihr das Etui, aber sie schaut es nicht an. »Ich habe jemanden hinter dem Haus gesehen. Gehört die Person zu Ihnen?«

Ich bedeute Ronnie, zu mir auf die Treppe zu kommen. Sie kommt, kann aber mit ihrem verletzten Handgelenk nicht gleichzeitig die Waffe halten und ihren Ausweis herausholen, also sage ich ihr: »Sie können die Waffe wegstecken.« Das tut sie und kann endlich mit ungeschicktem Griff das Etui mit ihrem Dienstausweis herausziehen, das sie beinahe fallenlässt. Ihre Hände zittern. Das kann ich ihr nicht verübeln nach dem Monat, den wir beide hatten.

»Ich bin Detective Carpenter. Das ist Detective Marsh«, stelle ich uns vor und reiche ihr Ronnies Ausweis.

Die Frau betrachtet unsere Ausweise und dann uns – aufmerksam. »Sie ist kein Detective. Hier steht, sie ist Reserve Deputy. Und Sie sind nicht von hier.«

Ach, Mist!

»Ja. Sie haben recht. Wir kommen aus Jefferson County, aber wir sind wegen einer Ermittlung hier. Sie wurde gerade befördert und hat ihren neuen Ausweis noch nicht«, lüge ich. Es muss gut gelogen gewesen sein, denn sie gibt uns unsere Ausweise zurück und lässt uns ins Haus.

Jetzt, wo ich sie richtig sehen kann, erinnert sie mich so sehr an Monique, dass mir ein Schauer über den Rücken läuft. Ich muss ihr sagen, dass ihre Mutter ermordet wurde.

Wir gehen ins Wohnzimmer. Auf dem Couchtisch steht

eine Spielekonsole und ein 60-Zoll-Fernseher hängt an der Wand. Das Sofa ist durchgesessen, aber teuer, aus Leder. Vielleicht ein Geschenk ihrer Mutter. An den Wänden hängen Fotos, die fast mit denen identisch sind, die wir am Tatort gefunden haben. Es gibt etliche Bilder von Leanne alleine, Leanne mit Gabrielle, Leanne mit Monique, und das Bild von Leanne auf der Segelyacht mit ihrem Vater. Ich habe nie erfahren, was aus dem Vater geworden ist. Monique hat nie von ihm gesprochen.

Es gibt außerdem etliche Fotos von einem Jungen. Darunter das, das im Park aufgenommen wurde: der Junge am Klettergerüst. Es war umgekippt gewesen, das Glas zersprungen, auf der Kommode in Moniques Haus. Es gibt etliche Bilder von dem Jungen, in verschiedenem Alter, und schließlich ein Abschlussfoto. Ich stelle fest, dass es nur ein einziges Foto von Gabrielle gibt.

Sie lädt uns nicht ein, Platz zu nehmen, also setze ich mich selbst auf das Sofa. Ich klopfe auf den Platz neben mir und bedeute Gabrielle, dass sie sich ebenfalls setzen soll. Ronnie bleibt an der Tür stehen und schweigt. Gabrielles Blick wandert von mir zu Ronnie und wieder zurück zu mir. Sie setzte sich und atmet tief durch. »Sie sind nicht wegen dieses gottverdammten Gestanks hier, oder?«

Ich schüttele den Kopf.

»Es geht um meine Mutter, richtig? Ihr ist etwas zugestoßen.«

Ich nicke. »Es tut mir leid.« Irgendwie erzähle ich ihr, dass ihre Mutter tot ist. Und dann stellt sie die Frage, die nicht zu beantworten ich alles geben würde:

»Musste sie leiden?«

Ich sage ihr Nein und lasse die Details weg. Tot ist tot. Es ist nicht nötig, dass sie alles erfährt, mir ist egal, ob sie mir auf der Polizeischule etwas anderes beigebracht haben. Trauer ist immer am besten in kleinen Dosen. Ich muss es wissen. Innerhalb von nur fünf Minuten habe ich meinen Stiefvater verloren und war mit meinem kleinen Bruder auf der Flucht. Das Leben muss nicht für jeden so beschissen sein. Ich werde ihr weitere Details erzählen, wenn sie danach fragt.

Das tut sie nicht.

VIERZEHN

»Ich habe die Pistolen gesehen und wusste nicht, was das bedeuten soll«, erklärt Gabrielle.

»Wir haben etwas Schlimmes gerochen«, antwortet Ronnie.

»Stinkt es nach einer Leiche?«, will Gabrielle wissen.

»Ja«, antworte ich.

»Die Abwassergrube meines Nachbarn ist übergelaufen. Ich habe mich bei ihm beschwert, aber er kümmert sich nicht darum. Ich habe mich bei der Stadt beschwert, doch die haben niemanden hergeschickt. Und ich glaube, er ist nicht ganz richtig im Kopf. Er hat etwa zwanzig Katzen, und ich glaube, ein paar von ihnen sind tot.«

Ich habe schon öfter von einer »Katzenlady« gehört, aber noch nie von einem »Katzenlord«. Mir ist egal, ob er verrückt ist, ich bin nur froh, dass ich nicht auf eine weitere gehäutete Leiche gestoßen bin. Im Haus ist der Gestank nicht ganz so schlimm. So oder so: Wenn ich an Gabrielles Stelle wäre, würde ich dem Nachbarn eine Waffe vors Gesicht halten, bis er das in Ordnung gebracht hat. Aber ich bin ja nicht an ihrer Stelle.

Ronnie macht in der Küche einen Kamillentee, während

ich bei Gabrielle sitzen bleibe, die mir erklärt, dass sie keinen Alkohol trinkt. Ronnie bringt uns Tassen, aber ich beschließe, dass ich lieber Toilettenwasser trinke als diese Brühe. Ich verstehe ja, dass man keinen Alkohol trinkt, aber Kamillentee?

Gabrielle starrt stumm in ihre Tasse.

»Tut mir leid wegen Ihrer Mutter«, sage ich.

Sie schaut mir ins Gesicht. Ich bemerke, dass sich etwas in ihrer Miene tut, und sie sitzt vollkommen reglos da. Es erscheint mir wie Minuten. Schließlich nippt sie wieder an ihrem Tee und ihr ganzes Auftreten verändert sich.

»Können wir unter vier Augen sprechen, Detective Carpenter?«

»Ich mache noch etwas Tee«, sagt Ronnie. »Möchten Sie auch einen Schluck, Megan? Sie hat auch normalen Tee.«

Ich habe mein übles Gebräu nicht einmal angerührt. Ich reiche ihr die Tasse und nicke, kann aber den Blick nicht von Gabrielles Gesicht lösen. »Ja. Das wäre nett. Kein Zucker. Geben Sie uns ein paar Minuten.«

»Natürlich.« Ronnie verschwindet in Richtung Küche.

Gabrielle bedeutet mir, ihr nach draußen zu folgen. Sie zieht die Tür hinter uns zu und sieht mich an.

»Ich weiß, wer Sie sind«, sagt sie.

Auf meinen Armen bildet sich eine Gänsehaut. Ich glaube ihr. Monique muss ihr etwas erzählt haben – aber was? Ich antworte nicht.

Tränen beginnen in ihren Augen zu schwimmen. »Mom hat mir alles über Sie erzählt. Sie meinte, Sie wären diejenige. Sie haben den Mistkerl erledigt, der uns meine Schwester genommen hat. Ich erkenne Sie von dem Zeitungsfoto, das Mom aufbewahrt hat. Sie hat Sie angehimmelt, wissen Sie das? Sie sagte, Ihr Name sei Rylee, dass Sie ihn aber möglicherweise geändert hätten.«

Ich kann nicht sprechen. Niemand hätte das alles je erfahren sollen. Angst, Aufregung und ein wenig Erleichterung steigen in mir auf – als wäre eine Blase aufgestochen worden und all die schlimmen Dinge wären herausgelaufen.

»Keine Sorge. Ich werde kein Sterbenswörtchen verraten. Sie sind wie eine Superheldin für uns.«

Sie umarmt mich und beginnt bitterlich zu weinen. »Sie werden ihn kriegen. Meine Mom hat an Sie geglaubt. Sie hat es nicht verdient, zu sterben. Sie war eine großartige Frau. Sie hätte alles getan, um jedem zu helfen. Sie hat mir erzählt, wie Sie Leannes Mörder gefunden haben. Und dass Leanne nicht sein einziges Opfer war. Sie gaben ihr alle Beweise, die die Cops brauchten, um all diese Morde aufzuklären und den Familien der Opfer zu helfen.

Und dann kam sein Bruder und hat sie bedroht, dass er mich umbringen würde, wenn sie nicht ...« Ihre Lippen beben und ich kann sehen, dass sie um Fassung ringt. »Es ist Michael Rader. Ich weiß es einfach. Sie müssen ihn finden. Sie werden den Täter seiner gerechten Strafe zuführen.«

Während sie das sagt, schenkt sie mir ein Lächeln, das gleichermaßen wütend und hasserfüllt ist. Ich wäre nur ungern das Ziel dieses Lächelns. »Das werde ich«, verspreche ich ihr, aber wir wissen beide, dass es keine gerechte Strage sein wird.

Sondern etwas völlig anderes.

Mit dem Handrücken wischt sie ihre Tränen weg. Ronnie kommt aus der Küche zurück und ins Wohnzimmer. Ich nehme Gabrielles Hand. »Ich werde das beenden«, sage ich. »Ich schwöre es.« Sie nickt und schenkt mir ein falsches Lächeln – diesmal ein erleichtertes. Ich weiß, wie es ist, gleichzeitig zu lächeln und zu hassen.

Wir gehen wieder rein und setzen uns aufs Sofa. Gabrielle sagt: »Bitte, nehmen Sie Platz, Detective Marsh.«

Ronnie hat die ganze Zeit über gestanden. Gabrielle nennt sie *Detective* Marsh und ich sehe etwas Stolz in ihren Augen aufleuchten. »Ich habe Ihnen noch eine Tasse Kamillentee gemacht, Mrs Delmont.«

»Bitte, nennen Sie mich Gabrielle. Mom nannte mich Gabby, oder auch mal Gabby die Plapperliese, weil ich so viel plappere. Das war ein wirklich verrückter Tag.« Sie nimmt den Tee. Auch ich bekomme meine Tasse in die Hand. Kein Zucker, so wie ich ihn wollte.

»Gabrielle«, sage ich, »warum war Ihre Mutter in Port Townsend?«

»Das kann ich Ihnen nicht sagen. Ich meine, ich weiß es nicht. Ich habe Freitagabend mit ihr gesprochen, da hat sie mir erzählt, dass sie in Port Townsend ist, aber sie meinte, dass sie dort etwas für die Gewaltopfergruppe tun wollte. Um wen genau es ging, hat sie mir nicht verraten.«

»Sie haben Freitagabend mit ihr telefoniert?« Dem Leichenbeschauer zufolge wurde sie am Samstag getötet.

»Ja. Ich habe kein Handy mehr, also habe ich eines von diesen – wie nennt sich das? – Prepaid-Handys gekauft.«

»Ein Wegwerfhandy?«, fragt Ronnie.

»Ja, genau. Nur meine Mutter hatte die Nummer.«

Ronnie hebt die Hand, und ich fühle mich wieder wie in der Schule.

»Ja, bitte?«, sage ich.

Ronnie nimmt die Hand runter. »Während ich den Tee gemacht habe, hat man mir die Anrufprotokolle geschickt. Vom Telefon von Mrs Delmont wurden seit drei Wochen keine Anrufe erhalten oder getätigt.«

Gabrielle antwortet: »Das stimmt vermutlich. Sie hat mich angerufen und mir eine andere Nummer gegeben. Wir wurden beide durch Scherzanrufe belästigt und vermutlich hat sie deswegen ihre Nummer gewechselt. Und ich hatte das Prepaid. Seitdem hat mich niemand mehr angerufen, und mein anderes Handy habe ich ausgeschaltet.«

»Ronnie, könnten Sie Mindy anrufen und sie bitten, noch einmal nach dem Handy zu suchen? Sagen Sie ihr, dass

Monique es Freitagabend benutzt hat, um ihre Tochter anzurufen.«

Ronnie geht nach draußen, um zu telefonieren.

»Sie haben das Handy meiner Mutter nicht gefunden?«

»Nicht, dass ich wüsste, jedenfalls nicht in dem Haus, in dem sie gewohnt hat. Wissen Sie mit Sicherheit, dass sie in Port Townsend war, als sie Sie angerufen hat?«

»Ich habe im Hintergrund ein Schiffshorn dröhnen gehört, darum wusste ich, dass sie in der Nähe einer Fähranlegestelle war. Sie sagte mir, dass sie ein Haus in Port Townsend gemietet hätte.«

»Den Grund hat sie Ihnen nicht genannt?«

Sie schüttelt den Kopf. »Ich fand den Anruf ein wenig seltsam. Bis vor etwa einem Monat haben wir ständig miteinander gesprochen. Dann meldete sie sich und meinte, sie würde diese Scherzanrufe bekommen. Ich dachte mir, dass es vielleicht etwas mit ihrer Arbeit zu tun haben könnte. Dass sie vielleicht von jemandem belästigt wurde.« Sie macht eine Pause und schaut sich um, ob Ronnie sie auch wirklich nicht hören kann. Trotzdem beginnt sie, leiser zu sprechen. »Glauben Sie, dass er es war? Michael?«

Gute Frage. Bevor ich antworten kann, kommt Ronnie wieder rein. »Ich hab Mindy nicht erreichen können. Können Sie mir die neue Nummer Ihrer Mutter geben?«

Gabrielle nennt die Nummer, und Ronnie beginnt sofort wieder, in ihrem Smartphone zu arbeiten. Außerdem gibt sie Ronnie die Nummer ihres eigenen Prepaid-Handys.

»Ich bin mir nicht sicher, ob Sie so einfach an die Anruflisten kommen«, sagt sie. »Ich wüsste auch nicht, was ich davon halten sollte. Ich meine, wenn Sie die so einfach in die Hand bekämen, dann ...«

Sie muss den Satz nicht beenden. Sie weiß, dass Michael Kontakte bei der Polizei hat.

FÜNFZEHN

Gabrielle bemerkt, wie ich ihre Spielekonsole und den Fernseher betrachte.

»Die gehören mir«, erklärt sie. »Damit lenke ich mich ab, wenn ich eine Pause von der Arbeit brauche. Ich arbeite von zu Hause. Krankenhausrechnungen ausstellen. Ich hätte eigentlich Krankenschwester werden sollen, habe aber eine Aversion gegen Blut. Ich bin ziemlich oft alleine. Ich mag die Spiele nicht einmal, aber seit mein Sohn nicht mehr da ist ...«

Sie plappert über Belanglosigkeiten und versucht, tapfer zu sein. Etwas Ähnliches hat sie durchgemacht, als ihre Schwester Leanne ermordet wurde. Damals hat sie sich vermutlich zusammenreißen müssen, damit ihre Mutter und ihr Vater nicht völlig zusammenbrachen.

»Wo ist Ihr Sohn jetzt?«

»Er hat seinen Highschool-Abschluss gemacht und arbeitet als Programmierer bei Starbucks. Er ist ein wirklich kluger Junge. Er lebt inzwischen in Maine und ist ein erfolgreicher IT-ler.« Sie versucht, zu lächeln.

»Sebastian, richtig?«

»Ja, genau. Er ist seit einem Jahr weg. Ihm gefällt es an der

Ostküste. Vermutlich ist auch seine Freundin ein Grund dafür. Sie arbeitet auch für Starbucks. Wussten Sie, dass sie ihren Angestellten das College finanzieren? Er hat online seinen Abschluss an der Arizona State University gemacht und überlegt, noch einen Master in Informatik dranzuhängen, um Softwareentwickler zu werden. Obwohl er das im Grunde schon ist.«

Mir ist unwohl bei dem, was ich als Nächstes sage: »Gabrielle, könnten Sie eine Weile zu Sebastian fahren? Irgendwo bleiben, wo niemand Sie findet?«

»Glauben Sie, dass Michael es auf mich und meinen Sohn abgesehen hat?«

»Er hat Sie benutzt, um an Ihre Mutter zu manipulieren.«

Und an mich.

»Falls Sebastian in Gefahr ist, werde ich alles tun, was ich tun muss.«

»Wissen Sie, ob er auch telefonisch belästigt wurde?«

»Er hat nichts Derartiges erwähnt, aber ich habe ihm nicht erzählt, dass ich und seine Großmutter Scherzanrufe bekommen. Ich wollte nicht, dass er sich Sorgen macht. Aber ich rufe ihn sofort an und sage ihm, dass ich ihn besuchen komme.«

Gabrielle geht in die Küche und ich höre sie telefonieren. Als sie wiederkommt, erklärt sie: »Er freut sich auf meinen Besuch. Ich weiß nicht, wie er es aufnehmen wird, wenn ich ihm von seiner Großmutter erzähle. Wie soll ich ihm das sagen?«

Angesichts all dessen, was wir ihr in den letzten dreißig Minuten zugemutet haben, wirkt sie immer noch ziemlich gefasst.

»Sie sollten Ihrem Sohn genau das erzählen, was er wissen muss, um in Sicherheit zu sein. Er muss nicht alles wissen. Ich sorge dafür, dass die Anwesenheit Ihrer Mutter in Port Townsend nicht in den Nachrichten auftaucht. Ich rufe ihren Vermieter an und stelle sicher, dass das geklärt ist. Der Rechtsmediziner will vielleicht mit Ihnen telefonieren. Haben Sie die Schlüssel zum Haus Ihrer Mutter in Tacoma?«

Sie geht wieder in die Küche und bleibt dort eine Weile. Als sie mit einem Schlüssel zurückkehrt, sehe ich, dass sie geweint hat.

»Hm, wie soll ich das sagen?«, beginne ich. Manchmal ist es das Beste, Dinge einfach auszusprechen. »Ich konnte die Leiche Ihrer Mutter nicht hundertprozentig identifizieren.«

»Oh«, sagt sie und schaut auf ihre Hände.

»Darum muss ich in ihr Haus, um etwas zu finden, das wir für eine DNA-Probe benutzen können.«

Wieder schwimmen Tränen in ihren Augen. Mir fällt nichts ein, was ich darauf sagen könnte.

»Es tut uns so leid«, sagt Ronnie. »Gibt es jemanden, den wir informieren können, damit Sie nicht alleine sind, während Sie sich für die Fahrt vorbereiten?«

Ronnie schaut mich an, vermutlich ist sie unsicher, ob wir die Frau alleine lassen können.

»Wir werden auch eine DNA-Probe von Ihnen brauchen«, sage ich zu Gabrielle. »Für den Abgleich.«

Ronnie holt ein DNA-Probenröhrchen mit einem Abstrichstäbchen aus ihrer Tasche. Irgendwie hat sie immer das Richtige zur richtigen Zeit parat. Wie macht sie das?

»Sie müssen nicht sofort abreisen«, sage ich, während Ronnie die Probe nimmt.

Ich hole mein Handy aus der Tasche und suche eine Nummer raus. Ich wähle, und beim ersten Klingeln wird sofort abgehoben.

»Kitsap County Sheriff's Office. Detective Osborne.«

»Hier ist Megan, Clay. Sie müssen mir einen Gefallen tun.«

SECHZEHN

Unterwegs nach Tacoma rufe ich Sheriff Gray an. »Wir haben Mrs Delmonts Tochter gefunden.«

»Kommt sie, um die Leiche zu identifizieren?«

»Ich habe ihr davon abgeraten. Sie könnte die Leiche ohnehin nicht identifizieren.«

»Und du machst dir Sorgen um ihre Sicherheit.«

Sheriff Gray ist ein kluger Kerl, ein gestandener Ermittler. »Sie wird unter Schutz stehen, bis sie an irgendeinen sicheren Ort kann.«

»Du brauchst mir nicht zu sagen, wo der ist«, erklärt er. »Aber falls nötig, weißt du, wie du sie erreichen kannst, oder?«

»Ja. Kannst du gerade offen sprechen?«

Was ich damit eigentlich frage, ist, ob Nan und ihr Supergehör irgendwo in der Nähe sind.

»Ich bin in meinem Büro, die Tür ist geschlossen. Und ich kann leise sprechen. Reicht das?«

Er weiß um Nan und ihr Klatschmaul. Sie erzählt jedem alles weiter. »Weißt du, wann die Autopsie durchgeführt wird?«, erkundige ich mich.

»Morgen früh, meinte Andrade. Wo seid ihr?«

»Wir fahren noch zu Delmonts Haus in Tacoma. Vielleicht finden wir heraus, warum sie in Port Townsend war. Und wir brauchen eine DNA-Probe. Wir haben eine von ihrer Tochter. Sie hat uns auch Moniques Hausschlüssel und ihr Einverständnis gegeben.«

Sheriff Gray antwortet nichts, also rede ich weiter: »Ronnie tut genau das, was du befohlen hast. Ich werde sie nicht in einen Kampf verwickeln, versprochen. Und sie war eine große Hilfe. Ich brauche sie noch für die Durchsuchung des Hauses, und sie war es, die Delmonts Tochter gefunden hat.«

»Du brauchst mich nicht zu überreden, Megan. Halte mich einfach auf dem Laufenden. Ihr habt keinerlei Befugnisse in Tacoma, bringt euch also nicht in Schwierigkeiten, aus denen ihr nicht von alleine wieder rauskommt.«

Sheriff Gray ist mir mehr ein Vater, als es mein Stiefvater Rolland je gewesen ist – auch wenn Rolland immer versucht hat, sich wie ein Vater zu verhalten, und ich weiß, dass ich ihm wichtig war. »Wir werden keine Schwierigkeiten machen«, verspreche ich.

Natürlich kann ich das nicht garantieren. Falls Michael Rader in Tacoma ist, werde ich ihn erledigen. Um Ronnie mache ich mir anschließend Gedanken.

Ich war nur das eine Mal in Moniques Haus. Ich will dort ebenso wenig sein wie in Port Orchard, aber meine Vergangenheit verfolgt mich. Wenn dieser Tag vorbei ist, muss ich vermutlich Dr. Albright anrufen. Sie weiß immer genau, was sie sagen muss, um mich nach solchen Erlebnissen wieder zusammenzuflicken.

Wir fahren über die Tacoma Narrows Bridge und sehen im Norden den Point Defiance Park an der Spitze der Halbinsel. Dort wurde Leanne entführt. Ronnies Navi leitet mich in die Außenbezirke der Stadt und bis zu Moniques Haus.

Als wir eintreffen, klappt ihr der Kiefer runter, genau wie mir damals, als ich das Haus zum ersten Mal gesehen habe. Die

Delmont-Residenz krallt sich in die Kante einer Klippe, die Tacoma und das erstaunlich klare Wasser der Commencement Bay überragt. Es ist mit Abstand das größte und hübscheste Haus, das ich jemals außerhalb einer Zeitschrift gesehen habe. Es ist doppelt so groß wie das gemietete Haus, in dem Monique in Port Townsend wohnte. Die Haustür ist riesig und ganz aus Glas. Ich frage mich, wie irgendjemand so ein Ding sauber halten kann.Als ich all das Glas das erste Mal gesehen habe, musste ich an Hayden und seine schmutzigen kleinen Finger denken, die es innerhalb von zwei Minuten ruiniert hätten. Bei dem Gedanken an Hayden und die Art, wie wir bei unserem letzten Treffen auseinandergegangen sind, schmerzt mir die Brust. Es hat mir mehr das Herz gebrochen als alles andere, und das will etwas heißen. Er ist der letzte Familienangehörige, den ich noch habe. Ich wusste, dass er mich hasst, bevor er vor einem Monat aus heiterem Himmel in Port Townsend aufgetaucht ist. Er war einverstanden, die Nacht in meinem Gästezimmer zu verbringen, damit wir uns am nächsten Morgen aussprechen konnten. Aber als ich aufwachte, war er bereits verschwunden und hatte nur eine Notiz zurückgelassen, in der er mir mitteilte, dass er mich nie wieder sehen wolle und ich aufhören solle, ihn zu kontaktieren. Ich hatte gehofft, dass ich alles erklären könnte. Dass er irgendwie erkennen würde, dass ich seine einzige Angehörige war, und er mir verzeihen würde, dass ich ihn verlassen hatte. Ich verstehe, dass meine Worte heute Gabrielle verletzt haben. Monique war ihre ganze Welt. Aber wenigstens hat sie einen Sohn, den sie liebt und der auch sie noch immer liebt. Mit diesem Wissen frage ich mich, warum ich erwarte, dass die Beziehung zwischen Hayden und meiner Mutter so anders sein sollte. Hayden liebt unsere Mutter. Er besucht sie im Gefängnis und weiß, dass ich das nicht tue. Er glaubt immer noch, dass es ihr wichtig sei. Ich nicht.

Wir steigen aus dem Taurus und ich werfe einen Blick

durch die Scheibe in der Garagentür. Moniques Auto steht drinnen.

»Hat sie noch ein anderes Auto?«, erkundigt sich Ronnie.

»Haben Sie mehr als ein Fahrzeug gefunden, das auf ihren Namen zugelassen ist?«

»Nur den Caddy. Das ist der, nach dem die Spurensicherung am Tatort sucht. Haben sie dort kein Auto gefunden?«

»Gehen wir rein«, sage ich und schließe mit dem Schlüssel, den Gabrielle uns gegeben hat, die Tür auf. Das weckt in mir die Erinnerung daran, wie ich Monique zum ersten Mal persönlich begegnet bin. Sie hatte die Tür mit einem zögerlichen Ausdruck im Gesicht geöffnet. Ihre Haare wirkten wie gesponnenes Gold und sie trug große Diamantohrringe. Ich hatte sie auf der Stelle erkannt, denn ich hatte sie auf Zeitungsfotos gesehen, als ich Recherchen über Leannes Ermordung angestellt hatte. Ihre Arbeit mit der Gewaltopfergruppe hatte mich zu ihrer Adresse geführt. Ich rief dort an und vereinbarte ein Treffen mit Monique.

Das hier erscheint mir alles wie eine Wiederholung von damals. Ich höre Ronnies Schuhe auf den spiegelnden Holzdielen klacken, genau wie ich Moniques Designerschuhe gehört habe, als sie mich in eine gemütliche Sitzecke in der Ecke eines eleganten riesigen Zimmers führte. Das Zimmer allein war größer als die letzten beiden Häuser, in denen meine Familie gewohnt hat. Größer als das ganze Apartment, in dem ich heute wohne. Für eine Sekunde schmecke ich die großartigen Mandelkekse, die sie gemacht hat. Dazu hatte es Kaffee gegeben. Seit dem ersten Tag meiner Flucht hatte ich nur Obst- und Müsliriegel gegessen. Ich hätte gerne eine richtige Mahlzeit zu mir genommen, aber damals konnte ich das nicht, weil mir die Zeit davonlief.

Denselben glühenden Drang zur Eile verspüre ich jetzt.

»Was ist los, Megan?«

»Ich habe nur gerade überlegt, wie schwer das alles für Gabrielle sein muss«, lüge ich.

»Wonach suchen wir?«

»Sie fangen in den Badezimmern an. Suchen Sie nach einer Bürste, für Haare oder Zähne, irgendetwas mit DNA fürs Labor. Ich fange in der Küche an.« Ich erwähne nicht, dass ich weiß, dass Monique dort eine Menge Zeit mit ihrem Laptop und einer Tasse Tee verbracht hat.

»Ich frage mich, wo in diesem Ding das Badezimmer ist«, murmelt Ronnie, während sie am Ende der Eingangshalle außer Sicht verschwindet.

SIEBZEHN

Ronnie ist unterwegs und sucht die Badezimmer. Es gibt vermutlich drei oder vier davon. Das sollte sie also eine Weile beschäftigen.

Ich gehe in die Küche und erinnere mich an eine meiner ersten Sitzungen bei Dr. Albright. Sie Sitzung läuft mit Bild und Ton vor meinem inneren Auge ab, wie ein Film.

Ich sitze auf ihrem Sofa und atme den Duft der Blumen in der großen Vase ein. Calla-Lilien diesmal.

Erzähl mir mehr über Monique, sagt Dr. Albright.

Ihre tiefblauen Augen sind voller Sorge. Ihre Tochter ist tot, antworte ich. Ich gebe mich als Reporterin aus und stelle ihr Fragen, von denen ich weiß, dass sie ihr wehtun. Mrs Delmont schaut mich an und fragt: »Ist alles in Ordnung, meine Liebe?« Ich frage mich, was sie glaubt, was mit mir nicht in Ordnung ist. Ich bin gut darin, meine Gefühle zu verbergen. »Verzeihung?«, antworte ich in der freundlichsten, harmlosesten, neutralsten Art, auf die irgendjemand dieses Wort aussprechen könnte.

Sie schaut auf meine Hände. »Du hast deine Nägel bis auf

die Knochen abgekaut.« Meine Hände liegen in meinem Schoß. Meine Fingernägel sind kaum noch vorhanden. Mir war gar nicht klar, dass ich sie fast komplett abgeknabbert hatte, und ich frage mich, auf welche Art sich meine Wut, meine Angst, meine Sorgen und mein Wunsch nach Rache sonst noch manifestieren. Ich habe das Gefühl, mich auf eine Art zu verändern, die ich sowohl verfluche als auch willkommen heiße. Abgeknabberte Fingernägel liegen auf der »Verfluchen«-Seite der Pro-und-Contra-Liste meines Lebens. »Es ist nur dieser Artikel«, belüge ich Mrs Delmont und bemerke, dass eine meiner Fingerspitzen immer noch feucht ist. Ich frage mich, wie ich mir selbst gegenüber so unaufmerksam sein konnte. Was stimmt nicht mit mir?Mrs Delmont sagt: »Es ist lange her, dass mir Leanne genommen wurde, aber es tut immer noch verdammt weh. Ich versuche, mich zu beschäftigen. Ich versuche zu helfen, aber in meinem Geist sehe ich immer noch Leanne und ihren Vater auf der Yacht, lächelnd, in der besten Zeit ihres Lebens. Sie verschwand im Yachthafen, und diesen Tag gehe ich im Kopf wieder und wieder durch.«

Ich versichere ihr, dass sie nicht alleine ist, dass alle Angehörigen von Mordopfern sich so fühlen. Aber noch während mir diese Worte über die Lippen kommen, bemerke ich, dass sie mich angespannt anschaut. Ich wollte mitfühlend sein, klinge aber herablassend. Ich lasse mir schnell eine Lüge einfallen.

Ich erzähle Mrs Delmont, dass meine Schwester Courtney ermordet wurde. Dass ich jeden Tag um sie trauere. Ich erzähle ihr nicht, dass ich in Wirklichkeit gar keine Schwester habe. Dass Courtney meine Mutter ist, die noch lebt. Die ich zu finden versuche.

Dr. Albright fragt mich: Du hast ihr erzählt, dass du eine Schwester hast, die ermordet wurde?

Ich glaube schon, antworte ich.

Warum hast du den Namen deiner Mutter benutzt, wenn du von einer Schwester erzählst?, will Dr. Albright wissen.

Ich verstehe, worauf Sie hinauswollen, sage ich ihr. *Ich war wütend auf meine Mutter, wegen all der Lügen, des Verrats, aber ich habe ihr nicht den Tod gewünscht. Selbst als ich auf der Flucht war, habe ich versucht, sie zu finden. Um sie zu retten.*

Ich erinnere mich, wie mir Dr. Albright diesen nicht wertenden Blick zuwirft, den sie so gut beherrscht. Mit dem sie mich selbst entscheiden lässt, was mich im Kopf und im Herzen umtrieb.

Du bist hier sicher, sagt sie. *Du kannst alles sagen, was du möchtest.*

Ich erzähle ihr, wie Moniques Ausdruck sich entspannt und sie mir eine Hand aufs Knie legt. *Mrs Delmont sagt:* »*Nun denn, dann sind wir beide Schwestern der unendlichen Trauer.*«

Ich erinnere mich, dass ich in keiner derartigen Schwesternschaft sein wollte. Wer würde das schon? Was mich betrifft, damals wie heute, wollte ich immer nur in der Schwesternschaft der Rache und Vergeltung sein. All ihr Fundraising, all ihre Talkshow-Auftritte, sie haben nichts gebracht. Im Grunde nichts. Solange ein Mörder noch dieselbe Luft atmet wie wir, ist die Familie seiner Opfer niemals frei.

ACHTZEHN

Es ist sehr lange her, dass ich in ihrer Küche war. Es riecht immer noch nach den Mandelkeksen, die sie mir angeboten hat, bevor sie die Wahrheit über mich kannte. Ich sehe einen Teller auf der Kücheninsel mit einem halben Dutzend im Supermarkt gekaufter Mandelkekse. Ich nehme einen davon. Alt und pappig. Ich esse ihn auf und nehme noch einen. Ein paar weitere stecke ich mir für später in die Tasche meines Blazers und lasse den Rest für Ronnie.

Monique war altmodisch. Menschen ihres Alters sind damit aufgewachsen, um Küchentische herum zu sitzen, mit der Familie zu essen, über den Schultag oder andere spannende Dinge zu sprechen, die passiert sind oder passieren werden, oder Brettspiele zu spielen. Nach Haydens Kurzbesuch bin ich zusammengebrochen, habe mir einen Smart-TV gekauft und vor einigen Nächten eine alte Fernsehserie geschaut. Darin trug die Mutter Kleider mit kurzen Puffärmeln und einem um die Taille geschlungenen Band, Lippenstift, Augen-Make-up, feste, perfekt sitzende Haare mit mindestens einer halben Dose Haarspray darin. Nie kam ihr ein gehässiges Wort über die Lippen.

Nie gab es einen Streit mit ihrem Ehemann. Die Kinder waren so perfekt, wie man nur sein konnte.

Und dennoch weiß ich, dass unter Perfektion manchmal etwas äußerst Verstörendes lauert.

Ich sitze am Küchentisch. Magneten halten einen Kalender am Kühlschrank fest. Monique hat einige Tage darauf mit einem großen X markiert. Die Markierungen enden vor drei Wochen. Es gibt keinen weiteren Hinweis darauf, was sie damit aussagen wollte. Ich nehme den Kalender in die Hand und blättere ihn durch. Die einzig notierten Termine sind die beim Friseur. Keine Ärzte. Keine Geburtstage. Nichts. Genau aus diesem Grund habe ich bei mir zu Hause keinen Kalender. Ich will nicht, dass jemand in meine Privatsphäre eindringt.

Ronnie betritt die Küche. »Ich habe in keinem der Badezimmer etwas gefunden. Falls sie eine Bürste hat, hat sie sie mitgenommen. Das gilt auch für Medikamente. Es gibt Hinweise darauf, dass sie sich selbst die Ansätze färbt, aber das war es auch schon. Nicht mal eine Zahnbürste, abgesehen von der noch verpackten in einer Schublade. Haben Sie hier etwas gefunden?«

Ich erzähle ihr nicht, dass ich in Erinnerungen geschwelgt habe.

»Noch nicht. Gehen Sie doch hier die Schränke durch, und ich schaue mir noch einmal die Badezimmer an. Dann werfen wir einen Blick in die anderen Zimmer. Falls sie irgendetwas zurückgelassen hat, das uns verrät, was sie in Port Townsend wollte, dann vermutlich in der Küche, im Bad oder im Wohnzimmer, und hier finde ich nichts Derartiges.«

»So ging es mir auch«, antwortet Ronnie und beginnt, die Schubladen aufzuziehen, die ich ausgelassen habe. »Sehen Sie sich das an«, ruft sie und hält ein pinkes Blatt Papier hoch. Es ist der Durchschlag eines Automietvertrags.

»Jetzt wissen wir wohl, weshalb wir am Tatort kein Auto gefunden haben«, sage ich und rufe Mindy an.

Ronnie reicht mir den Vertrag und ich lege den Anruf auf Lautsprecher, damit Ronnie mithören kann.

»Hi, Megan«, meldet sich Mindy. »Alles gut bei dir? Oh, du willst wissen, wie es mir geht? Mir geht es gut. Es ist schön zu wissen, dass du auch mal einfach so anrufst, ohne dass du etwas von mir willst.«

»Ich rufe geschäftlich an, wenn das in Ordnung ist. Wir können uns gerne später auf ein paar Drinks treffen, dann kannst du mir vorwerfen, was für eine miese Freundin ich bin.«

»Na denn, was kann ich für dich tun?«

»Du hast kein Auto am Tatort gefunden, das dem Opfer gehört, richtig?«

»Nein. Wir haben ihr Kennzeichen von der Zulassungsstelle erhalten, haben das Fahrzeug dazu aber noch nicht gefunden. Es ist ein neuer Cadillac. Brauchst du das Kennzeichen, oder hast du den Wagen gefunden?«

»Wir sind in Mrs Delmonts Haus in Tacoma. Ihr Auto steht hier in der Garage. Ich kann dir aber sagen, wonach du die Augen aufhalten solltest.«

»Ich bin nicht mehr am Tatort, kann aber noch mal zurück.«

»Das wäre toll.« Ich vertraue den Typen von der Spurensicherung, die dort waren, nicht, dass sie mir zeigen würden, was in dem Auto ist. Mindy wird mich mit FaceTime kontaktieren und mir alles zeigen. »Wir werden noch eine Weile hier sein.« Ich diktiere ihr das Kennzeichen und die Beschreibung des Autos.

»Verstanden. Ich kann mich nicht erinnern, ein solches Fahrzeug dort gesehen zu haben. Hab also nicht allzu große Hoffnungen.«

»Mindy, falls du es findest, kannst du mir mit FaceTime ...«

»Ich zeige dir alles, was ich finde, bevor ich Dick und Doof hole, um es wegzubringen.«

»Sind das deine Namen für diese herausragenden Spurensicherungsleute?«, frage ich.

»Die waren ziemlich unhöflich zu mir«, antwortet Mindy und klingt leicht angesäuert. »Ist mir noch nie passiert, dass jemand seinen Tatort nicht mit mir teilen wollte.«

»Vergiss nicht, das dem Sheriff zu erzählen, der wird ihnen dafür den Hintern aufreißen. Außerdem war einer von ihnen auch zu mir unhöflich. Na komm, schlitzen wir ihnen die Reifen auf.« Damit bringe ich Mindy zum Kichern. »Außerdem müsstest du für mich nach dem Handy des Opfers suchen.« Es fühlt sich seltsam an, Monique als »das Opfer« zu bezeichnen. Aber das ist sie nun mal. Ein weiteres Opfer, das ich würde rächen müssen.

Mindy ist sehr aufmerksam. »Du weißt, dass wir weder ihr Handy noch sonst irgendein Telefon gefunden haben. Also musst du ein anderes Telefon meinen. Ich schätze mal, dass sie zwei Handys hatte oder das Handy von jemand anderem.«

»Du hättest Detective werden sollen«, antworte ich und nenne ihr die Nummer des Prepaid-Handys. »Ich glaube, dass sie von diesem Handy etwa einen Tag vor ihrer Ermordung ihre Tochter angerufen hat. Das Opfer wurde telefonisch belästigt, jedenfalls hat sie das ihrer Tochter erzählt. Falls du das Handy findest, könnte es uns verraten, wen sie sonst noch in letzter Zeit angerufen hat. Das neue Handy hatte sie erst seit knapp drei Wochen.«

»Irgendeine Idee, warum sie bei uns hier in der Gegend war?«, will Mindy wissen.

»Noch nicht. Wir sind in ihrem Haus in Tacoma, um etwas für den DNA-Abgleich zu finden.«

»Hab was«, ruft Ronnie. Sie hält eine Kaffeetasse hoch und deutet auf Lippenstiftspuren am Rand.

Es ist genau die Farbe, die Monique in meiner Erinnerung so gut gefallen hat. Jetzt haben wir zwei Möglichkeiten, um die Leiche zu identifizieren.

NEUNZEHN

Bevor wir das riesige Haus verlassen, gehe ich noch einmal durch die Zimmer im Obergeschoss. Ronnie hat die Badezimmer bereits durchsucht, ich schaue sie mir aber noch einmal an, als würde ich überprüfen wollen, dass sie nichts übersehen hat. Mir ist bewusst, dass sie das nicht hat, aber es sorgt dafür, dass sie weiß, dass sie meine Assistentin ist. Dann habe ich ein schlechtes Gewissen, weil ich so etwas denke. Ich bin ihre Lehrerin.

Im Schlafzimmer finde ich Moniques Adressbuch, in dem die Mitglieder ihrer Gewaltopfergruppe stehen. Ich höre Ronnie in einem anderen Schlafzimmer, also gehe ich auf den Flur raus, als sei ich gerade aus dem Bad gekommen. Ich rufe sie. Sie kommt mit einem enttäuschten Gesicht aus einem der Zimmer. »Können Sie mir helfen, dieses Zimmer zu durchsuchen?«, frage ich.

»In dem Schlafzimmer ist nichts, ich habe sogar unter der Matratze nachgesehen.«

»Sie überprüfen den Schrank. Ich schaue hier unter die Matratze.« Das Adressbuch liegt auf der Ablage im Einbauschrank. Sie findet es auf der Stelle und blättert es durch.

»Ich habe ein Adressbuch.«

»Gute Arbeit«, erwidere ich und sie übergibt mir ihren Fund. »Damit sollten wir einige ihrer Freunde kontaktieren können und herausfinden, was sie vorhatte.«

»Wohin wollen wir als Nächstes?«

»Ich fahre, und Sie fangen an, die Personen in dem Adressbuch anzurufen. Beginnen Sie mit den Leuten von der Gewaltopfergruppe.«

»Was sage ich, wenn sie wissen wollen, warum ich anrufe?«

»Sagen Sie ihnen, dass Monique tot ist. Wir gehen von Fremdeinwirkung aus. Erzählen Sie ihnen nicht, was wirklich passiert ist, aber Sie müssen sie fragen, was sie in Port Townsend wollte, und ob es jemanden gab, der ihr etwas antun wollte. Darum müssen Sie ihnen sagen, dass sie tot ist.«

»Das ist doch scheiße«, schimpft Ronnie.

»Es wird ohnehin bald in den Nachrichten sein«, erwidere ich.

Wir steigen ins Auto und Ronnie beginnt, auf ihrem Handy herumzutippen. »Sie haben recht.« Sie zeigt mir den Bildschirm. Moniques Name wird bereits von den Nachrichten erwähnt.

Mein Handy klingelt.

Es ist Mindy.

Ich kann sie kaum verstehen, so laut sind die fordernden Stimmen der Journalisten im Hintergrund. Sie haben Blut gewittert und werden die nächsten Tage damit verbringen, jeden Tropfen davon aus der Geschichte zu pressen – kein Wunder, bei der Art des Mordes.

»Das Auto wurde bereits abgeschleppt. Ich bin ein bisschen herumgefahren und ein Deputy hat mich angehalten. Ich habe ihm erzählt, wonach ich suche, und er meinte, er hätte den Wagen gestern vom Parkplatz des Yachthafens abschleppen lassen. Es war fast im Wasser geparkt worden.«

»Und das Handy?«

»Habe ich unter der Matratze gefunden. Einer der Jungs von der Spurensicherung hat es für mich auf Fingerabdrücke untersucht und ich habe es jetzt bei mir. Es ist mit schwarzem Fingerabdruckpulver bedeckt, sieht aber noch heil aus.«

»Wir kommen ins Büro zurück. Können wir uns dort treffen?«

»Warte mal eine Sekunde«, antwortet sie. Dann höre ich, wie sie zu jemandem sagt: »Wenn Sie eine Story wollen, dann müssen Sie ins Tides und mit Deputy Jackson sprechen. Er hat ein wichtiges Beweisstück und einen Zeugen gefunden.« Ich höre, wie der Tumult hinter ihr lauter wird und Mindy dieselbe Information wiederholt, bevor der Hintergrundlärm nachlässt.

»Das hast du nicht wirklich getan«, sage ich.

»Doch, habe ich.«

»Wir haben keinen Deputy mit Namen Jackson.«

»Bis die rausgefunden haben, dass es dort weder einen Deputy noch einen Zeugen gibt, bin ich zurück im Büro.«

»Clever. Wir sehen uns dort.« Ich beende das Gespräch.

Ronnie sieht besorgt aus. »Mindy wird deswegen nicht gefeuert, oder? Ich meine, wenn sich die Reporter bei Sheriff Gray beschweren?«

»Mindy ist keine Polizistin. Sie ist freie Mitarbeiterin. Sheriff Gray wird ihnen sagen, dass er mit ihr sprechen wird, und das war es dann.«

»Cool.«

»Ronnie – Sie sollten so etwas niemals tun. Sie könnten gefeuert werden.«

»Okay. Versprochen.«

Ich schaue zu ihr rüber und sie hat die Finger verschränkt. »Fangen Sie an, die Leute anzurufen«, trage ich ihr auf und fädele mich in den Verkehr ein. Ich hoffe, dass wir mit einem davon Glück haben.

ZWANZIG

Rylee und ihre rothaarige Detective-Freundin haben es irgendwie vor ihr zu Gabrielles Haus geschafft. *Ronnie.* So heißt die Rothaarige. Bevor sie losgefahren sind, kam ein großer Kerl – er sieht aus wie ein Cop –, und blieb als Aufpasser bei Gabrielle. Sie könnte ihn mit einem ihrer Messer töten und dann Gabrielle erledigen, aber sie hat einen anderen Plan.

Ihr Plan ist, Rylee leiden zu lassen. Damit hat sie bereits angefangen. Tick, tick, tick.

Und jetzt gibt es andere Orte, an die sie muss, andere Menschen, die sie töten muss. Trotzdem hätte sie gerne den Ausdruck auf Gabrielles Gesicht gesehen, wenn sie es ihr abgeschnitten hätte.

Sie hat Monique erzählt, dass sie Gabrielle getötet hat, aber das war eine Lüge gewesen. Sie hatte es nur gesagt, um den Schrecken zu sehen, den sie damit auslöste, als Rache für die Hilfe, die Monique Rylee gewährt hat. Michael Rader hatte Monique vor einigen Jahren bedroht. Er sagte ihr, dass er ihre letzte noch lebende Tochter umbringen würde, wenn sie ihm nicht verriet, ob Rylee noch am Leben war. Monique hatte ihm erzählt, dass die Schlampe noch atmete. Und nicht nur das, er bekam auch alle Fotos zurück, die Rylee aus Maries Haus mitgenommen hatte. Michael zufolge waren es genug Fotos, um eine Wand damit zu bedecken. Ein Schrein für seine Opfer. Eine Wand der Erinnerung, die Alex ins Gefängnis oder Michael in die Todeszelle bringen konnte. Sie hatte Alex deswegen gewarnt. Aber Marie hatte mehr Kontrolle über ihn. Marie war seine Motivation. Aber Marie war tot.

Sie sieht zu, wie der Detective mit Gabrielle auf der Veranda sitzt. Sie weiß, dass er sie vögeln wird, bevor die Nacht vorbei ist. So sind die Cops. Das ist nicht mal etwas Schlechtes. Nur die Realität. Der Anblick, wie sie zusammen da sitzen, einfach nur auf den Stufen hocken, etwas trinken, nicht einmal miteinander sprechen, lässt eine Woge der Erinnerungen aus ihrer Zeit mit Alex über sie hereinbrechen. Das bisschen Zeit, das er ihr schenken konnte. Sie liebte jede Sekunde davon. Sie war nicht immer so glücklich gewesen. So sicher.

Sie ruft sich sein Gesicht in Erinnerung. Seine dunklen Augen hatten so eine Intensität ausgestrahlt. Davon hatte sie sich angezogen gefühlt. Die Sanftheit hinter seiner harten Schale war der Grund gewesen, weshalb sie sich in ihn verliebt hatte. Er hatte sie von der Straße geholt. Sich um sie gekümmert. Ihr einen sicheren Ort zum Leben gegeben, Essen, Geld, alles, was sie brauchte oder sich wünschte.

Heute wollte sie nicht mehr viel und brauchte noch weniger. Immerhin hatte sie in ihrer Heimat in El Salvador von fast gar nichts gelebt. Ihre Mutter, ihr Vater und ihr Bruder waren von den Guerrilla-Truppen der Nationalen Befreiungsfront Farabundo Martí ermordet worden, weil sie ihnen während des zwölf Jahre andauernden Krieges gegen die Junta-Regierung nicht hatten beitreten wollen. Ihr Bruder und Vater waren grausam getötet worden, indem sie öffentlich bei lebendigem Leibe gehäutet wurden – als Lektion für alle, die sich gegen die Partei stellten. Ihre Mutter war mehrmals vergewaltigt worden, bevor sie sie geköpft hatten. Sie selbst war von den Guerrilla-

Kämpfern vergewaltigt und zurückgelassen worden, allein, mit dreizehn, um ein Exempel zu statuieren. Keine Arbeit. Niemand, der sie aufnahm. Alle hatten Angst. Sie hatte den Müll durchwühlt, und manchmal bekam sie eine halb gegessene Notration, welche die Soldaten den von der US-Regierung unterstützten Truppen der Junta gestohlen hatten, als Belohnung für einen Gefallen. Sie hatte jede Menge Gefallen hinter sich gebracht, und war trotzdem fast verhungert.

EINUNDZWANZIG

Mit einer der Nummern aus Moniques Adressbuch knackt Ronnie den Jackpot. Mr Bridges ist Witwer. Seine Frau war bei einem Carjacking getötet worden. Eine Zeugin hatte ausgesagt, dass zwei junge Frauen an Mrs Bridges' Auto herangetreten waren, während sie an der Ampel stand, einen Block von dem Krankenhaus entfernt, in dem sie als Schwester in der Notaufnahme arbeitete. Dieselbe Notaufnahme, in der sie zehn Minuten später für tot erklärt wurde. Die Zeugin hatte in dem dahinter stehenden Auto gesessen und sagte aus, eines der Mädchen sei mit wedelnden Armen auf die Straße gelaufen, als würde sie Hilfe brauchen. Mr Bridges' Frau war Krankenschwester, also öffnete sie die Tür. Dabei wurde sie von dem zweiten Mädchen herausgezogen, die mit einem Messer auf sie einstach und sie trat, und beide stahlen das Auto. Die Zeugin war so geschockt, dass sie sich das Kennzeichen nicht gemerkt hatte und der Polizei bei ihrem Eintreffen keine ausreichende Beschreibung geben konnte.Mr Bridges trat der Opfergruppe bei, als er im Internet davon erfuhr, und freundete sich mit Monique an. Monique hat Dutzende Namen in ihrem Adressbuch, und ich zweifle keine Sekunde daran, dass hinter jedem davon eine Geschichte voll sinnloser Gewalt und Tod steckt.

»Seine Nummer war einer der Anrufe auf Mrs Delmonts Wegwerfhandy«, erklärt Ronnie. »Er sagte, sie habe ihn vor einer Woche angerufen, um ihm die Nummer zu geben, falls irgendjemand einen Notfall habe. Er war so etwas wie ihr Stellvertreter, und falls einer aus der Gruppe sie nicht erreichen konnte, meldete er sich bei ihm.«

»Er hat sie auch ziemlich häufig auf ihrem normalen Telefon angerufen«, sage ich. »Ein- oder zweimal pro Woche, und jedes Mal mindestens dreißig Minuten. Ich bin froh, dass sie jemanden hatte, der sie tröstete.«

»Ja. Es muss schrecklich sein, wenn die eigene Tochter ermordet wird. Mr Bridges sagte mir, dass sie aus diesem Grund die Opfergruppe gegründet hat.« Ronnie wird still und ich glaube, dass sich Tränen in ihren Augen sammeln.

»Da weiß man sein eigenes jämmerliches Leben gleich viel mehr zu schätzen, oder? Sie hat mit moralischer Stütze und vielleicht Geld geholfen, hat Polizisten dazu gedrängt, gründlicher als gewöhnlich zu ermitteln, und ist Verwaltungsbeamten auf die Füße getreten. Aber wir spüren die Arschlöcher auf. Wir bringen ihnen ihren Frieden.«

»Ja, das tun wir.«

»Hat sie Mr Bridges erzählt, dass sie in Port Townsend eine alte Freundin gesucht hat, die vielleicht Hilfe brauchte?«, frage ich.

Sie nickt. »Er meinte, dass das nicht unüblich für sie war. Manchmal reisen einige Mitglieder der Gruppe dorthin, wo sie gebraucht werden. Monique hat jedes Mal sämtliche Kosten übernommen. Ich habe ihn gefragt, ob sie sich dafür normalerweise ein Auto gemietet hat. Das fand er allerdings ungewöhnlich.«

»Und hatte sie für solche Ausflüge immer ein Wegwerfhandy?«

»Das habe ich vergessen zu fragen. Ich rufe ihn noch mal an.«

»Nicht nötig. Wenn es untypisch für sie war, sich ein Auto zu mieten und ihm nicht mehr zu sagen als das bisschen, was er weiß, dann können wir wohl davon ausgehen, dass es nicht normal war, dass eine Frau ihres Alters ein Wegwerfhandy hat oder auch nur an so etwas denkt.«

»Er meinte, sie klang, als hätte sie Angst um ihre Freundin gehabt. Er macht sich große Vorwürfe, dass er nicht darauf bestanden hat, zu ihr zu fahren und zu helfen. Ich glaube, er war ein bisschen mehr als nur ihr Stellvertreter.«

Das glaube ich auch, aber ich bin wirklich froh, dass sie sich am Ende weit genug aus ihrem Panzer heraus getraut hat, um einem anderen Mann zu vertrauen. Ich schaffe das immer noch nicht ganz. Bei Caleb hatte ich gedacht, dass ich es könnte, aber als er herausfand, was ich meinem Erzeuger angetan hatte, und zusah, wie ich einen anderen Killer umbrachte, wurde ihm schlecht. Er wird die kleine Rolle, die er dabei gespielt hat, immer mit mir in Verbindung bringen. Ich töte Monster, aber für Caleb bin ich ein Monster.

Dan Anderson ist das, was einem festen Freund für mich am nächsten kommt, und wir waren im letzten Monat nur ein paarmal verabredet. Ich weiß nicht, warum, aber mein Bauchgefühl sagt mir, dass ich ihn anrufen sollte, um ihn zu fragen, wie es ihm geht. Ob er auch telefonisch belästigt wird.

»Mindy untersucht das Mietauto. Rufen Sie immer noch Mitglieder der Opfergruppe an?«

»Ja. Viele fehlen nicht mehr. Dann melde ich mich bei Gabrielle und frage sie, wie es dort steht. Wollen Sie, dass ich Clay frage, ob sie ihm etwas erzählt hat, was sie uns verschwiegen hat?«

Ohne genau zu wissen, warum, sage ich ihr, dass ich Clay anrufen werde. Vielleicht will ich nicht, dass sie all meine Arbeit erledigt. Vielleicht will ich nicht, dass sie ihm zu nahe kommt und Marleys Gefühle verletzt. Marley ist wichtiger für uns. Für mich. Ronnie kehrt zu ihrem Schreibtisch zurück und Sheriff Gray bedeutet mir, dass ich in sein Büro kommen soll.

»Mach die Tür zu«, sagt er. Ich setze mich auf den Stuhl in der Ecke. Er lehnt sich auf seinem zurück, ohne dass er knarrt. Das WD-40, das ich auf seinen Schreibtisch gestellt habe, hat Wunder gewirkt. Er schaut mich lange an. Ich warte ab und sitze still. Ich bin gut darin, zu warten. Ich bin gut, weil darauf vorbereitet bin, dass er versucht, mich von dem Fall abzuziehen. Das wird nicht passieren. Nicht mal, wenn er ihn einem anderen Detective zuteilt.

Er betrachtet meine Miene, beugt sich vor und seufzt tief.

»Du wirst den Fall nicht abgeben, oder?«

Ich schüttle den Kopf. Worte stapeln sich hinter meinen Lippen und purzeln mir fast aus dem Mund. Aber ich halte die Klappe. Er hat schon verstanden.

»Erzähl mir, was du hast. Ich habe gehört, wie du da draußen darüber gesprochen hast, aber ich muss den Rest hören. Alles.«

Bei dem letzten Wort hebt er eine Augenbraue. Er weiß, dass ich lügen werde. Also will ich ihn nicht enttäuschen.

»Zuerst einmal weißt du bereits, dass ich Monique schon sehr lange kannte. Ich kannte sie besser, als ich dir gesagt habe, aber nicht so gut, dass ich meine persönlichen Gefühle nicht aus der Ermittlung raushalten kann.«

Das ist die erste Lüge, aber ich verkleide sie mit einer kleinen Wahrheit.

»Du weißt, dass wir Detective Osborne aus Kitsap gebeten haben, bei ihrer Tochter zu bleiben, bis sie sicher bei ihrem Sohn im mittleren Westen ist. Indiana. Dort wird sie in Sicherheit sein, und sie hatte ohnehin geplant, ihn zu besuchen.«

Das ist eine Lüge. Ihr Sohn lebt in Maine.

Ich hasse es, Sheriff Gray anzulügen, aber es ist nur zu seinem eigenen Besten.

Und zu meinem.

»Monique hat ihr Auto in Tacoma zurückgelassen und ist mit einem Mietwagen hergefahren. Wir haben den Wagen auf dem Abschlepphof und Mindy geht ihn gerade durch. Sie hat Moniques Handy unter ihrer Matratze gefunden, und auch das untersucht sie für uns.«

»Ihr Wegwerfhandy«, sagt Sheriff Gray.

Ich nicke. »Das ist untypisch für sie, und ich habe bisher noch keine Erklärung dafür.«

»Und warum wolltest du, dass Detective Osborne auf ihre Tochter aufpasst? Dachtest du, dieser Wahnsinnige könnte eine Gefahr für sie sein?«

»Vorsicht ist besser als Nachsicht.«

»Und das hat nichts mit dem, du weißt schon, zu tun, das ich dir gegeben habe?«

»Ich wüsste nicht, warum.«

Meine letzte Lüge.

Sheriff Gray guckt auf seine Uhr. »Sag Ronnie, dass sie Feierabend machen soll. Fahrt beide nach Hause und ruht euch etwas aus. Ihr habt dafür gesorgt, dass Gabrielle sicher ist, das sollte also bis morgen früh reichen.«

»Ich schicke sie nach Hause, aber ich muss noch was erledigen«, sage ich. Sonst kann ich an diesem Abend nicht mehr viel tun. Die Autopsie ist morgen, und alles, was mir bleibt, ist Herumsitzen und Nachdenken.

»Geh nach Hause«, wiederholt er.

Es ist keine Bitte.

Vielleicht hat er recht. Ich kann auch zu Hause nachdenken. Mit einem Drink.

ZWEIUNDZWANZIG

Auf der Fahrt rufe ich Dan an.

»Megan. Ich habe gerade an dich gedacht. Du bist wohl Gedankenleserin, hm?«

»Oder eine Psychopathin. Ich meine, *du* datest mich.«

»Wir daten uns?«

»Nein. Ja. Du weißt, was ich meine. Wir gehen dann und wann aus, und ...«

»Ich veralbere dich nur. Keine Bange.«

Ich kann etwas in seiner Stimme hören. Ich habe etwas Falsches gesagt und weiß nicht, was. Ich bin nicht gut in diesem ganzen Beziehungszeug. Ich habe ihn angerufen, weil ich darüber nachgedacht habe, wie dicht an meinem Zuhause Monique ermordet wurde.

Das, und an die letzte E-Mail meines Stalkers.

Du bist ja in letzter Zeit sehr beschäftigt. Aber du hast deine Nase schon immer in Dinge gesteckt, die dich nichts angehen. Wie ich sehe, bist du wieder auf der Jagd. Und dieses Mal mischst du dich in die Fälle von Clallam und Kitsap County ein. Schön für dich. Du wirst deinen Mann schon finden. Ich hoffe bloß, er findet dich nicht zuerst. Du bist nicht halb so schlau, wie du denkst.

Die beiden letzten Zeilen erscheinen mir inzwischen passend zu Moniques Tod und den Scherzanrufen, die sie und Gabrielle erhalten haben. Ich habe Gabrielle vor heute nie getroffen, wusste aber, dass Michael Rader ihrer Mutter mit ihr gedroht hat. Und eben die letzten beiden Zeilen werfen in mir die Frage auf, ob mein Stalker etwas mit Moniques Tod zu tun hat.

Ich bin in Port Townsend. Wir sehen uns bald. Wallace.
PS: Wer ist der Holzfäller?

Sie war mit »Wallace« unterschrieben. Wallace kennt offensichtlich Dans Namen nicht, falls er ihn mit »Holzfäller« meint. Ich hatte geglaubt, dass der Stalker nur hinter mir her wäre und mir Angst machen wollte. Ich hatte sogar überlegt, ob Dan der Stalker ist. Es erschien mir einfach als ein zu großer Zufall, dass ich gerade ein Date mit ihm gehabt hatte, bevor ich die E-Mail las. Dan wusste von den Mordfällen in den Countys Clallam und Kitsap. Aber er hätte sich selbst wohl kaum als »Holzfäller« betitelt.

Vielleicht hatte Dan eine falsche Spur in der E-Mail hinterlassen. Wollte mich glauben machen, dass der Stalker auf ihn aufmerksam geworden wäre. Das wäre ein guter Weg, mich von seiner Spur abzubringen. Aber es ist auch egal, weil ich nicht die geringste Ahnung habe, wer die E-Mails schreibt. Meine Verdächtigen sind Dan, Caleb, mein Bruder Hayden und Michael Rader. Ich hatte geglaubt, Hayden wäre in Afghanistan gewesen, als die E-Mail abgeschickt wurde, doch dann fand ich heraus, dass er in Port Townsend war. Schon seit Wochen. Die E-Mail von meinem Stalker besagte: »Ich bin in Port Townsend. Wir sehen uns bald.« Und plötzlich, einen Tag später, steht Hayden vor meiner Tür. Meines Wissens lebt er immer noch in Port Townsend, aber ich bringe es nicht über mich, zu glauben, dass er es ist.

Wo Michael Rader jetzt steckt, ist mir nicht bekannt. Ich habe ihn nicht im Auge behalten. Damals hatte ich noch nicht die Möglichkeiten dafür. Aber jetzt frage ich mich, warum ich das nicht nachgeholt habe, als ich im Sheriffs's Office angefangen habe.

Gute Frage, denke ich mir.

»Megan? Bist du noch dran?«

Es ist Dan.

»Hat dich jemals jemand einen Holzfäller genannt?« Mir wird gar nicht klar, dass ich das laut ausspreche.

Er lacht. »Holzfäller? Der ist gut. Ich schätze, den einen Abend war ich ein bisschen wie einer angezogen. Und mit dem kurzen Bart ist das keine so schlechte Beschreibung.«

»Holzfäller benutzen Kettensägen«, sage ich und versuche, es wie einen Scherz klingen zu lassen.

»Ja. Und wo du es schon erwähnst: Wann kommst du im Laden vorbei und holst das Stück ab, das ich für dich reserviert habe?«

Dan hat eine Holzhütte oben in Snow Creek, wo er Holzfiguren von Bären, Leuchttürmen, fliegenden Adlern und anderen Dingen schnitzt. Er ist ein Künstler mit dem Pinsel und der Kettensäge. Vor Kurzem hat er einen kleinen Laden am Hafen von Port Townsend eröffnet. Er hatte mir den Bären angeboten, als ich in einigen Mordfällen in Snow Creek ermittelte. Ich hatte ihn nicht mitgenommen. Ehrlich gesagt, hatte er mich um ein Date gebeten, irgendwie, und ich hatte ihm einen Korb gegeben.

Als ich vor einiger Zeit an einem anderen Fall arbeitete, meldete er sich wieder bei mir, und ich gab schließlich nach und ging mit ihm einen trinken. Er sagte, er würde den Bären mitbringen, wenn wir uns das nächste Mal treffen. Guter

Trick, um ein zweites Date zu bekommen. Nun, es hat funktioniert. Wir waren ein paar Mal aus und zähneknirschend nahm ich den Bären. Jetzt steht er neben meiner Eingangstür. Ich mag ihn, aber mir gefällt die Vorstellung nicht, dass ich Dinge besitze. Ich habe mich daran gewöhnt, mit leichtem Gepäck zu reisen. Bis ich nach Port Townsend kam, bestand mein ganzes Leben darin, beim ersten Anzeichen von Ärger alles einzupacken und zu verschwinden. Jetzt hatte ich plötzlich »Zeug«. Bis zu dem Bären waren mein einziges »Zeug« die Bänder gewesen, die Dr. Karen Albright mir zum Abschluss meiner Sitzungen überreicht hatte. Aber manchmal helfen sie. Sie helfen mir, die Vergangenheit hinter mir zu lassen. Sie helfen mir mit versteckten Hinweisen zu Fällen in der Gegenwart.

»Lust auf ein paar Drinks und ein Sandwich heute Abend?«, fragt Dan.

Statt ihm zu antworten, frage ich ihn: »Hattest du in letzter Zeit irgendwelche seltsamen Anrufe?«

»Du meinst andere als diesen hier?«

Damit bringt er mich zum Lächeln. »Ich meine Telefonbelästigung. Leute, die sich verwählt haben. Oder direkt wieder auflegen.«

»Ich führe einen Laden, Megan. Was glaubst du wohl?«

»Okay. Hab's begriffen. Aber hör zu, falls du irgendwelche verdächtigen Anrufe bekommst, dann möchte ich, dass du es mir auf der Stelle erzählst.«

»In Ordnung. Und du machst dann, dass die bösen Leute weggehen? Ich meine, du bist bekannt dafür, dass du deinen Mann findest. Oder deine Männer.«

Er sagte: »Deinen Mann findest.« Genau wie in der E-Mail von meinem Stalker. Der Stalker war vielleicht nicht Dan, aber ich könnte nie wieder so tun, als hätte ich das nicht gerade gehört.

»Witzig. Du bist ein witziger Holzfäller. Im Ernst,

versprichst du mir, dass du mir sagst, wenn du seltsame Anrufe bekommst?«

»Klingt, als würde ich dir was bedeuten. Aber ja, ich verspreche es. Also, was ist mit dem Date heute Abend?«

Ich fühle mich zu Dan hingezogen, aber ich werde mich nicht ernsthaft auf jemanden einlassen. Das kann ich nicht. Es wäre keinem von uns gegenüber fair. Ich bin niemand, der anderen sehr viel vertraut, und ich habe auf die harte Tour gelernt, nichts und niemandem zu nahe zu kommen. Wie dem Bären. Ich würde ihn verkaufen, wenn ich nicht sicher wäre, dass Dan es herausfindet. Er ist ein netter Kerl. Er verdient ein normales Mädchen. Das bin ich nicht. Ganz und gar nicht.

»Im Tides«, sage ich. »Neunzehn Uhr, außer, ich werde zum Einsatz gerufen. Dann bin ich nicht dort.«

»Verstanden, Detective. Ich habe auch manchmal Schnitz-Notfälle, kann also sein, dass ich ebenfalls nicht da bin.«

Es ist gut, dass er Witze machen kann. Er nimmt nicht alles, was ich sage, wörtlich oder auch nur ernst. Man kann gut mit ihm reden. Gut in seiner Nähe sein. Er quetscht mich nicht über meine Vergangenheit aus. Ich werde dort sein. Außer, ich werde wieder angeschossen.

DREIUNDZWANZIG

Ich parke und gehe zu meiner Haustür. Ich hatte ein Licht am Eingang eingeschaltet gelassen. Es ist aus. Ich schaue mich auf der Straße um. Seit ich eingezogen bin, habe ich noch keine einzige Glühbirne gewechselt. Trotzdem ziehe ich meine .45er.

Die Tür ist verschlossen. Jemand kann eingedrungen sein und die Tür hinter sich verriegelt haben. Ich würde das so machen. Im schwächer werdenden Licht finde ich mit dem Schlüssel das Schloss und stoße die Tür auf. Niemand springt mich aus der Dunkelheit an. Ich gehe rein und taste nach dem Lichtschalter. Er klappt hoch und runter. Nichts. Entweder ist eine Sicherung durch oder die Birne.

Während ich meinen Stalker dafür verfluche, dass ich so angstvoll bin, gehe ich ein paar Schritte weiter und betätige den anderen Schalter im Flur. Ein Licht geht an. Erleichtert stecke ich meine .45er wieder weg, als mein Handy vibriert und mich erschreckt.

»Was?«, melde ich mich, wütender als beabsichtigt. Mir war nicht klar, wie sehr mich die Situation gerade mitgenommen hat. Ich wünschte, nicht zum ersten Mal, dass mein Stalker sich endlich zeigen würde. Komm und hol mich. Bringen wir es hinter uns.

»Megan?«

Es ist Clay. »Tut mir leid, Clay. Ich hatte alle Hände voll zu tun und konnte mein Telefon nicht finden.«

»Kann ich absolut verstehen«, antwortet er, aber ich bezweifle, dass er es ernst meint. »Ich wollte Sie nur über die Sache in Port Orchard auf den neuesten Stand bringen.«

Scheiße. Ich hab vergessen, mich bei Clay zu melden.

»Ich habe Ronnie angerufen und sie war auf dem Weg ins Labor, um einige Proben abzugeben.«

Go, Ronnie! Yay! Sie ist so kompetent, dass es anfängt, mir auf die Nerven zu gehen. Zweifellos will sie vor Marley damit angeben, dass sie die ganzen Sachen selbst gefunden hat. Ich erinnere mich daran, dass ich es war, der die beiden zusammengebracht hat, damit ich ein paar Gefallen im Labor einfordern kann.

»Sie meinte, ich solle Sie anrufen.«

»Okay. Ist Gabrielle gut weggekommen?«

»Sie hat eine Tasche gepackt und ich habe sie zum Flughafen gefahren. Ist sie eine Zeugin?«

»Nicht so richtig«, sage ich und habe Schuldgefühle, dass ich ihn darum gebeten habe, den Babysitter zu spielen. »Aber sie könnte ein wenig in Gefahr sein. Ich will nur auf Nummer Sicher gehen.« Damit sollte er sich gleich wieder wichtig fühlen.

»Gut, dass ich helfen konnte. Ich habe mich gefreut, dass wir wieder zusammenarbeiten konnten.«

Er lässt den Satz in der Luft hängen, als wolle er noch etwas sagen. Ich warte. Er ist ein erwachsener Mann. Er kann es sagen, was es auch ist.

»Wo wir schon dabei sind«, beginnt er schließlich und verstummt wieder. »Jetzt, wo wir nicht mehr zusammen an einem Fall arbeiten, wollte ich Sie etwas fragen.«

O Scheiße. Ich glaube, ich weiß, was kommt, und ich will es gar nicht hören. Aufregung brodelt in mir hoch. Clay ist ein äußerst attraktiver Mann, gebaut wie ein Football-Abwehrspieler, aber er ist mindestens zehn Jahre älter als ich. Vielleicht sogar fünfzehn. Und ich habe heute Abend ein Date mit Dan. Bitte sag es nicht.

»Würden Sie vielleicht mal mit mir was trinken gehen?«

Scheiße. Scheiße. »Lassen Sie mich darüber nachdenken.«

»Okay. Das ist besser als ein Nein. Rufen Sie mich an, wenn Sie es sich überlegt haben.«

»Danke, dass Sie auf Gabrielle aufgepasst haben.« Ich beende das Gespräch. Scheiße.

Ich stehe auf einem Stuhl und überprüfe die Glühbirne am Eingang. Sie ist ein bisschen locker. Ich drehe sie wieder fest, und das Licht geht an.

Ich gehe in mein Arbeitszimmer. Alles wirkt so, wie ich es zurückgelassen habe. Ich gehe zum Schrank und finde etwas Hübsches, das aber nicht zu übertrieben ist, um es heute Abend im Tides zu tragen. Ich entscheide mich für eine schwarze Jeans, die ich im Second-Hand-Laden gefunden habe. Die Knie sind modisch durchgescheuert. Außerdem nehme ich Sandalen mit Korksohlen heraus, entscheide aber dann, meine Arbeitsstiefel zu tragen. Ein nachtblaues Hemd mit langen Ärmeln aus demselben Laden sollte sich gut mit einem billigen Blazer von Levi's machen. Das Ganze betone ich mit einem Accessoire: meiner Pistole.

Ich werfe einen Blick in die Schublade, in der meine Kassetten liegen. Nichts sieht anders aus als sonst. Ich werde paranoid. Aber wie heißt es so schön? Nur weil du paranoid bist, heißt das nicht, dass sie nicht hinter dir her sind.

Die Bänder rufen mich. Ich habe noch genug Zeit, reinzuhören, bevor ich zu Dan muss. Ich wähle ein zufälliges aus, schiebe es in das Gerät und drücke auf ›Play‹.

Dr. A: Erzähl mir von dem Traum. Erzähl ihn mir so, als würde das alles jetzt gerade passieren.

Ich: Ich wohne im Best Western in Kent, Washington. Ich habe einen Eispickel, den ich aus Tante Gingers Küche mitgenommen habe. Mein Plan ist es, Alex Rader zu finden, und ihm den Eispickel in die Augen zu rammen. Ich versinke in einen unruhigen Schlaf und träume von dem kleinen Mädchen am Rastplatz.

Dr. A: Weißt du, wie sie heißt?

Ich: Sie heißt Selma. Sie läuft so schnell sie nur kann.

Dr. A: Läuft sie vor etwas oder jemandem davon oder darauf zu? Was hast du gefühlt?

Ich: Ich weiß es nicht. Sie hat nackte, blutige Füße, ihre dunklen Locken fliegen hinter ihr her. Ich rufe ihr zu, dass sie schneller laufen soll, aber kein Ton kommt mir über die Lippen. Sie bewegt sich auf mich zu, und als sie näher kommt, bemerke ich den Blick in ihren Augen. Sie hat vor irgendetwas Todesangst, und sie braucht meine Hilfe. Sie schreit.

Dr. A: Das muss schrecklich für dich gewesen sein.

Ich: Der Schrei ist so laut, dass ich meine Augen schließe und mir die Ohren zuhalte. Als ich die Augen kurz darauf wieder öffne, noch immer in meinem Traum, sehe ich nur noch ein weiß-rotes Nachthemd, das auf dem Parkplatz liegt, neben dem ausgetretenen Pfad zum Toilettenhäuschen. Ich nehme es hoch und halte es an mein Gesicht. Es riecht unangenehm und ich weiß auf der Stelle, was es ist. Es ist der beißende Geruch von Blut.

Als ich mich zurückziehe, bemerke ich, dass meine Hände voller Blut sind. Der Traum – nein, der Albtraum – schleudert mich aus meinem ruhelosen Schlaf. Mir ist schlecht, ich habe Angst und bin wütend. Ich verstehe nicht, warum der Traum wichtig ist oder warum ich ihn habe.

Ich halte das Band an. Moniques Körper war vollkommen

ausgeblutet worden. Ich erinnere mich an den Hautklumpen am Boden der Badewanne, an die Leiche ohne Hautschichten, und ich wette, dass sie kräftig geblutet haben muss. Aber alles, was übrig war, waren ein paar blutige Fußabdrücke.

Ich konnte es damals riechen, und auch jetzt wieder, auch wenn mir klar ist, dass mir meine Erinnerung einen Streich spielt.

Die Scotchflasche in der Schublade ist verführerisch, aber ich werde gleich mit Dan etwas trinken.

VIERUNDZWANZIG

Am Tides einen Parkplatz zu finden, ist keine leichte Aufgabe. Es gibt immer irgendeinen Betrunkenen, der dich zuparkt. Also stelle ich meinen Wagen zwei oder drei Blocks die Straße runter ab und gehe durch einige Gassen zurück. Ich habe eine Waffe. Und ich kann inzwischen sehr gut damit umgehen.

Das Tides ist ein ehemaliges Lagerhaus am Ende des Docks. Es ist authentisch, keine dieser Ketten, die ein bisschen von der Sonne ausgebleichtes Treibgut oder professionell auf alt getrimmte Bojen, die aussehen sollen, als hätten sie ein paar Atlantikstürme überstanden, hinter dicken Fischernetzen aufhängen, die nie einen Tropfen Meerwasser gesehen haben.

Das Gebäude ist blau gestrichen und hat über dem Eingang eine breite, weiß und navyblau gestreifte Markise. Aus schmalen Stücken Treibholz ist auf der hellrot neu gestrichenen Tür der Schriftzug »THE TIDES« montiert.

Sehr patriotisch.

Ich schaue mich auf dem Parkplatz um, entdecke Dans Pick-up jedoch nicht. Ich bin froh, vor ihm hier zu sein. Ich kann mir einen Sitz suchen, von dem aus ich sehen kann, wer an der Bar ist. Das ist übrigens keine Polizistinnen-Macke. Das ist mehr so eine Entführt-und-gestalkt-Macke.

Ich betrete den Laden und finde einen Platz neben dem riesigen Salzwasseraquarium voller Clownfische und anderer Tiere, deren Namen ich nicht kenne. Hayden würde sie kennen. Er ist – oder war zumindest – ein wandelndes Fischlexikon. In einer perfekten Welt wäre er Meeresbiologe geworden. Nachdem ich weggelaufen bin, kam er zu Pflegeeltern. Er war gut in der Highschool, trat jedoch der Armee bei, statt aufs College zu gehen. Meine Schuld. Wäre ich bei ihm geblieben, um ihn zu unterstützen, egal wie, hätte er ein normales Leben führen können. Ich war erst siebzehn. Und ich galt als tot. Das war die einzige Art, wie ich ihn schützen konnte. Ich ließ ihn bei Pflegeeltern, die ihn lieben würden. Nicht so sehr wie ich, aber ich hatte geglaubt, dass er wenigstens eine Chance auf ein normales Leben hätte. Ich ertappe mich dabei, wie ich mich im Tides umschaue, in der Hoffnung, ihn irgendwo zu entdecken.

Die Kellnerin geht schnell an einen anderen Tisch. Ich habe den Punkt in meinem Leben erreicht, an dem ich nahezu unsichtbar geworden bin. Bis ich in einer Bar oder im Restaurant bedient werde, dauert es ewig, und Gespräche mit dem Kellner oder irgendwem finden quasi nicht statt, es sei denn, ich bin bereit, mich aufreizend anzuziehen. Wenn Ronnie oder Mindy hier wären, hätte ich schon was zu trinken.

Dan kommt herein und schenkt mir ein kleines Winken und ein großes Lächeln. Mein Puls beschleunigt sich und ich erinnere mich, wie wir das letzte Mal hier waren und er mich geküsst hat. Wir waren auf dem Parkplatz und wollten jeder zu sich nach Hause fahren. Es war ein langer Kuss, den ich erwidert habe. Es war dieser Moment aus den romantischen Komödien, wenn der große maskuline Kerl das Mädchen küsst und ihr die Knie schwach werden. Ich mag es nicht, mich schwach zu fühlen. Es macht mir Angst.

Dan trägt ein rot-schwarz kariertes Hemd, die Ärmel an

den muskulösen Armen hochgekrempelt, und eine rote Strick-mütze auf dem Kopf. Dazu Malerhosen, die an den richtigen Stellen eng anliegen, und Wildlederstiefel von Caterpillar. Mit seinem kurzen braunen Bart sieht er aus wie Paul Bunyan.

Er hat sich wegen unseres Telefonats so angezogen.

Klugscheißer.

Er wirft sich vor mir in Pose. »Wie gefalle ich dir?«

»Wo sind deine Axt und dein blauer Ochse?«

»Hinten auf der Ladefläche«, antwortet er und muss seine zwei Finger nicht mal richtig heben, schon beginnt eine junge Kellnerin zu lächeln und kommt zu uns herüber. Wir bestellen jeder einen Scotch. Er seinen pur, ich meinen mit einem Eiswürfel, bevor ich es mir anders überlege und reichlich Eiswürfel bestelle. Ich will mich nicht betrinken.

Die Kellnerin schaut mich nicht einmal an. Ihre ganze Aufmerksamkeit gilt Dan, und als sie wieder von dannen zieht, um unsere Drinks zu holen, wirft sie noch einen Blick über die Schulter und wackelt mit dem Hintern wie ein aufgeregtes Hündchen.

»Freundin von dir?«, frage ich.

Er setzt ein Grinsen auf, das einen Gletscher aufgetaut hätte. »Eifersüchtig?«

Ich lache auf. »In deinen Träumen, Bunyan.« Es sei denn, ich hätte Interesse.

»Was hast du in letzter Zeit getrieben, Megan?«

Seine Stimme ist sanft und beruhigend. Selbstsicher. Ich bin froh, dass ich gekommen bin.

»Eine Menge«, antworte ich nur. Ich will nicht über meinen Tag reden. Ich will ihn vergessen. Wenigstens für eine Weile. Er scheint mir das vom Gesicht abzulesen und nimmt einen Schluck von seinem Scotch.

»Und du?«, frage ich, als mir wieder einfällt, wie man sich im Sozialleben verhält.

»Dasselbe. Ich habe heute Morgen vier Stücke verkauft.«

»Das ist super!« Ich merke, dass das ein bisschen zu enthusiastisch raus kam, es klingt unecht. »Das Geschäft läuft also?«

Er nickt und nimmt noch einen Schluck. Er wirkt nervös oder als würde er sich unwohl fühlen. Ich bin es, bei der er sich unwohl fühlt. Mist.

Er hat seinen Laden eröffnet und arbeitet dort Teilzeit. Den Rest des Tages ist er in seiner Hütte in Snow Creek. Das Schnitzen und Malen erledigt er dort. In der Stadt würde er eine Menge Ärger kriegen, wenn er den ganzen Tag die Kettensäge laufen ließe.

»Wie ist die neue Aushilfe?«

»Kommt von der Highschool. Ich glaube, sie kriegt das hin, aber sie hat echt Schwierigkeiten, ohne einen Taschenrechner das Wechselgeld rauszugeben. Ich habe eine Kasse, die auf dem Bon das Wechselgeld ausrechnet, so braucht sie es nur aus der Kasse zu zählen. Alles in allem bin ich zufrieden mit ihr.«

›Ihr‹? Ich hoffe, sie hat nicht so präsente Nippel wie die Kellnerin. »Das ist toll. Ich mag die Visitenkarten, die du gemacht hast. Ich habe eine im Büro hängen.«

»Ich lasse mein Mädchen eine Website für mich einrichten«, erzählt er mir.

›Mein Mädchen‹? Was zur Hölle …?

»Diese jungen Leute haben echt ein Händchen für so was. In ein paar Tagen sollte sie online sein.«

Ich beschließe, das Thema zu wechseln. Ich habe Fragen, die meinen Fall betreffen, und ich muss sie stellen, ohne dass es zu offensichtlich wirkt. Das hier gibt mir die ideale Gelegenheit dazu.

»Ich schätze, du hast auch einen Geschäftsanschluss eingerichtet?«, frage ich.

»Musste ich, da ich nicht ständig im Laden bin. Jess nimmt die Bestellungen entgegen. Sie erledigt die Rechnungen. Und andere Dinge.«

Darauf wette ich.

»Können wir bitte wieder zu der Telefonbelästigung zurückkehren?«

»Es ist ein Geschäft, Megan. Manche Menschen werden unwirsch, wenn sie nicht genau das bekommen, was sie wollen. Ich glaube, sie wollen nur einen Rabatt rausschlagen.«

Davon rede ich nicht. »Ich hatte eine Beschwerde, dass Jugendliche Scherzanrufe hier bei Leuten in Hadlock machen«, sage ich.

»Für dich sind es Jugendliche«, antwortet er, und ich spüre Frust in mir aufkommen.

»Bekommst du die Anrufe im Laden oder zu Hause?«, frage ich geradeheraus.

»Wo bekommst du sie denn?«, fragt er zurück. Er schaut mich jetzt ernst an.

»Dan, sag mir einfach, ob du irgendwelche seltsamen Anrufe erhältst. Anrufer, die auflegen. Irgendetwas Verdächtiges.«

Er war bisher noch nie so ausweichend. Ich frage mich, ob das der Grund dafür ist, dass er sich so unwohl fühlt. Also sage ich: »Du machst auf mich den Eindruck, als wäre dir etwas unangenehm. Gibt es etwas, das du mir verschweigst?«

FÜNFUNDZWANZIG

Dan bestellt noch eine Runde Drinks. Wir sitzen schweigend da, bis sie uns gebracht werden. Er nimmt einen großen Schluck, stellt das Glas ab und nimmt meine Hand in seine. Seine Handflächen sind rau, voller Hornhaut und warm. Ich ziehe meine Hand nicht weg, obwohl ich es nicht mag, angefasst zu werden. Die Bar ist voll, und je nachdem, wie viel Alkohol die Leute schon intus haben, sind manche Gespräche etwas lauter.

Dan rückt mit seinem Stuhl dichter heran, damit wir uns nicht anbrüllen müssen. Sein Lächeln ist verpufft und er schaut mich ernst an. Er greift in seine Jeanstasche und mein Herz klopft mir bis zum Hals. Ich bin noch nicht bereit dafür. Wenn das ein Ring ist, werde ich niemals bereit dafür sein. Aufregung packt mich, aber ich bin zu Tode verängstigt. Ich kann den Blick nicht von der Hand lösen, die er in der Hosentasche hat.

Er holt etwas heraus, und ich folge mit dem Blick seiner Hand, als er es vor mir auf den Tisch legt. Es ist ein Foto. Das, das der Sheriff mir gestern gezeigt hat. Das, auf dem ich gerade aus dem Sheriffs's Office komme. Das, das am Tatort lag.

»Woher hast du das?« Mein Herz rutscht mir vom Hals

direkt in die Hose. Ich bin nicht direkt enttäuscht, aber er hat mich komplett auf dem falschen Fuß erwischt.

Ich weiß, dass Dan mit Mindy befreundet ist, kann mir aber nicht vorstellen, dass sie ihm ein Beweisstück aushändigen würde. »Hat Mindy dir das gegeben?«

Er antwortet nicht und schaut mich immer noch so ernst an. Er greift in seine Tasche und holt ein anderes Foto raus. Dieses ist laminiert. Ein Bild von meinem jüngeren Ich, blond, halb lächelnd. Dan kann dieses Bild nicht haben, weil es noch in meiner Tasche steckt. Nur Sheriff Gray hat es zu Gesicht bekommen.

Er schaut mich fragend an, als würde er eine Erklärung verdienen. Ich bin der Detective. Ich stelle hier die Fragen.

»Woher hast du die, Dan?«, frage ich mit meiner Polizistinnenstimme. Er antwortet noch immer nicht. Ich bin es nicht gewohnt, sprachlos zu sein.

»Das hier«, ich tippe auf das Foto, auf dem ich gerade unser Dienstgebäude verlasse, »wurde gestern früh an einem Tatort zurückgelassen. Dem Tatort eines *Mordes*. Woher hast du es?«

Statt zu antworten, schiebt er mir das laminierte Foto einer Teenager-Megan – als ich noch Rylee war – herüber. Diese Seite von ihm kenne ich noch nicht. Ich konnte mich immer so gut mit ihm unterhalten. Ohne dass er urteilte. Er bohrte nie nach. Aus dem Grund mag ich ihn. Diesen Kerl hier mag ich nicht.

»Was willst du von mir hören, Dan?«

Er bricht sein Schweigen. »Ich will, dass du mir erklärst, warum die hier im Briefkasten an meiner Hütte waren.«

Ich kippe meinen Scotch runter und suche nach der Kellnerin. Natürlich ist sie nirgendwo zu sehen. »Ich weiß es nicht.«

»Du weißt es nicht, oder du willst es nicht sagen?«

»Ganz ehrlich, Dan, ich weiß es nicht.«

»Ich habe heute Morgen in den Nachrichten von der Frau

gehört, die ermordet aufgefunden wurde. Da hieß es, dass du an dem Fall arbeitest.«

»Das stimmt. Können wir bitte einfach was trinken? Ich will nicht über die Arbeit sprechen.«

»Und jetzt quetschst du mich wegen seltsamer Telefonanrufe aus.« Dan schiebt seinen Drink weg. Er sieht wütend und besorgt aus, und das steht ihm nicht.

»Ich habe dir erzählt, warum ich nach den Anrufen gefragt habe.«

»Ich hätte nie gedacht, dass du mich anlügst, Megan.«

»Ich lüge nicht. Ja, ich bearbeite den Fall. Und ja, ich habe einen Fall, bei dem Telefonbelästigung eine Rolle spielt.«

Ich verschweige ihm, dass vermutlich der Mörder hinter den Anrufen steckt. Ich habe ein schlechtes Gewissen, dass ich ihm nicht erzähle, dass er meinetwegen womöglich in Gefahr schwebt. Und ich erzähle es ihm nicht, weil irgendjemand, vielleicht der Mörder, die Fotos bei Dans Hütte in Snow Creek zurückgelassen hat. Ich verstehe nicht, was an der Sache ihn dazu bringt, so zu reagieren.

»Bist du in Gefahr, Megan?«, will er wissen.

Ich würde ihm so gerne erzählen, was los ist, aber ich wage es nicht. Wenn ich es ihm erzähle, wird er nur noch mehr zur Zielscheibe, wird er vielleicht so paranoid wie ich, wird er mich vielleicht für das hassen, was ich getan habe, sodass mir das alles widerfährt.

»Ich kann schon auf mich aufpassen, Dan.«

Ich lächle. Das Lächeln ist eine Maske.

»Ich weiß nicht, warum dir jemand diese Bilder zustecken sollte.«

Bevor ich sie vom Tisch an mich nehmen kann, legt er eine Hand darauf. »Ich habe mit Mindy telefoniert.«

Oh-oh.

»Sie hat mir erzählt, dass genau so ein Bild am Tatort

gefunden wurde.« Er tippt auf das Büro-Foto. »Was ist hier los?«

»Ich kann nicht mit dir darüber sprechen, Dan. Wir stehen noch am Anfang der Ermittlung und Mindy hätte dir gar nichts erzählen dürfen.«

»Wer ist das Mädchen auf dem anderen Foto?«, will er wissen.

»Ich habe keinen Schimmer. Ich habe das Foto noch nie im Leben gesehen.«

Er betrachtet mich einige Sekunden. »Es ist ein Bild von dir als Jugendliche. Erzähl mir nichts anderes.«

»Ich habe keine Ahnung, wovon du redest«, erwidere ich, sehe aber, dass er mir nicht glaubt. Ich würde mir auch nicht glauben.

Er steckt die Fotos in seine Hemdtasche. »Dann brauchst du die ja nicht.« Er leert sein Glas und steht auf. »Ich muss los.«

»Dan, warte«, rufe ich, aber er ist schon halb an der Tür. Ich sehe zu, wie er geht, und wundere mich, wie schnell aus einem Feierabend-Drink ein Verhör werden kann. Willkommen in meiner Welt.

SECHSUNDZWANZIG

Von der anderen Straßenseite aus kann sie ins Tides sehen. Bei Rylee und ihrem Kerl hängt offensichtlich der Haussegen schief. Rylee wirkt erst besorgt, als der Mann empört abhaut. Er ist jemand, der ihr sehr wichtig ist. Sie beobachtet ihn, als er zu seinem Pick-up geht, und folgt ihm. Sie denkt an die Ähnlichkeiten zwischen ihr und Rylee. Rylee hat einen starken Willen. Doch den hat sie auch.

Sie hat es nur dank ihres extrem starken Willens aus El Salvador raus geschafft. Nicht nur Lebenswillen, sondern Überlebenswillen. Das sind zwei unterschiedliche Dinge. Das eine bedeutet, dass man es gerade so geschafft hat. Das andere bedeutet, dass man alles getan hat, was notwendig war, um seine Situation zu verbessern. Nur dank ihrer Gerissenheit hatte sie es als blinder Passagier auf einem Öltanker raus geschafft. Wegen ihrer Überlebensfähigkeiten hatte sie der Besatzung jeden notwendigen Gefallen erwiesen, der sie in Amerika an Land brachte. Ein bisschen heruntergekommen, aber am Leben, mit vollem Magen und Hoffnung im Herzen. Damals hatte sie nichts außer ihren Klamotten am Leib, die kaum mehr als Fetzen waren, abgesehen von einem T-Shirt und einem Paar zu großer Arbeitsstiefel, die sie aus einer der Besatzungskabinen gestohlen hatte. Am Ende war sie als Arbeiterin an einen Schlachthof gekommen. Ihre Arbeitsposition in der Halle war das Ende vom Fließband gewesen – Kuhköpfe waren an Haken aufgehängt an ihr vorbeigezogen und sie hatte das Fleisch abgetrennt.

Die Messer, die sie jetzt hat, sechs an der Zahl, jedes mit einer Klinge zwischen dreizehn und dreiundzwanzig Zentimetern Länge und scharf wie ein Skalpell, sind unersetzlich. Ein Geschenk von Alex Rader, nachdem er sie gerettet hat. Er hat gesagt, sie dienten dazu, ihre Sinne geschärft zu halten, und sie daran zu erinnern, woher sie stammt.

Wenn sie die Augen schließt, kann sie auch nach all den Jahren noch immer den Blutgestank riechen, das tiefe Grunzen und Zu-Boden-Sacken des Viehs hören, wenn es getötet wurde. Sie hasste den Anblick einer Schlachtung, aber es war ein Job, für den man keinen Ausweis brauchte. Den Leuten war es egal, woher sie kam oder wohin sie am Ende ihrer Vierzehn-Stunden-Schicht verschwand. Sie bezahlten sie am Ende jedes Arbeitstages in bar.

Ihr Boss im Schlachthof hatte sich die Hälfte ihres Lohns eingesteckt, dafür, dass er sie entdeckt hatte. Er ließ sie mit einigen anderen Mädchen in seinem Keller schlafen, kassierte dafür aber Miete. Seine Freunde bezahlten ihn dafür, dass sie sich mit ihr vergnügen durften. Sie war wie im Schlaf durchs Leben getaumelt. Der größtmögliche Schrecken war für sie der Normalzustand.

Dann entschied ihr Boss, dass sie auf den Straßen von Seattle mehr Geld verdienen könnte. Er kleidete sie ein und fügte sie seinem Stall voller Mädchen hinzu. Er erzählte ihr, dass sie nicht hübsch sei. Das wusste sie. Aber was ihr an Aussehen fehlte, machte sie mit Fähigkeiten wieder wett. In dieser Zeit machte er sie von Heroin abhängig. Ihr Leben auf der Straße war hart, aber sie war härter. Zumindest hatte sie das geglaubt.

Denn irgendwann wurde die Gier nach Drogen wichtiger als der Wunsch zu überleben. Sie verlor Gewicht. Ihre Nägel und Haare wurden brüchig. Schließlich kam die Verhaftung und der Beginn eines neuen Lebens.

Wenn sie jetzt in einen Ganzkörperspiegel schaut, kann sie ihr Gegenüber anlächeln. Sie hat sich gut gemacht. Brustimplantate und Zeit im Fitnessstudio haben ihren einst ausgemergelten Körper in Alex' Vorstellung einer schönen Frau verwandelt. Sie selbst kann es immer noch nicht sehen, aber wenn er es ihr sagte, reichte es ihr.

Dann hatte das Mädchen ihn ihr genommen. Nachdem er fort war – ermordet von dem Mädchen namens Rylee -, hatte sie von einem Anwalt erfahren, dass er ihr alles vermacht hatte. Nach seinem Tod wäre alles an seine Ehefrau gegangen und nur ein kleiner Teil an sie. Genug, dass sie sich ein kleines Häuschen hätte kaufen können. Genug, um sich ein anständiges Auto zu kaufen. Aber das Mädchen hatte Marie, seine Frau, ebenfalls umgebracht. Im Testament der Raders war ihr im Falle des Todes der Frau alles zugesprochen worden.

Marie hatte von ihr gewusst. Sie hatten sich sogar einmal kennengelernt. Waren so etwas wie Freundinnen geworden. Sie macht das hier ebenso für Marie wie für sich selbst, aber vor allem für ihn. Für Alex. Rylee hat ihnen alles genommen. Hat ihr alles genommen. Alles, was sie noch besitzt, ist ihr egal. Sie würde alles davon weggeben, wenn sie Rylee dafür an einem Fleischerhaken hängen haben könnte, an dem sie am Fließband langsam auf sie zukäme, wo sie darauf wartete, ihr das Gesicht bis zum Knochen abzuziehen. Es ist ihr Recht. Es ist ihre Pflicht. Es ist gerecht, dass alle seine Feinde mit einem Messer umgebracht werden. So starb Marie. Auf die Art werden sie alle sterben.

Rylee wird sie sich bis ganz zum Schluss aufheben.

SIEBENUNDZWANZIG

Ich gehe zu meinem Auto. Ich zappele im Netz. Wer auch immer das tut, nutzt mein Privatleben, um mich zu kriegen. Mich zu verhöhnen. Mich anzuprangern. Mich davon abzulenken, ihn zu fangen. Die Person weiß nicht, dass sie damit nur das Feuer anfacht. Ich kann jederzeit umziehen. In eine neue Identität schlüpfen, einen neuen Job, ein neues Leben. Die Person aber wird sterben.

Als ich nach Hause komme, setze ich mich direkt wieder vor das Kassettengerät.

Dr. A: Hat der Traum eine Bedeutung für dich?

Ich: Caleb hat mir mal erzählt, dass Träume Botschaften unseres Unterbewusstseins sind. Ich bin da pragmatischer, habe ihn aber glauben lassen, dass ich das auch so sehe. Ich habe es gehasst, ihn anzulügen, aber für mich war die Lüge nur ein Weg, ihm ein bisschen näher zu kommen. Falls er also richtig lag und ich falsch – und das gebe ich nicht gerne zu –, was wollte mir der Traum, dieser schreckliche Traum, dann sagen? War ich Selma? War Selma meine Mutter? Wir sind beide blond, nicht dunkelhaarig wie Selma. Unsere Haare sind glatt, nicht so eine Lockenmasse wie bei dem Mädchen, das vor dem Van davonläuft.

Und dann wird es mir klar. Ich steige aus dem Bett und ins Bad, wo ich mich auf die Toilette setze und heule. Ich weine so laut, dass ich die Dusche anstelle, damit die Leute im Motelzimmer nebenan mich nicht hören können. Im Spiegel sehe ich wieder meine Mutter. Nicht als Gespenst oder Geist oder so, sondern ihr Wesen in meinen Gesichtszügen. Ich spreche die Worte nicht aus, aber sie bewegen sich aus meinem Kopf dorthin, wo auch immer meine Mutter festgehalten wird.

Halte durch.

Ich komme.

Ich werde ihn mit seinem Leben dafür bezahlen lassen.

Wir werden frei sein.

Dr. A: Hattest du Zweifel? Hattest du keine Angst?

Ich: Ich war erst fünfzehn – höchstens sechzehn. Ich war ein Mädchen. Ich hatte noch nie in meinem Leben eine Waffe abgefeuert oder irgendjemandem wehgetan. Ich hatte nicht die geringste Chance, mit Ausnahme einer einzigen Sache, mit der mein Erzeuger niemals rechnen würde: Ich war entschlossen, ebenso gnadenlos zu sein wie er.

Ich stelle das Kassettengerät weg. Ich bin hundemüde. Ich muss schlafen. Und ich muss entscheiden, ob ich ebenso gnadenlos wie dieser Mörder sein kann. Die Antwort weiß ich auf der Stelle.

Ja, kann ich.

ACHTUNDZWANZIG

Als ich am nächsten Morgen auf dem Weg ins Büro bin, überlege ich, ob ich Clay anrufen soll. Sein Interesse an mir hat mich völlig unvorbereitet getroffen. Wobei das nicht ganz stimmt. Ich konnte da früher schon etwas spüren. Und Ronnie meinte, dass sie den Eindruck hat, dass Clay »etwas für mich übrig habe«. Ich möchte ihn aber nicht ermutigen.

Das mit Dan gestern Abend lief nicht so gut. Er hat mich in der Bar sitzen lassen und war mies drauf. Nein, er war verletzt. Ich kann ihm nicht verübeln, dass er glaubt, dass ich ihn in Bezug auf die Fotos belüge, denn das tue ich ja, und Dan kann mir ziemlich gut in den Kopf gucken.

Vielleicht wäre es einfacher, einen anderen Detective zu daten. Öfter mal was Neues. Clay versteht vielleicht, wenn ich keine Fragen zu einem Fall beantworten will. Oder auch nicht. Vielleicht wäre er noch schlimmer, immerhin ist er Polizist. Es wäre schwieriger, Clay anzulügen.

Ich beschließe, ihn anzurufen und klarzustellen, dass ich mich schon mit jemandem treffe. Nicht, dass Dan mich je wieder nach einem Date fragen wird. Aber ich will eindeutig keinen Cop.

Ich suche seinen gestrigen Anruf aus der Liste raus und rufe ihn zurück. »Detective Osborne, hier spricht Detective Carpenter.«

»Hi, Megan. Sie können mich immer noch Clay nennen, auch *wenn* ich so was wie ein Held bin. Übrigens danke noch mal, dass Sie den Schlamassel für mich aufgeklärt haben.«

Er bezieht sich auf den Fall vor einem Monat, bei dem ich zwei Serienmörder gefunden und ihm und einem weiteren County geholfen habe, etliche Morde aufzuklären. Ich hatte das Gefühl, dass er mir was schuldet. Darum hatte ich ihn angerufen und gebeten, auf Gabrielle aufzupassen, bis sie in Sicherheit ist.

Er fragt: »Soll ich Sie jetzt Detective Carpenter nennen?«

Man hört seiner Stimme den Versuch an, witzig zu sein. *Halt den Mund, ich versuche, hier ein ernstes Gespräch zu führen,* denke ich mir. »Nein, Megan ist schon in Ordnung.«

Jetzt lacht er. Dabei war das gar nicht witzig. Ich frage: »Also, wie steht es um Gabrielle? Sie hat mich nicht angerufen, um mir zu sagen, dass sie angekommen ist. Hat sie sich bei Ihnen gemeldet?«

»Nein, sie hat sich nicht gemeldet, aber ich habe ihr gesagt, dass sie das Telefon nicht länger benutzen und sich ein anderes besorgen soll. Sie wird Sie anrufen und Ihnen ihre Nummer geben. Vermutlich hat sie noch keine Zeit dafür gefunden.«

Natürlich hat er recht.

»Ich habe jemanden, der die nächsten Tage immer mal zufällig an ihrem Haus vorbeigehen wird, um einen Blick drauf zu haben«, erzählt er weiter. »Ihr geht es bestimmt gut. Ich habe ihr gesagt, dass sie sich bei Ihnen oder mir melden soll, bevor sie zurückkommt, damit wir ihr grünes Licht geben können.«

»Danke, dass Sie das alles erledigen, Clay.«

»Hey, ich war Ihnen was schuldig, schon vergessen?«

Ja, warst du. Und bist du immer noch. »Sie schulden mir nicht das Geringste. Wir sind ein Team, richtig?«

Er lacht. »Wo wir gerade davon sprechen: Ich habe mich gefragt, ob Sie und Ronnie heute Abend rumkommen möchten, um mit mir was trinken zu gehen. Nicht als Date. Nur Arbeitskollegen, die Leuten in den Arsch treten und dabei Kaugummi kauen. Ich zahl auch.«

Fast antworte ich, dass ich schon ein Date habe, aber Dan gehört vermutlich der Vergangenheit an. Und ich muss vielleicht ein Sicherheitsteam einteilen, das ihn von jetzt an im Auge behält. Aber ich kann es mir nicht leisten, Clay zu verärgern, weil ich vielleicht noch einen Gefallen von ihm brauche. Also antworte ich: »Vielleicht ein andermal, Clay. Wir werden eine Weile mit diesem Fall beschäftigt sein.«

»Alles klar. Falls ich von hier aus etwas tun kann, um Ihnen zu helfen, lassen Sie es mich einfach wissen.«

»Danke, Clay, das werde ich.« Und das meine ich auch so. Ich beende das Gespräch und frage mich, wie ich plötzlich so beliebt werden konnte. Bestimmt nicht wegen der Leichenberge, die ich anzuziehen scheine. Vielleicht ist es meine emotionale Unerreichbarkeit? Männer scheinen auf so was zu stehen. Und große Brüste. Die habe ich nicht. Aber Clay hat auch Ronnie eingeladen, und die kann es locker mit Dolly Parton aufnehmen.

Ich erreiche den Parkplatz vorm Sheriff's Office und kann nicht anders, ich werfe einen suchenden Blick zu den Bäumen, wo mein Stalker stand. Ich erwäge, dort eine Bärenfalle auszulegen, und das Bild von Nan, die eine Falle an ihrem nackten Hintern hängen hat, lässt mich grinsen.

NEUNUNDZWANZIG

Im Büro kommt Nan auf mich zu und flüstert: »Dr. Andrade hat angerufen.«

Ich flüstere zurück: »Was wollte er?«

Sie setzt eine eingeschnappte Miene auf. »Nun, Sie sollen ihn anrufen.«

»Das wollte ich gerade tun. Danke, Nan.«

Sie wirkt, als wüsste sie nicht, ob sie sich beleidigt oder geschmeichelt fühlen soll, aber sie geht. Das ist gut. Ich bin heute nicht in der Stimmung, sie mit ihrer täglichen Dosis Tratsch zu versorgen. Ronnie kommt an meinen Schreibtisch.

»Dr. Andrade hat angerufen.«

»Ich weiß. Nan hat es mir gerade ins Ohr geflüstert.« Nan knallt lautstark einen Stapel Papiere auf ihren Schreibtisch. Sie hat mit ihrem Supergehör jedes meiner Worte vernommen. Es ist mir herzlich egal.

»Ich habe jeden angerufen, der in Mrs Delmonts Adressbuch stand. Zumindest jeden, der rangegangen ist, ich habe aber nichts Neues rausfinden können.«

»Clay hat mir erzählt, dass Sie die Proben zu Marley ins Labor gebracht haben.«

»Das stimmt. Er hat die Tasse mit dem Lippenstift und die Sachen, die Sie hier draußen gefunden haben, aber ihm fehlt noch eine DNA-Probe von dem Opfer. Er wartet auf die Autopsie und glaubt, dass er uns dann sehr schnell Ergebnisse liefern kann. Ich habe den Eindruck, er freut sich, dass er mit mir an so einer Sache arbeiten kann.«

»Können Sie bei Dr. Andrade anrufen und fragen, ob er schon einen Termin für die Autopsie hat?« Ich will da nicht hinfahren. Ich erinnere mich noch an das letzte Mal. Der Anblick von all dem Schneiden hat Erinnerungen wachgerüttelt, die ich lieber ruhen lassen würde. Ronnie hatte das alles durchgestanden wie ein alter Hase. Aber sie hat auch nicht die Dinge gesehen – oder getan –, die ich mit mir herumtrage.

»Ich glaube, die hat er schon durchgeführt. Er schickt Marley Proben ins Labor. Seine Sekretärin meinte, dass er mit Ihnen sprechen will.«

Mit mir? Was habe ich jetzt wieder angestellt? »Okay. Ich rufe mal an. Könnten Sie inzwischen mit dem Bericht über unsere gestrigen Ermittlungen gestern beginnen?«

Sie reicht mir ein paar ausgedruckte Blätter – der gerade von mir erbetene Bericht. Ich habe keine Ahnung, wie sie mit einem gebrochenen Handgelenk so schnell schreiben kann.

»Ich habe nichts reingeschrieben, was verrät, wo Gabrielle oder ihr Sohn sich aufhalten«, erklärt Ronnie leise. »Ich habe noch einen anderen Bericht mit all diesen Informationen auf einem USB-Stick. Ich will nicht, dass jemand an meinen Computer geht.«

Ronnie sitzt, seit sie hier angefangen hat, an einem bislang ungenutzten Schreibtisch. Ursprünglich war sie hier, um im Rotationsverfahren ihre Praktika in verschiedenen Abteilungen zu absolvieren, und hätte höchstens eine Woche bei uns sein sollen, aber mein letzter Fall hat das durcheinander gebracht. Sie ist immer noch ein Reserve Deputy, aber ich glaube, dass Sheriff Gray andere Pläne für sie hat. Sie hat keinen eigenen

Computer und keinen Zugang zum gesicherten Server des Sheriffbüros. Ich sollte ihr ein Passwort besorgen, damit sie ihre Daten schützen kann. Ich denke dabei vor allem an Nan und die Tatsache, dass mich jemand stalkt. Denn das bedeutet, dass auch Ronnie einen Stalker haben könnte.

»Ronnie, bis die Sache durchgestanden ist, müssen Sie wirklich vorsichtig sein. Ich will so etwas wie letzten Monat nicht noch mal durchmachen.«

»Das war nicht Ihre Schuld, Megan. Wenn Sie nicht dagewesen wären ...«

Der schockierte Ausdruck auf ihrem Gesicht ist echt. »Ich verdanke Ihnen mein Leben. Glauben Sie, der Mörder ist hinter Ihnen her?«

Das glaube ich. Ich versuche den schwierigen Spagat, sie nicht in Panik zu versetzen und trotzdem deutlich genug zu warnen, damit sie kein Opfer wird. Sie ist eine erwachsene Frau, also beschließe ich, ihr genug zu erzählen, damit sie vorsichtig ist.

»Lassen Sie uns rausgehen.«

Gemeinsam verlassen wir das Büro. Ich will etwas Abstand zwischen uns und Super-Nan bringen. Wir gehen zu der Stelle, an der ich den Zigarettenstummel, die Schokoriegelverpackung und das Seidenhöschen gefunden habe.

»Hier habe ich am Montag die Sachen gefunden.«

Sie wirft einen Blick zurück zum Gebäude. Sie hat das Foto gesehen, das am Tatort gefunden wurde. »Hier stand die Person, die das Foto gemacht hat«, stellt sie fest.

»Davon gehe ich aus. Aber wenn sie hier stand – schauen Sie, wie offen hier alles ist. Jeder hätte sie sehen können.« Aber ich hatte sie nicht gesehen.

»Sie hat sich keine große Sorgen darum gemacht, bemerkt zu werden.«

»Oder sie ist vollkommen unauffällig. Wir müssen in Betracht ziehen, dass die Person, die das Foto gemacht hat, jemand von uns ist.« Das glaube ich zwar nicht, aber ich will, dass sie extra vorsichtig ist. Der Ausdruck, mit dem sie meine Vermutungen aufnimmt, verrät mir, dass ich diesen Job erledigt habe. Wir haben so etwas schon einmal erlebt.

»Ich will im Büro nicht so viel reden. Und ich will nichts offen auf den Schreibtischen liegen haben, bis wir besser einschätzen können, womit wir es zu tun haben.«

»Ich verstehe. Ich werde keine weiteren Berichte schreiben, bis wir bereit sind, zum Sheriff zu gehen. Haben Sie ihm schon Ihre Befürchtungen mitgeteilt?«

Der Sheriff kennt meine Befürchtungen. Er weiß, dass ich die Sache so weit wie möglich unter dem Radar laufen lasse. Ich will nicht, dass mich irgendjemand mit Moniques Vergangenheit in Verbindung bringt. Mir ist immer noch schleierhaft, was Michael Rader mit der ganzen Sache zu tun hat, falls er das hat. Er ist die unbekannte Variable. Ich traue es ihm aber zu, dass er mir den Mord an Monique in die Schuhe schieben will. Er weiß über mich Bescheid. Er könnte die Person sein, die mein Foto überall hinlegt. Dass auch Dan die Fotos hat, beunruhigt mich.

»Während ich Dr. Andrade anrufe, könnten Sie etwas für mich erledigen. So diskret wie möglich.«

Sie holt ihren Notizblock und einen Stift aus der Tasche.

»Michael Rader«, diktiere ich ihr. »Männlich, weiß, mittleres Alter, könnte irgendwie bei der Strafverfolgung arbeiten.«

Bei der letzten Info hebt sie eine Augenbraue.

»Gabrielle hat mir den Namen gegeben«, erzähle ich ihr, und es ist nicht mal gelogen. »Schauen Sie, was Sie über ihn rausfinden können. Und es bleibt unter uns.«

»Natürlich«, sagt Ronnie.

Wir gehen ins Büro zurück. Ich muss Dr. Andrade anrufen.

DREISSIG

Ich werde sofort zu Dr. Andrade durchgestellt. Normalerweise hätte mich die Sekretärin ausgefragt und mir erzählt, dass der Doktor mich zurückruft.

»Megan, Andrade hier.«

»Sie haben um meinen Rückruf gebeten. Haben Sie die Autopsie schon durchgeführt?«

»Darüber wollte ich mit Ihnen sprechen. Wissen Sie, wer der Arzt der Frau war? Haben Sie irgendwelche verschreibungspflichtigen Medikamente mit dem Namen eines Arztes am Tatort gefunden?«

»Wir haben gar nichts am Tatort gefunden. Ich habe ihr Haus in Tacoma untersucht, konnte dort aber ebenfalls keine verschreibungspflichtigen Medikamente finden. Warten Sie mal kurz.« Ich rufe Ronnie zu: »Könnten Sie im Adressbuch mal nach den Namen von Ärzten suchen?«

Wieder ins Telefon sage ich: »Ronnie hat das Adressbuch des Opfers gefunden und guckt es gerade nach Ärzten durch. Kann ein paar Minuten dauern.«

Ronnie blättert eifrig. Das Adressbuch ist recht dick.

»Diese Ronnie ist ein echter Kracher«, sagt Dr. Andrade.

Ich wette, von mir würde er das nie behaupten.

»Warum fragen Sie nach einem Arzt? Haben Sie etwas gefunden, was ich wissen sollte?« Soweit ich weiß, war Monique in perfekter Verfassung, abgesehen davon, dass sie Xanax nahm. Ich hatte ihr das Xanax gestohlen, als ich vor ein paar Jahren bei ihr war. Ich dachte, es wäre eine Waffe. Gift.

Ronnie hat den Namen eines Arztes in Tacoma gefunden und ich gebe ihn Dr. Andrade weiter, der mir den Namen und die Nummer noch mal vorliest, um Fehler zu vermeiden.

»Ich rufe da mal an«, erklärt er.

»Sagen Sie mir, wie sie gestorben ist.« So leicht würde ich ihn nicht vom Haken lassen.

»Blutverlust«, antwortet er.

»Sie ist ausgeblutet.«

»Ja.«

»Warum wollen Sie mit ihrem Arzt sprechen?«

»Megan, es ist vielleicht gar nichts. Ich würde mich gerne erst mit ihm besprechen, bevor ich etwas bekanntgebe.«

Ich habe ihn früher schon bei Fehlern in seinen Berichten erwischt. Er hat einen scharfen Verstand und auch ebenso ein Gedächtnis. Aber ich muss wissen, was er hat. »Was glauben Sie denn? Ich nagle Sie auch nicht darauf fest. Es könnte Einfluss darauf haben, wie ich die Ermittlung weiterführe.«

Dr. Andrade atmet tief durch. »Na gut. In Ordnung. Aber denken Sie daran, dass es eine ganz einfache Erklärung dafür geben könnte. Sicher ist zumindest, dass der Blutverlust die Todesursache war.«

Ich wartete.

»Ich habe in ihrem Blutkreislauf ein Mittel gefunden, das mir noch nie untergekommen ist. Alles, was ich bisher weiß, ist, dass es eine muskellähmende Wirkung hat. Wie Succinylcholin. Das wird manchmal bei Operationen verwendet.«

»Können Sie mir das buchstabieren?«

»Ich kann Ihnen nicht sagen, was es ist. Ich meinte nur, dass es ein Muskelrelaxans ist, ähnlich wie Succinylcholin.«

»Bitte. Ich will es mir nur notieren.« Er buchstabiert es mir. »Haben Sie irgendeine Ahnung, wie das in ihren Blutkreislauf gekommen ist?«

»Noch nicht. Ich habe eine Einstichstelle in der Haut am Genick gefunden und eine Gewebeprobe vom Nackenmuskel entnommen, wo die Injektion – falls es eine war –stattgefunden hat, um herauszufinden, ob ich dort denselben Stoff finde. Ich habe sie ins Labor geschickt, aber es dauert noch, bis ich eine Antwort habe.«

»Gab es noch weitere Verletzungen?«, frage ich, als ob Häuten noch nicht genug wäre.

»Ich habe keine Knochenbrüche gefunden. Auf der Haut gab es keine Schürf- oder Schnittwunden. Keine Anzeichen auf andere Verletzungen als das Entfernen der Haut. Was ich Ihnen sagen kann: Wer auch immer das getan hat, hat das Messer professionell geführt. Ich kenne nicht viele Chirurgen, die ihr das so hätten antun können. Es muss eine äußerst scharfe Klinge gewesen sein. Ich würde sagen, ein Skalpell, es gibt aber Hinweise darauf, dass die Klinge länger war. So fünfzehn bis achtzehn Zentimeter. Wie ein Filetiermesser. Und ein verdammt scharfes.«

Er macht eine Pause und ich spüre, dass er noch etwas sagen will, also warte ich, gespannt darauf, was noch folgen wird.

»Megan – falls das Mittel ein Muskelrelaxans wie Succinylcholin war, dann wäre sie bei Bewusstsein gewesen, aber unfähig, sich zu bewegen. Sie war vielleicht am Leben, als man ihr die Haut abgezogen hat. Die Schmerzen wären so stark gewesen, dass sie nicht lange bei Bewusstsein gewesen wäre, aber möglicherweise hat sie alles mitbekommen, bis sie verblutet ist.«

Mein Herz scheint stillzustehen und die Kehle schnürt sich mir zu. Ich bin wie benommen und muss mehrmals durchatmen, bevor ich die Welt wieder klar sehen kann. Seine Worte hallen in meinem Schädel wider wie ein Lied, das ich nicht ausblenden kann.

Sie war vielleicht am Leben, als man ihr die Haut abgezogen hat.

Der Mistkerl hat sie gelähmt und ihr dann die Haut vom Körper geschnitten. Es ist etwas Persönliches. Und mehr als das. Es ist eine Drohung.

An mich.

EINUNDDREISSIG

Ronnie gibt mir das Adressbuch. Ich werde noch einmal die Leute anrufen, die sie bereits angerufen hat, und die, die sie vielleicht verpasst hat. Möglicherweise habe ich Glück und jemandem ist nach dem ersten Anruf noch etwas eingefallen.

Ronnie wird versuchen, Michael Rader aufzuspüren. Falls sie ihn nicht findet, kann ich ihr noch weitere Informationen über ihn geben und behaupten, ich hätte sie von Gabrielle.

»Gabrielle hat Ihnen nicht viel gegeben, um damit zu arbeiten. Es gibt zweiundvierzig Michael Raders in Washington. Fünf davon sind Frauen. ›Männlich und weiß‹ grenzt es auf einunddreißig ein. ›Mittleres Alter‹ werte ich als über dreißig und unter fünfzig. Damit bleiben noch vierzehn. Vielleicht kann Gabrielle uns noch eine bessere Beschreibung geben, nicht nur den Namen.«

»Ich bezweifle, dass sie uns helfen kann. Sie meinte, ihre Mutter habe ihr den Namen irgendwann mal genannt, und sie hatte den Eindruck, dass Monique Angst vor dem Mann hatte. Sie hat Gabrielle die Beschreibung gegeben, die ich Ihnen gegeben habe, für den Fall, dass er sie belästigen sollte.«

Ronnie schaut von ihren Notizen auf. »Ich kann Ihnen

sagen, dass keiner der Raders, die ich gefunden habe, bei der Polizei aktenkundig ist. Falls das hilft.«

Tut es nicht.

Michael war Vollzugsbeamter. Ich könnte im Gefängnis anrufen und mich erkundigen, ob Michael dort noch arbeitet. Ich könnte mir von der Personalabteilung dort seine Daten schicken lassen. Oder ich sage ihnen, dass ich einen Hintergrundcheck für einen Autokredit durchführe. Oder ich lasse Ronnie das tun, aber dafür müsste ich ihr sagen, welches Gefängnis.

Mein Handy klingelt wieder, ein Anruf von einer mir unbekannten Nummer. »Detective Carpenter«, melde ich mich.

»Hier ist Gabrielle. Haben Sie schon etwas rausgefunden?«

»Noch nicht, Gabrielle. Wie geht es Ihnen?«

»So gut wie es einem unter den Umständen gehen kann.«

»Ich muss nicht wissen, wo Sie sind. Ich will nur, dass Sie in Sicherheit sind.«

»Vielen Dank, dass Sie persönlich vorbeigekommen sind, um mich zu informieren. Ich habe meinem Sohn nicht erzählt, was los ist. Wenn ich ihm sage, dass seine Großmutter tot ist, wird er sich fragen, wieso ich hier bin und mich nicht um die Beerdigung kümmere. Ich werde bald wieder nach Hause müssen.«

»Ich verstehe. Rufen Sie mich an, bevor sie irgendwohin fahren, in Ordnung?«

»Das werde ich, aber können Sie mich bitte auf dem Laufenden halten?«

»Ja. Ich habe eine Frage. Der Rechtsmediziner muss wissen, welche Medikamente Ihre Mutter genommen hat. Es gab keine am ...«, ich hätte beinahe »Tatort« gesagt, »in dem Haus, das sie gemietet hat. Und in ihrem Haus in Tacoma gab es auch keine Medikamente. Wissen Sie, ob sie irgendetwas genommen hat?«

»Nein, sie hat keine Medikamente genommen.«

»Sind Sie sicher?«

»Sie hat mal eine Weile etwas gegen Depressionen bekommen. Nachdem Leannes Mörder ... weg war, hat sie das aber nicht mehr gebraucht. Sie war mit ihrer Arbeit ausreichend beschäftigt, und das schien ihr zu reichen. Warum?«

»Der Arzt hat etwas in ihrem Blutkreislauf gefunden. Er wusste nur nicht genau, ob es ein verschriebenes Medikament war.«

»Meine Mom hätte nie irgendwelche illegalen Substanzen eingenommen, falls Sie das fragen wollen.«

»Ich gebe dem Arzt weiter, was Sie mir erzählt haben. Er versucht in diesem Augenblick, das Mittel zu bestimmen. Ich lasse es Sie wissen.«

»Okay. Das hier ist ein neues Handy. Soll ich Clay anrufen und ihm die Nummer geben? Er war so nett.«

Clay? Ich frage mich, wie nett er wohl ist. »Nein. Im Moment nicht. Wir behalten das lieber für uns. Rufen Sie mich einfach an, wenn Sie Ihre Rückkehr planen, dann gebe ich sie an Detective Osborne weiter. Je weniger Leute die Nummer haben, desto besser.«

»Vielen Dank. Vergessen Sie Ihr Versprechen nicht.«

»Werde ich nicht. Brauchen Sie sonst noch etwas?«

»Nur diesen Kerl, tot.«

Bevor sie auflegen kann, sage ich: »Übrigens, was hat Ihre Mutter über Michael Rader erzählt? Hatte sie Kontakt zu ihm, nach dem einen Mal?«

Aus der Leitung kommt nur Schweigen, während sie offensichtlich nachdenkt.

»Nein. Zumindest kann ich mich nicht erinnern. Aber er hat ihr Angst gemacht. *Richtig* Angst gemacht. Sie meinte, Sie wüssten mehr über ihn als sie.«

Da hatte Monique recht gehabt. Außer, dass ich immer vor Michael davongelaufen war. Ich war ihm nie persönlich begegnet. Und dann habe ich nie wieder versucht, ihn zu finden. Moniques Tod ist meine Schuld. Die werde ich nun tragen müssen.

Ich stelle noch eine letzte Frage: »Können Sie mir eine etwas bessere Beschreibung von Michael Rader geben? Jede noch so kleine Information, die Ihre Mutter erwähnt haben könnte.«

»Sie sagte, dass Sie ihn besser beschreiben könnten als sie. Sie war ziemlich erschüttert, nachdem sie mit ihm gesprochen hatte. Alles, woran sie denken konnte, war, dass er mir und Sebastian etwas antun könnte.«

»Das hilft. Ich melde mich wieder. Falls Sie sich unsicher fühlen, rufen Sie mich an.«

Sie verspricht es und wir beenden das Gespräch. Ich gebe Ronnie die Telefonnummer, damit Sie sie in ihrem Handy einspeichern kann.

Nur für den Fall.

Ronnie schaut mich voller Erwartung an. Sie steht immer noch an meinem Schreibtisch. Ich sage ihr: »Er arbeitet in einem Gefängnis. Sie weiß nicht mehr, in welchem, aber sie glaubt, dass ihre Mutter ein Frauengefängnis in Gig Harbor erwähnt hat. Er sollte Mitte vierzig sein.«

»Das ist fantastisch. Möchten Sie, dass ich dort anrufe?«

»Könnten Sie zunächst einen Blick ins Archiv werfen? Vielleicht finden Sie etwas über das Gefängnis, in dem er erwähnt wird, in einer Pressemitteilung oder etwas Ähnlichem.«

»Gute Idee, Megan.«

Natürlich ist das eine gute Idee. Ich habe das schon gemacht, als du noch teure Klamotten geshoppt und dir die Haare frisiert hast.

ZWEIUNDDREISSIG

Nach Ende der Schicht fährt Ronnie nach Hause. Sheriff Gray ist bei irgendeiner Civitan-Veranstaltung und wird nicht vor morgen wieder zurück sein. Nan ist nach Hause gegangen, nachdem sie sich über meinen Schreibtisch gebeugt und mich gefragt hat, ob wir in dem Mordfall irgendwelche Fortschritte machen. Ich sagte ihr, dass wir kurz vor einer Verhaftung stünden, und gehe davon aus, dass man mich damit in den Abendnachrichten zitieren wird.

Ich fahre nach Hause und ziehe mir Jeans und ein T-Shirt der Washington State University an.

Ich lege mein Schulterholster an, nehme einen Küchenstuhl und klemme ihn mit der Sitzlehne unter den Türknauf. Am liebsten würde ich noch Salz auf all meine Fensterbretter streuen – das soll Geister abwehren –, aber ich bezweifle, dass ich die Geister meiner Vergangenheit damit draußen halten kann. Ich weiß aus Erfahrung, dass jemand, der ins Haus will, auch einen Weg hinein findet. Ich habe das selbst schon getan. Ich weiß außerdem, dass es egal ist, wie sehr man versucht, nicht an die Vergangenheit zu denken, sie kommt immer wieder zurück. Durch Träume, oder noch schlimmer, durch Menschen.

Aus dem Weinkarton auf der Kante meines Schreibtischs fülle ich meinen Plastikbecher fast bis zum Rand. Die Schachtel mit den Kassetten und das Abspielgerät warten schon auf mich. Die kleinen Spulen in den Kassetten sehen aus wie unersättliche Augen, die mich hypnotisieren und einsaugen.

Der ganze Fall ist mir ein einziges Rätsel. Mein Bauchgefühl sagt mir, dass der Täter jemand ist, der Alex Rader sehr nahegestanden hat. Jeder einzelne Hinweis deutet immer wieder auf dieselbe Person: Michael Rader.

Es ist spät und ich vermute, dass Ronnie sich schon im Feierabend eingerichtet hat und selbst einen kleinen Drink genießt. Oder sie schaut den *Bachelor*. Mit Ausnahme der Nachrichten gucke ich so gut wie kein Fernsehen. Das sind alles nur Täuschungen und Lügen, und davon habe ich schon genug im Leben.

Ich beschließe, Ronnie anzurufen.

»Megan. Ich hatte gerade überlegt, ob ich Sie anrufen soll.« Sie klingt aufgeregt.

»Haben Sie etwas gefunden?« Mein Puls geht hoch.

»Ich habe eine Nachrichtenmeldung gefunden, in der es um jemanden namens Kim Mock geht. Er wurde offensichtlich vor fast zwanzig Jahren wegen des Mordes an einer Megan Moriarty verurteilt und im Gefängnis umgebracht. Das Interessante daran ist aber, dass es ein Zeitungsfoto von ihm gibt, wie er aus der Untersuchungshaft ins Gefängnis überführt wird. Und raten Sie mal, wer ihn überführt?«

»Michael Rader«, antworte ich.

»Nicht nur das. Als Mock im Gefängnis getötet wurde, war Michael Rader der Wärter, der seine Leiche gefunden hat.«

Natürlich weiß ich das längst. Ich wusste, dass Michael Mock von anderen Insassen hatte umbringen lassen – oder den

Job selbst erledigt hatte –, weil Moriartys Familie begonnen hatte, Zweifel daran zu hegen, ob die Polizei den richtigen Kerl verhaftet hatte.

»Das ist fantastisch, Ronnie. Das schauen wir uns morgen früh näher an. Nehmen Sie sich etwas Zeit für sich und entspannen Sie. Wir werden ordentlich damit zu tun haben, all den Papierkram zu erledigen.«

Mein Telefon gibt einen Ton von sich.

»Ich habe Ihnen gerade das Foto aus dem Artikel geschickt«, erklärt sie.

Ich rufe das Bild auf. Ja, das ist Michael Rader. Ich habe vor einigen Jahren, nachdem Monique mir von ihm erzählt hatte, dasselbe Foto gefunden.

»Gute Arbeit, Ronnie. Ich habe mit Gabrielle gesprochen. Sie hat sich erinnert, dass ihre Mom einen Bruder von Michael erwähnte, einen Alex Rader. Er ist Polizist. Können Sie das mit auf Ihre Recherscheliste schreiben?«

»Das mache ich morgen gleich als Erstes. Ich bin mit Marley auf einen Drink verabredet und werde mal nachfragen, was das Labor rausgefunden hat.«

Ich danke Ronnie und beende das Gespräch. Ich habe sie früher schon belogen, hasse aber die Tatsache, dass es mir so leicht fällt.

Die Bänder mit all meinen Geheimnissen verlangen nach mir, und ich wähle eines aus, auf dem es um den Mord an Shannon Blume geht. Ich hoffe, in der Vergangenheit ein paar Antworten zu finden. Und auch wenn sonst nichts dabei rauskommt, erinnern sie mich daran, wer ich war und wer ich geworden bin. Ich lege die Kassette ein, fülle meinen Weinbecher auf und warte, dass die Aufnahme beginnt.

Dr. A: Warum warst du in Kent? Du meintest, du hast im Best Western gewohnt?

Ich: Ja, ich wollte rausfinden, was mit Leanne, Shannon

und Megan geschehen ist. Ich hatte einen Zeitungsartikel über den Mord an Shannon Blume mit einem Foto vom Haus der Blumes gefunden. Ein Obdachloser namens Steve Jones war festgenommen und für den Mord an Shannon verurteilt worden, aber ich wusste, dass er es nicht gewesen ist. Es war mein Erzeuger.

Ich erinnere mich, wie ich das Haus der Blumes fand und dass es genau so ausgesehen hatte wie in dem Zeitungsartikel im Internet: ein eingeschossiges Ranchhaus mit weißen Fensterläden und passenden Rahmen und einer Andentanne, die fast bis zum Dach reichte.

Ich: In dem Artikel war ein Foto von Don und Debra Blume. Es war leicht, das Haus zu finden, und ich spähte durch das Garagenfenster. Es standen zwei Autos darin. Eines war ein Ford Focus, wie ich ihn fuhr. Meine Mutter hatte mir beigebracht, wie man Menschen manipuliert. Wie man das wird, was man für sie sein musste. Ich überlegte mir, dass ich so tun würde, als würde ich mein Auto lieben oder hassen, je nachdem, wie sie ihr eigenes fanden.

Vom Band kommt Schweigen. Ich überlege mir, wie viel ich offenlegen will.

Dr. A: Lass dir Zeit.
   Ich: Mrs Blume öffnet mit einem misstrauischen, aber sanften Lächeln die Tür. Ich erzähle ihr, dass ich von der Zeitung North Bend Courier *komme, und frage sie, ob sie schon mal von unserer Reihe über Marilee Watson gehört hat, die im Jahr zuvor ermordet wurde. Ich erzähle ihr, dass mein Redakteur von mir eine neue Reihe mit Artikeln will, in denen es darum geht, wie Menschen mit einer Tragödie*

umgehen und frage, ob ich mit ihr und Mr Blume sprechen kann.

Sie antwortete: »Man kann nicht mit einer Tragödie umgehen, Miss ...?« Sie versucht, sich an meinen Namen zu erinnern, und ich gebe ihr eine Visitenkarte, die ich in der Zeitungsredaktion gestohlen habe.

»Tracy Lee«, helfe ich ihr. »Genau darum geht es in meinem Artikel. Meine Tante Ginger wurde bei einem Autounfall getötet, und auch wenn das nicht mit dem vergleichbar ist, was Shannon angetan wurde, hat meine Mutter das auch niemals verwunden. Meine eigenen Erfahrungen werden auch in dem Artikel vorkommen. Aber es darf darin nicht um mich allein gehen.«

Ich frage mich, ob ich sie an ihre Tochter erinnere. Ob sie mich für zu jung für den Job hält. Ob sie nur einen schlechten Tag hat. Vielleicht ist jeder Tag ein schlechter, wenn das eigene Kind ermordet wurde.

Sie sagt: »Das ist lange her. Wir wollen das nicht wieder durchleben, dafür haben Sie bestimmt Verständnis.« Natürlich habe ich das. Ich hasse es, dass ich alte, nie richtig verheilte Wunden aufreiße, aber mir bleibt keine Wahl. Ich sage ihr, dass ich nicht die Absicht habe, ihr wieder wehzutun.

Ich halte das Band an. Ich muss noch einmal zu den Blumes. Falls sie immer noch in Burien leben, müssten sie mittlerweile Ende sechzig sein. Im Ruhestand. Hoffentlich zu Hause.

Um vier Uhr morgens bin ich hellwach. Ich versuche, wieder einzuschlafen, aber in meinem Kopf rattert es, ich kann nicht aufhören, über den Fall nachzudenken. Ich habe das Gefühl, als hätte ich nicht geschlafen, sondern nur mit geschlossenen Augen reglos dagelegen. Ich gebe auf und ziehe meine .45er unter dem Kopfkissen auf der anderen Bettseite hervor. Ich habe mir angewöhnt, in Jeans und T-Shirt zu schlafen, die Stiefel neben dem Bett, immer bereit. Daran ist der Stalker schuld. Der Mörder hat es nur noch schlimmer gemacht. Ich stehe auf und gehe auf Strümpfen zu meinem Schreibtisch.

Ich habe das Abspielgerät draußen gelassen, bereit, weiterzumachen. Auf diesem Band ist mein Gespräch – eigentlich meine Befragung – mit den Blumes über das Verschwinden und die Ermordung ihrer Tochter Shannon. Ich brauche es nicht abzuspielen. Ich erinnere mich daran, als wäre es gestern gewesen.

Dr. Albright hatte mich gefragt, ob ich verstehen könnte, dass Mrs Blume gezögert habe, mich ins Haus zu lassen. Ich sagte, ja, ich hätte es verstanden, aber ich hatte mit ihr sprechen müssen. Ich sagte Mrs Blume, dass es wichtig sei, dass die Menschen die Wahrheit erfuhren. Und dass mancher Schmerz niemals verginge. Dass andere ebenfalls durchmachten, was sie erlitten hatte, und dass sie nicht allein mit ihrem Schmerz war.

Meine Worte mussten den erhofften Effekt gehabt haben, denn Mrs Blume sah mich an und sagte: »In Ordnung«, bevor sie mich ins Haus bat. Ich fühlte mich so erleichtert. Und ein bisschen schlecht, weil ich jemanden über etwas so Tragisches, so Wichtiges belogen hatte.

Ich erinnere mich, wie furchtbar ich mich fühlte, nur weil ich Dr. Albright davon erzählte.

Ich belog Mrs Blume und sagte ihr, dass ich angerufen hätte, aber heutzutage gäbe es ja überall nur noch Handys und niemand habe mehr Festnetztelefone. Ihr Haus war sauber, aufgeräumt, in der Zeit festgefroren. Die Möbel, die Ausstattung – selbst die Luft – fühlte sich alt an. Im Eingangsbereich gab es keinerlei persönliche Note. Ein Schwertfarn von der Größe eines Mini-Coopers füllte den Raum fast vollständig aus.Mrs Blume erklärte, dass sie Pizza backe, und fragte mich, ob ich auch etwas essen wolle. Sie hatte einen gütigen Blick.

Ich war noch ziemlich gesättigt von meiner letzten Mahlzeit, antwortete aber, dass ich am Verhungern wäre. Dass ich den ganzen Tag noch nichts gegessen hätte. Und ich bedankte mich. Ich war erst zwei Minuten dort und hatte diese nette Frau schon fünf oder sechs Mal angelogen. Auch wenn ich keine Wahl hatte. Hätte ich ihr die Wahrheit erzählt, hätte sie mich vermutlich ausgelacht und die Polizei gerufen. Das hätte meine Pläne ruiniert und meine Mutter das Leben gekostet.

Dr. Albright fragte: »Also hast du weiter gelogen?«

Ich antwortete ihr, dass ich nicht stolz drauf sei, aber ja. Ich erinnerte mich, dass Donald Blume ins Zimmer kam. Er war älter als seine Frau, hatte aber ein freundliches Lächeln und war mir auf Anhieb sympathisch.

Er sagte: »Sie schreiben also eine Geschichte über unser kleines Mädchen?«, und setzte sich. Er versank in einem Sessel, von dem ich vermutete, dass es »sein« Sessel war. Ein großer, lederner Lehnsessel.

Ich erzählte ihm dieselbe Geschichte wie seiner Frau, von dem Artikel, den ich schreiben wollte. Er erwiderte, dass es eine kurze Geschichte werden würde, und Mrs Blume ging die Pizza holen.

In dem Moment entdeckte ich Shannons Schrein. Auf dem Kaminsims stand fast ein Dutzend Fotos von einem Mädchen in meinem Alter. Daneben eine große, silberne Urne, von der ich nur vermuten konnte, dass ihre Überreste darin aufbewahrt waren. Warum bewahren Menschen Asche auf? Das verstehe ich nicht. Ein Mensch ist nicht das, was an verbranntem Fleisch und zerpulverten Knochen übrigbleibt. Ein Mensch ist der Geist, der zurückbleibt, nachdem er brutal ermordet wurde. Von meinem Erzeuger.Mr Blume sagte, dass Shannons Tod ihre Leben ruiniert hätte. Er hätte angefangen zu trinken. Debra habe Antidepressiva genommen, bis sie in den Entzug musste.

Ich sagte ihm, dass es mir leid tue. Ich wusste nicht, was ich sonst sagen sollte.

Er antwortete, dass es ihm ebenfalls leid tue, und ich konnte das Schimmern von Tränen hinter seinen Brillengläsern sehen. Er sagte, es nicht viel zu berichten gäbe, außer dass Shannon ihnen alles bedeutet habe.

Dr. Albright fragte, ob es mir geholfen hätte, meine Mutter zu finden.

Ich antwortete ihr: »Sie müssen wissen, dass es für mich sehr wichtig war, dass diese Menschen mich mögen. Sie mussten mir alles erzählen, was sie wussten. Ich musste die Informationen zusammentragen und irgendwie herausfinden, wo meine Mutter gefangen gehalten wurde.«

Ich hole eine andere Kassette aus der Schachtel und lege sie ein. Bevor ich sie abspiele, denke ich an diesen Tag zurück. Wir haben Pizza gegessen. Wenn ich daran denke, habe ich wieder den Geschmack von Hähnchenpesto im Mund, aber ich möchte nicht daran denken. Widerlich.

VIERUNDDREISSIG

Ich lasse die Kassette laufen.

*Ich: Die Blumes haben am Anfang begonnen. Sie erzählten
mir von dem Schmerz, den man empfindet, wenn man durch
das dicke Glas im Leichenschauhaus den Körper der eigenen
Tochter auf einer Bahre identifizieren muss. Und sie erzählten
mir, wie sehr sie es bereuten, ihr nicht so oft gesagt zu haben,
dass sie sie liebten, wie sie es hätten tun sollen.*

Dr. A: Das muss dich tief getroffen haben.

Jetzt weiß ich, was Karen wirklich gefragt hat, als sie wissen
wollte, wie ich so abgebrüht sein konnte. Manchmal frage ich
mich das selbst, aber ich lebe damit. Auf dem Band antworte
ich ihr nicht.

*Ich: Ich sah, wie Mrs Blume eine bebende Hand auf die ihres
Mannes legte. Sie war die Stärkere der beiden.*

*Er bat sie, ihm einen Drink zu holen, und ich erinnere
mich, wie er sagte: »Und sei bloß nicht geizig.«*

Ich murmelte irgendetwas davon, dass es mir leid tue, und

sagte ihnen, dass sie immerhin ein bisschen Gerechtigkeit erhalten hätten. Wenigstens war der Mörder gefangen und bestraft worden.Mrs Blume sagte daraufhin leise: »Das erzählt man uns zumindest.«

Die Bemerkung war seltsam und ich wartete, dass sie sie erklärte.

»Ganz ehrlich, Tracy«, meinte sie, »wir haben uns nie ganz wohl damit gefühlt, dass Steve Jones, dieser Obdachlose, für den Mord an unserer Tochter angeklagt wurde. Verstehen Sie mich nicht falsch.« Sie machte eine Pause und sah zu ihrem Mann. »Verstehen Sie uns nicht falsch. Wir zweifeln nicht daran, dass die Staatsanwaltschaft alles in ihrer Macht Stehende getan hat, aber, nun, wir haben Mr Jones sein Alibi geglaubt.«

Ich war überrascht. Ich erinnerte mich nicht an sein Alibi, und dann fiel es mir plötzlich wieder ein.

Er hatte erzählt, dass er etwas getrunken und einen Filmriss gehabt hatte. Ein Freund von ihm, ein anderer Säufer, hatte ihm erzählt, dass die Polizei ihn mitgenommen hatte. Daran konnte er sich nicht erinnern. Das nächste, was Jones wusste, war, wie er vor Shannons Leiche lag, als die Sirenen ihn aufweckten.

Ich fragte sie, wer die Polizei gerufen hätte.Mr Blume berichtete, es sei ein anonymer Hinweis gewesen. Die Aufnahme der Polizei von dem Anruf ging vor dem Prozess verloren. Es gab keinerlei Beweise, dass die Aufnahme wirklich existierte, und wer glaubte schon einem Penner?

Ich fragte die beiden, ob sie glaubten, dass Jones vielleicht reingelegt worden sei.Mr Blume antwortete, dass sie davon überzeugt seien, dass jemand die Beweise manipuliert hätte. Der Obdachlose war ein nützlicher Tatverdächtiger für den Mord. Er sagte, dass sie sich am Anfang über die Verurteilung gefreut hätten, dass es aber noch mehr Fragen gegeben habe, auf die die Polizei keine Antworten gehabt hätte. Er meinte, *dass Shannon eine Woche lang verschwunden gewesen sei, und als man ihre Leiche fand, hätte sie eine Tätowierung gehabt.*

Ich stoppe das Band. Ich kann mich deutlich an die Tätowierung erinnern. Ein Herz mit der Nummer 16 darin. Alex' Markenzeichen. Alle seine Opfer hatten diese Tätowierungen. Dann höre ich weiter.

Ich: Mr Blume sagte, Shannon hätte sich niemals tätowieren lassen. Er zeigte mir ein Foto von ihr, von ihrer Theateraufführung von Les Misérables *an der Highschool in Highline. Er erzählte, sie habe Cosette gespielt. Sie war wunderschön und perfekt.*

Dr. A: Wie fühltest du dich, dass du so viele Erinnerungen in Shannons Eltern geweckt hast? Es muss schwer gewesen sein, sich das anzuhören.

Ich: Mr Blume war es ernst damit gewesen, seinen Schmerz ertränken zu wollen. Als er seine Frau gebeten hatte, nicht mit dem Drink zu geizen, hatte er nicht die Menge an Eiswürfeln im Glas gemeint. Er konnte langsam den Kopf nicht mehr oben halten und begann ein bisschen zu lallen. Er wurde allmählich betrunken.

Mr Blume sagte etwas darüber, dass der Detective die Tätowierung bei seiner Ermittlung nicht erwähnt hätte.

Ich fragte Mrs Blume nach dem Namen des Detectives. Sie konnte sich nicht erinnern, wollte aber anrufen, wenn es wichtig wäre. Ich sagte ihr, es sei wichtig.

Ich halte das Band an und schaue auf die Uhr. Ich muss noch duschen und mich für die Arbeit fertig machen. Ich überprüfe noch einmal, dass der Stuhl noch unter dem Türknauf klemmt und gehe dann mit meiner .45er in der Hand ins Badezimmer. Dort lege ich die Waffe auf den Spülkasten der

Toilette, möglichst weit weg von der Tür und direkt neben der Dusche. Ich werde den Rest des Bands anhören, sobald ich die Gelegenheit dazu finde. Bisher hat es mir keine Eingebung gebracht, aber irgendetwas kreist in meinem Verstand herum wie ein Falke auf der Suche nach seiner Beute. Ich bin mir sicher, dass Mr oder Mrs Blume auf diesem Band von einem Detective erzählten, der in ihrem Haus war, aber sie wusste nicht mehr, wie er hieß.

Ich überlege es mir anders, drehe um und gehe, nur noch mit meinem T-Shirt bekleidet, zurück zum Schreibtisch.

FÜNFUNDDREISSIG

Ich fühle mich lächerlich, hier mit nichts als einem T-Shirt zu sitzen, aber ich muss mir den Rest der Aufnahme anhören. Ich erinnere mich, dass Mrs Blume mich später an dem Abend im Hotel angerufen hat. Ich spule ein Stück vor und drücke dann auf ›Play‹.

Ich: Ich kam in mein Zimmer zurück und sah ein blinkendes Licht am Telefon. Eine Sprachnachricht von Mrs Blume. Ihr drängender Tonfall war alles andere als ruhig. Sie wollte, dass ich sie auf der Stelle zurückrufe.

Dr. A: Das muss dich beunruhigt haben, Rylee.

Ich: Ich rief an und sie ging beim ersten Klingeln sofort ran, aber jetzt klang sie, als wüsste sie nicht, ob sie hätte anrufen sollen. Oder vielleicht hatte sie Angst davor, anzurufen. Sie erzählte mir, dass der Detective, nach dem ich gefragt hatte, sie angerufen hätte. Dann sei er bei ihnen zu Hause aufgetaucht und hätte Fragen über mich gestellt. Sein Name war Alex Rader. Er hätte ihnen erzählt, dass ich eine Betrügerin sei, die Ärger machen will.

Dr. A: Das muss ein Schock gewesen sein. Eine Überraschung. Dachtest du, dass er dich verfolgt?

Ich: Natürlich tat ich so, als wüsste ich nicht, warum er so etwas sagen würde. Aber ich war schon mein ganzes Leben lang eine Betrügerin. Er aber genauso. Er hat sich gut getarnt und seine Verbrechen im Verborgenen verübt.. Tagsüber maskierte er sich als aufrechter Bürger. Als Polizist. Er hat all diese Mädchen ermordet. Und vielleicht noch andere. Und im Augenblick hält er meine Mutter fest. Ich weiß bloß nicht, wo.

Ich fragte, ob sie ihm erzählt hätten, wo ich bin.

Sie sagte: »Nein. Ich mochte ihn nie und habe ihm nie vertraut. Mein Mann auch nicht. Er war nichts als ein aufgeblasener Mistkerl, der nie auch nur einen Cent auf Shannon gegeben hat. Er hat immer das Richtige gesagt, aber ich wusste, dass er nur eine weitere Kerbe in seiner Dienstmarke wollte.«

Ich sagte ihr, dass ich diese Sorte Polizist nur allzu gut kenne. So ein Schwindler.

Ich bedankte mich bei ihr und unser Telefonat endete damit, dass sie sagte: »Bei unserem Gespräch habe ich erkannt, dass es Ihnen wirklich um Shannon geht.«

Ich beendete den Anruf und mein Puls beschleunigte sich.

Ich erinnere mich, wie mir nach dem Telefonat das Adrenalin durch die Adern strömte. *Alex Rader war mir auf der Spur. Ich fragte mich, wer wen zuerst fand. Falls es ein Wettkampf war, hatte ich vor, ihn zu gewinnen.* Zwei Minuten später war ich auf der Straße. Da Alex Rader Polizist war, hatte ich jeden Respekt vor seinen Kollegen verloren. Mein Stiefvater Rolland sagte mal, dass es Grenzen dafür gäbe, was die Polizei tun kann, aber ich weiß, es gibt mindestens einen unter ihnen – und vielleicht noch mehr –, der tut, was er will, ganz egal, was es kostet. Zur Polizei gehen? Meine Mutter hat dort um Hilfe gebeten, und schaut, was es ihr gebracht hat. Das ist einer von zwei Punkten, bei denen sie mir zustimmen würde. Der andere ist, dass Hayden niemals erfahren darf, was ich weiß. Wie Mom zuvor muss ich nun diese Bürde tragen. Ich liebe meinen kleinen Bruder zu sehr, als dass ich sein Leben mit dem Wissen ruinieren würde, was für giftiges Blut sein Herz durch seine Adern pumpt.

Genau wie bei mir.

SECHSUNDDREISSIG

Als ich am Büro ankomme, kann ich mich nicht an die Fahrt erinnern, als wäre ich auf Autopilot gewesen. Leanne Delmont, Shannon Blume, Megan Moriarty. Alle drei sind Alex Rader zum Opfer gefallen. Um sie drehen sich meine Gedanken. Ich wünschte, ich könnte sie noch einmal rächen. Ich habe Alex Rader, den Serienmörder, umgebracht. Ich habe Marie Rader umgebracht, seine Helferin und Motivation, die Mordserie fortzusetzen. Ich dachte, ich hätte der Schlange den Kopf abgeschlagen, aber jetzt scheint es, als wäre ihr einer nachgewachsen.

Ich muss rausfinden, wer das, was diese beiden kranken, psychopathischen Arschlöcher begonnen haben, zu Ende bringt.

Ich biege auf den Parkplatz vorm Sheriff's Office und schaue wie von selbst zu den Bäumen hinüber. Nan steht draußen am Rande des Parkplatzes, eine Zigarette in der einen und ein Handy in der anderen Hand. Sie sieht mich und tritt schnell die Zigarette unter ihrer Stiefelspitze aus, bevor sie das Gespräch beendet. Als ich aus dem Auto steige, geht sie an mir vorbei.

»Guten Morgen, Detective Carpenter.«

»Morgen, Nan«, antworte ich. Am liebsten würde ich sie Nannette nennen, so heißt sie richtig, aber das mag sie nicht und ich muss sie nicht noch provozieren.

Sie geht ins Gebäude und lässt die Tür hinter sich zuschlagen. Ich gehe zu der Stelle hinüber, an der sie ihre Zigarette ausgetreten hat. Auf dem Filter ist dieselbe Lippenstiftfarbe zu sehen wie auf dem, den ich ins Labor geschickt habe. Aber es ist eine Virginia Slim, keine Camel. Ich stecke den Stummel in einen Beutel.

Ronnie war vor mir im Büro. Sie tippt auf ihrer Tastatur herum wie eine Konzertpianistin. Ich bedeute ihr, zu meinem Schreibtisch zu kommen.

»War's schön gestern mit Marley?«, erkundige ich mich.

»Er hat nur über Wissenschaft und solche Sachen gesprochen, mit denen ich mich kaum auskenne. Ich habe mich gefühlt, als hätte ich ein Date mit Bill Nye, diesem Typen aus der Wissenschaftssendung für Kinder.«

Wir lachen beide. Marley sieht ganz und gar nicht aus wie Bill Nye, aber die Sache mit dem wissenschaftlichen Erklärbär hat er gut drauf.

»Ich habe ihn gebeten, die Laborergebnisse direkt an mich zu schicken«, flüstert Ronnie mir zu. »Die DNA an der Kaffeetasse, die wir bei Gabrielle mitgenommen haben, lässt darauf schließen, dass sie die Tochter des Opfers ist. Die DNA von den Sachen, die Sie unter den Bäumen gefunden haben, war nicht in der Datenbank. Eine unbekannte Person. Marley war ein bisschen sauer, dass er das überprüfen musste, aber ich habe ihm gesagt, dass ich die Sachen gefunden hätte und Ihren Namen auf den Laborantrag geschrieben hätte. Ich meinte, Sie hätten gesagt, dass es Zeitverschwendung sei, ich aber so ein Bauchgefühl hätte.«

Ich mag die Kleine mit jedem Tag mehr.

»Danke, Ronnie. Zumindest haben wir die DNA jetzt in

den Akten, falls wir noch etwas anderes finden.« Während ich das sage, kann ich mich des Gefühls nicht erwehren, gerade den Teufel an die Wand zu malen. Ich will gar nichts anderes mehr finden, weil ich nicht will, dass noch jemand stirbt.

»Ich habe noch etwas, das er bitte untersuchen soll.« Ich reiche ihr den Beutel mit Nans Zigarettenstummel. »Das muss mit den anderen Sachen verglichen werden, die ich ... die Sie da draußen gefunden haben. Falls die alle Nan gehören, dann ist ihre DNA nicht im System, aber wir wissen, dass alles zu ihr gehört. Und falls dem so ist, können wir das alles vermutlich ausschließen.«

Ronnie grinst anzüglich. »Also haben wir Nan am Arsch, wenn der eingetütete Stummel von ihr ist, und Sie wollen, dass Marley ihn mit dem von dem anderen Arsch abgleicht?«

»Möge der beste Arsch gewinnen«, sage ich, und Ronnie kichert. So lustig ist das gar nicht, obwohl, irgendwie doch.

»Ich habe diesen Alex Rader überprüft«, sagt Ronnie schließlich. »Er war Detective im Sheriff's Office von King County. Ist vor einigen Jahren verschwunden, seitdem keine Spur mehr von ihm.«

Ich bin überrascht. Ich hätte gedacht, dass seine Leiche irgendwann gefunden wird. Der Geruch hätte jemanden aufmerksam machen müssen. Marie hatte ihn gefunden. Ich frage mich, was sie mit seiner Leiche getan hat. Es wurde ewig darüber berichtet, dass man ihre Leiche gefunden hat, weil Alex ein Polizist war. Einer von ihnen.

»Seine Frau, Marie Rader, wurde brutal ermordet in ihrem Zuhause aufgefunden. Der Detective, mit dem ich gesprochen habe, meinte, dass sie Alex verdächtigen, sie im Zorn ermordet und anschließend geflohen zu sein. Niemand hat je wieder von ihm gehört, aber sie haben nicht ausreichend Beweise für eine Fahndung.«

Und die werden sie auch nie kriegen. »Hatte der Mord

Ähnlichkeit mit unserem?«, frage ich, obwohl er keinerlei Ähnlichkeit hat.

»Ich habe dem Detective erzählt, dass wir an einem Fall arbeiten, in dem der Name Alex Rader erwähnt wurde. Ist kein allzu seltener Name. Ich habe ihm gesagt, dass wir uns noch mal melden, sobald wir sicher sind, dass unser Fall mit ihrem Alex Rader in Verbindung steht.«

»Vermutlich steckt gar nichts dahinter. Ich wäre mehr daran interessiert, Michael Rader zu finden. Hatten Sie damit Glück?«

Ronnie ruft ein Bild auf ihrem Handy auf, das Porträt eines Mannes, zwischen vierzig und fünfzig, markante Gesichtszüge, dunkle Haare und bösartig dreinblickende Augen. »Der Kerl hier war Gefängniswärter.«

Alles, was ich herausfinden konnte, war, dass Alex Rader einen jüngeren Bruder namens Michael hatte. Ich habe nur ein Foto von ihm in einem Zeitungsartikel gesehen.

»Zuletzt war er in der Justizvollzugsanstalt in Monroe«, erklärt Ronnie.

»Wo ist er jetzt?«

»Ist vor sechs Monaten weggezogen. Ich konnte nicht rausfinden, wohin, und wollte nicht im Gefängnis anrufen, bevor ich mit Ihnen gesprochen habe.«

»Woher wissen Sie, dass er umgezogen ist?«

»Ich habe die Stromversorger in der Nähe von Monroe überprüft«, antwortet Ronnie. »Ich habe eine alte Adresse, aber seit sechs Monaten keine Rechnungen mehr. Ich vermute, dass er den Strom abgemeldet hat.«

SIEBENUNDDREISSIG

Michael Rader ist verschwunden. Um ihn zu finden, brauche ich Sheriff Grays Hilfe. Er könnte beim County Sheriff von Snohomish anrufen und Michael überprüfen lassen. Die Justizvollzugsanstalt von Monroe liegt in dem Bezirk. Aber dann würde Sheriff Gray fragen, warum ich das wissen will, und ich möchte ihm nicht noch mehr über meine Vergangenheit erzählen.

Ich bezweifle, dass er mich eingestellt hätte, wenn er alles über mich gewusst hätte. Ich weiß, dass *ich* das nicht getan hätte. Ich glaube, das liegt daran, dass ich mich, tief drinnen, wie eine Schwindlerin fühle. Dr. Albright hat mich gewarnt, dass ich ein Leben lang damit zu kämpfen haben würde und vielleicht niemals aufrichtig glauben würde, dass ich ein guter Mensch bin und die Sünden meiner Vergangenheit mich nicht definieren.

Vielleicht liege ich falsch, was Michael Rader betrifft. Vielleicht machen die Sünden *seiner* Vergangenheit *ihn* nicht aus. Ich bin mir sicher, dass er Kim Mock im Gefängnis umgebracht hat, aber das hat er getan, um seinen Bruder zu beschützen. Er hat Monique Delmont bedroht und alle Beweise bekommen, die ich ihr gegen seinen Dreckskerl von Bruder ausgehändigt hatte. Die Beweise, dass Alex ein Serienmörder war. Er muss Maries Leiche gefunden haben, nachdem ich sie ermordet habe. Ich weiß nicht, wie er von mir wissen konnte, außer Marie oder Alex haben ihm von meiner Mutter erzählt und dass Alex mein Vater ist.

»Ich spreche mit dem Sheriff«, sage ich. »Er kennt den Sheriff in Snohomish County und kann mehr Informationen bekommen als wir.«

»Was soll ich tun?«

»Rufen Sie noch mal Mr Bridges an. Den Kerl von der Gewaltopfergruppe. Fragen Sie ihn, ob er sich an irgendetwas Konkretes erinnern kann, worüber Mrs Delmont gesprochen hat.« Ich hoffe, dass er die Namen Blume und Moriarty erwähnt. Ich brauche einen Grund, mir diese Fälle anzuschauen und die Eltern der toten Mädchen wiederzufinden. Ich will wissen, ob sie ebenfalls seltsame Anrufe erhalten haben. Ein Teil der Beweise, die Michael Rader Monique gestohlen hat, waren Fotos ihrer ermordeten Töchter.

Ronnie eilt davon und ich atme tief durch, bevor ich an Sheriff Grays Tür klopfe.

»Herein«, ruft er und ich höre, wie er eine Schublade an seinem Schreibtisch schließt.

Als ich den Raum betrete, rieche ich Hamburger und Zwiebeln. Ich wette, dass er in seiner Schublade eine fettige Tüte voll von dem Zeug versteckt. Er hat einen Klecks Soße am Kinn. Ich weise ihn nicht darauf hin. Wer bin ich schon, über andere zu urteilen? Seine Frau quengelt genug, sodass er sein Essen verstecken muss wie ein Alkoholiker die Flaschen. Ein Burgerholiker. Das ist er.

»Du siehst scheiße aus«, sagt er.

Ich versuche, munter zu wirken, aber ohne Erfolg.

»Sheriff, ich brauche deine Hilfe bei dem Fall«, fange ich

an. Ich schließe die Tür hinter mir und setzte mich vor dem Schreibtisch auf einen Stuhl.

»Du knabberst schon wieder an den Nägeln, Megan. Was ist los?«

Ich nehme den Finger aus dem Mund und wische ihn am Hosenbein ab, bevor ich die Hände im Schoß verschränke und noch einmal tief durchatme. Ich bin mir unsicher, wie viel ich ihm erzählen soll. Oder *was* ich ihm erzählen soll. Ich kann das nur schwer einschätzen, weil ich vielleicht in Handschellen aus diesem Zimmer marschiere.

Er kommt mir zuvor: »Es geht um das Foto, das ich dir gegeben habe, richtig?«

Meine Augen werden feucht und ich versuche, nicht zu weinen. Ich mag den Mann wirklich. Ich liebe meinen Job. Ich liebe es, dass ich etwas bewirke. Opfern helfe. Für Gerechtigkeit sorge. Vielleicht in Form von Rache, aber trotzdem Gerechtigkeit.

Ich nicke. »Ich muss dir ein paar Dinge erzählen. Ich hoffe, dass du mich nicht hasst, wenn ich fertig bin. Das Bild, das du mir gegeben hast, zeigt mich. Da war ich sechzehn und ging in Port Orchard zur Highschool.«

Er sagt nichts. Ich bemerke etwas Fett von dem Hamburger um seinen Mund und weiß, dass ich bewusst versuche, mich abzulenken. Ich atme noch einmal tief durch.

»Ich werde den Fall nicht abgeben«, sage ich.

Er nickt, denn er weiß, dass er mich nicht wird aufhalten können.

»Ein Mann namens Michael Rader stalkt mich.«

Als ich das laut ausgesprochen höre, fällt ein tonnenschweres Gewicht von meinen Schultern.

Er fragt nicht nach dem Grund, sondern sagt: »Wie kann ich dir helfen? Ich gehe davon aus, dass dieser Kerl Bestandteil deiner Ermittlung ist?«

Sein Angebot haut mich um. Ich rechne schon lange damit,

dass er mich von dem Fall abzieht. Aber er weiß, was mir die Sache bedeutet. Ich erzähle ihm von Michael Raders Besuch bei Monique vor vielen Jahren. Ich erzähle ihm davon, wie er Monique gedroht hat, ihre Tochter umzubringen und ihren Enkel. Sheriff Gray fragt nicht, woher ich das alles weiß, aber irgendwann wird er es wissen wollen.

»Bist du sicher, dass er der Mörder ist?«, fragt er.

»Ich hatte vor ein paar Tagen so eine Art Date mit Dan Anderson. Dan hatte beide Fotos. Das, auf dem ich das Büro hier verlasse, und das ältere von der Highschool. Er meinte, jemand hätte sie im Briefkasten an seiner Hütte zurückgelassen. Es waren die gleichen Fotos, die du auch hast.«

»Glaubst du, Dan ist in Gefahr?«

»Keine Ahnung. Können wir jemanden entbehren, der ihn im Auge behält?«

»Ich vermute, du willst nicht, dass Dan etwas davon erfährt, richtig?«

»Er ist ohnehin schon ziemlich sauer auf mich, weil ich ihm nichts erzähle. Falls jemand einfach ein Auge auf ihn haben könnte, wäre das super.«

»Ich lasse einen Streifenwagen ein Auge auf seinen Laden haben.«

Ich kann wieder atmen. Das Gespräch läuft besser als gedacht.

»Dr. Andrade meinte, dass er eine chemische Substanz in Moniques Blut gefunden hat. Irgendein Muskelrelaxans. Er kann noch nicht genau sagen, welches, glaubt aber, dass man es ihr verabreicht hat, damit sie am Leben blieb, während ihr das angetan wurde.« Ich kann es nicht aussprechen, weil ich die Bilder nicht wieder im Kopf haben will.

»Yang arbeitet daran?«, will er wissen.

»Ja. Und die DNA an der Kaffeetasse, die wir in Moniques Haus gefunden haben, stimmt mit der des Opfers überein.

Auch Gabrielles Probe passt, wir wissen also jetzt mit Sicherheit, dass es sich um Monique Delmont handelt.«

Wieder kommen mir die Tränen und ich frage mich, ob ich das Richtige tue. Vielleicht sollte ich den Fall an jemanden abgeben, der emotional nicht so drin hängt wie ich. Aber die Antwort lautet Nein. Das könnte ich nicht, nicht einmal, wenn ich wollte.

»Glaubst du, dass dieser Michael Rader verdächtig genug ist, um ihn zu verhaften?«

»Noch nicht«, antworte ich. Er soll noch nicht wissen, dass ich ihm auf der Spur bin. Und niemand soll erfahren, was ich seiner Familie angetan habe. Ich will nicht, dass ihn jemand findet.

Jemals.

»Es gibt noch mehr, was ich dir nicht über Monique erzählt habe.«

»Ich bin ganz Ohr«, sagt er und holt die Tüte mit Hamburgern aus der Schublade. Er bietet mir einen an und ich schlinge ihn runter, bevor ich weiterspreche. Es könnte meine Henkersmahlzeit sein.

ACHTUNDDREISSIG

Ich kehre ins Büro zurück, sammle Ronnie ein und gemeinsam gehen wir zum Auto. Ich habe Sheriff Gray nicht gebeten, die Kollegen in Snohomish County anzurufen. Ich befürchte, dass Michael dort noch Freunde hat, die ihm verraten könnten, dass ich nach ihm suche. Das Alte-Kumpel-Netzwerk.

Nachdem ich Sheriff Gray nun das Meiste erzählt habe, mache ich mir nicht mehr so große Sorgen, dass er fragt, woher ich das alles weiß.

»Wohin fahren wir?«, will Ronnie wissen, als sie einsteigt.

Ich lasse den Motor an und eine dicke Rauchwolke steigt aus dem Auspuff. »Erzählen Sie mir erst mal, was Mr Bridges gesagt hat.«

Sie holt ihr stets griffbereites Notizheft mit seinem schicken Ledereinband hervor und blättert bis zu der von ihr markierten Seite vor. »Er hat mir ein paar Namen gegeben. Die meisten davon die jüngsten Opferfamilien.«

»Welche davon gehören zu Morden, die drei oder mehr Jahre zurück liegen?«

»Okay.« Sie blättert weiter. »Moniques Tochter, Leanne, ermordet am ...«

»Von der weiß ich«, antworte ich ein bisschen zu schnell.

»Wussten Sie, dass sie überzeugt davon war, dass der Kerl, den sie verhaftet haben, nicht der Mörder war?«

»Ja, könnte ich gewusst haben«, lüge ich.

»Wussten Sie, dass sie geglaubt hat, dass zwei andere Morde mit dem an ihrer Tochter in Verbindung standen?«

Ich tue überrascht. »Zwei andere?«

»Ein Mädchen namens Shannon Blume und eine Megan Moriarty. Waren beide sechzehn, als sie starben.«

»Haben Sie sie schon überprüft?« Ich hoffe es.

»Ich habe die Aktenzeichen von beiden, die Kontaktdaten der Eltern und die Namen der Detectives, die die Morde untersucht haben. Beide Fälle sind fast zwanzig Jahre her. Etwa zur selben Zeit wie der Mord an Leanne Delmont.«

»Wo?«

»Alle in King County. Auch Leanne.«

»Und wer waren die Detectives?«, frage ich, als wüsste ich das nicht schon längst. »Sind sie noch im Dienst?« Ich weiß, dass wir nicht mit ihnen reden können.

»Ein Detective vom Sheriff's Office namens Alex Rader«, antwortet sie mit Nachdruck.

»Der Alex Rader? Der seine Frau umgebracht haben soll? Wie hieß sie noch mal?«

»Marie Rader«, antwortet die immer aufmerksame Ronnie. »Sie saß im Rollstuhl. Er ist der, der verschwunden ist, und von dem man nie wieder ein Wort gehört hat. Finden Sie das nicht auch seltsam, dass sein Bruder ebenfalls verschwunden ist?«

Ich stimme zu. Das verstärkt lediglich meinen Verdacht, dass Michael unser Täter ist. »Haben Sie eine Adresse von Shannon Blumes Eltern? Und wissen Sie, ob die noch aktuell ist?«

Während ich fahre, erinnere ich mich, wo ich zum ersten Mal die Namen Shannon Blume, Megan Moriarty und Leanne Delmont gehört habe. Nach der Ermordung meines Stiefvaters floh ich mit Hayden aus dem Haus und wir fanden heraus, dass ich den Schlüssel zu einem Schließfach in einer Bank in Seattle besaß. Im Schließfach fand ich mehrere Umschläge mit Briefen, Zeitungsartikeln und eine Waffe. Einer der Umschläge war mit der Handschrift meiner Mutter versehen:

Nur von meiner Tochter zu öffnen.

Ein anderer war für Hayden:

Nur von meinem Sohn zu öffnen.

Und in diesem Brief an mich erfuhr ich die Wahrheit, die meine Mutter bis zu diesem Tag vor mir geheim gehalten hatte. Ich verbrannte den Brief, weil ich nicht wollte, dass Hayden je davon erfuhr, aber ich kann mich an jedes Wort darin erinnern.

Liebling, ich habe dich belogen. Ich habe gelogen, weil das die einzige Möglichkeit war, dich zu retten, mich zu retten, Hayden zu retten.

Sie schrieb mir, dass der Mann, vor dem wir unser ganzes Leben geflohen waren, nicht nur irgendein sitzengelassener Ex-Freund oder Stalker war. Er war mein richtiger Vater. Alex Richard Rader. Ein Polizist. Ein Serienmörder. Er hatte versucht, meine Mutter umzubringen, aber sie erzählte mir, dass sie das Opfer war, das entkommen konnte.

Wenn du dich entscheidest, mich zu suchen – ich weiß, dass ich dich sowieso nicht davon abhalten kann –, dann musst du seiner Spur folgen. Such in der Vergangenheit seiner Opfer nach mir.

Jetzt, wo ich an den Brief zurückdenke, fallen mir zwei

Sachen sofort auf. Meine Mutter schrieb, dass ich sieben Tage Zeit hätte, sie zu finden. Sieben Tage zwischen der Entführung des Opfers und seiner Ermordung. Die andere ist ihre Wortwahl: *Such in der Vergangenheit seiner Opfer nach mir.* Als würde sie mir Hinweise geben, um das Rätsel zu lösen. Will sie mir sagen, dass es dafür ebenfalls eine Deadline gibt? Und sollte ich in Moniques Vergangenheit schauen oder in meine eigene? Ich war ebenfalls ein Opfer. Und zwar noch eines, das davongekommen ist.

Die Fahrt von Port Hadlock nach Burien mit der Bainbridge-Fähre dauert zwei Stunden. Ursprünglich hatte ich die Adresse von Don und Debra Blume in einer Bibliothek gefunden. Ich hatte das Internet nach Leanne und Megan durchsucht. Ich wollte Alex finden, aber der war ein Geist. Ronnie hat die Adresse aus den Polizeiberichten über Shannon Blumes Ermordung und das Navi führt uns bis vor die Haustür.

Ich parke vor dem Haus, das noch genauso aussieht wie bei meinem letzten Besuch. Laut Ronnies Recherchen wohnen Don und Debra Blume immer noch hier.

»Was erzählen wir ihnen, warum wir hier sind?«, will Ronnie wissen.

»Darum kümmere ich mich. Überlassen Sie einfach mir das Reden.«

Wir gehen zur Haustür und klingeln.

Im Haus höre ich jemanden rufen: »Bin gleich da.« Klingt nach Mrs Blume. Und sie ist es auch.Mrs Blume öffnet die Tür und sieht zehn Jahre älter aus als in meiner Erinnerung. Ich habe andere Haare, etwas mehr Gewicht und weiß, dass sie vor allem meine Dienstmarke sehen wird. Trotzdem bin ich ein bisschen nervös, ob sie mich wiedererkennt.

»Kann ich Ihnen helfen?«, fragt sie.

»Mrs Blume?«, will ich wissen.

»Ja.«

»Ich bin Detective Carpenter. Das ist Detective Marsh. Wir kommen vom Jefferson County Sheriff's Department. Können wir Ihnen ein paar Fragen stellen?«

»Natürlich. Entschuldigen Sie bitte, wie es hier aussieht, ich bin heute noch nicht zum Putzen gekommen. Kommen Sie rein.«

Sie bringt uns in dasselbe Zimmer, in dem ich so getan habe, als wäre ich eine Reporterin vom *North Bend Courier*, die einen Artikel über Menschen schreibt, die eine Tragödie durchlebt haben. Sie mag älter geworden sein, aber das Haus ist immer noch makellos in Schuss. Von ihrem Mann, Don, entdecke ich keine Spur.

»Ist Mr Blume auch da?«, will ich wissen.

Sie bedeutet uns, Platz zu nehmen, aber ich bleibe stehen. Ronnie hat ihr Notizheft gezückt und ist bereit.

»Mr Blume ist nicht hier«, antwortet sie, ohne das weiter auszuführen.

Ich weiß nicht, ob sie sich getrennt haben, er tot ist oder vielleicht in einer Entzugsklinik. Es ist auch nicht wichtig, solange er nicht ermordet wurde.

»Es ist uns sehr unangenehm, Sie zu stören, aber wir arbeiten an einem Einbruchsfall.«

Sie schaut sich unsicher um. »Nicht in unserer Gegend. Wir haben sehr nette Nachbarn und ich habe noch nie jemand Verdächtiges gesehen.«

»Es gibt keinen Grund, beunruhigt zu sein, Mrs Blume. Wir überprüfen nur einige Telefonnummern, die wir im Handy eines der Verdächtigen gefunden haben. Darunter auch Ihre.«

Ronnie zeigt mir die Nummer in ihrem Notizheft, aber ich

kann sie auswendig. Ich nenne sie Mrs Blume und sie schaut mich schockiert an. Ich bin erleichtert. Vermutlich war niemand hier.

»Das ist unsere Telefonnummer, aber eingebrochen wurde bei mir nicht.«

»Das wissen wir. Wir haben das mit der hiesigen Polizei geklärt, bevor wir hergekommen sind.«

Das ist gelogen, scheint sie aber zu beruhigen. »Warum setzen wir uns nicht?«

Wir nehmen alle Platz und der Ausdruck von Besorgnis erscheint wieder in ihrem Gesicht.

»Mrs Blume, der Anruf dauerte nur zehn Sekunden. Vielleicht war es nur verwählt. Trotzdem mussten wir das persönlich mit Ihnen klären, um sicherzugehen, dass sie keinerlei verdächtige Anrufe erhalten haben. Sie wissen schon: Leute, die auflegen, Scherzanrufe, all so was.«

»Nein. Nein. Nicht, dass ich wüsste. Mein Mann hat sich früher manchmal auf sein Handy gesetzt und versehentlich Leute angerufen, aber er hat schon lange kein Handy mehr.«

»Können Sie mir sagen, wo Ihr Mann ist?«, erkundige ich mich.

Sie schaut mich seltsam an und ich sehe, wie etwas in den Augen hinter ihrer dicken Brille aufzufunkeln scheint. Ich habe mein Aussehen verändert, aber meine Stimme ist noch die gleiche. »Sie brauchen es mir nicht zu sagen. Das hat nichts mit dem Grund zu tun, aus dem wir hier sind. Es tut mir leid.«

»Nein. Ich sag es Ihnen. Er ist im Pflegeheim. Schon seit über einem Jahr. Ich konnte mich nicht länger um ihn kümmern.«

Ich will die Vergangenheit nicht aufwühlen, vor allem nicht, weil sie noch eine Tragödie durchlebt hat. Ich verstehe, warum sie so gealtert wirkt. Aber ich muss wissen, ob Rader bei ihr war.

»Mrs Blume, haben Sie Kinder?«

Sie zuckt zusammen, als hätte ich ihr in die Magengrube geschlagen. »Hatten wir. Jetzt nicht mehr.«

»Mrs Blume, es tut mir wirklich sehr leid, wenn ich traurige Erinnerungen wecke, aber ich muss Sie fragen, ob Sie irgendjemand kontaktiert hat, mit der Behauptung, dass er den Fall untersucht.«

»Schon sehr lange nicht mehr. Hier war mal ein Detective, der mir sagte, dass er nach einer Frau sucht, die sich als Reporterin ausgibt. Ich mochte ihn nicht. Ich habe ihm nichts verraten und bis heute glaube ich nicht, dass er wirklich Polizist war.«

Er war ein Serienmörder, ihre Instinkte hatten sie also nicht getrogen. Sie schaut mich immer noch an und ich kann förmlich sehen, wie es hinter ihrer Stirn arbeitet. Es wird Zeit, zu gehen. Ich reiche ihr meine Karte. »Falls irgendjemand anruft oder vorbeikommt, um über den Fall zu sprechen, rufen Sie mich bitte an.«

Plötzlich kommt mir eine Idee. »Detective Marsh, können Sie bitte das Foto von Rader aufrufen?«

Sie zeigt es Mrs Blume.

»Haben Sie diesen Mann schon einmal gesehen?«, frage ich.

Sie betrachtet das Bild. Schaut zu mir, nicht zu Ronnie. »Hat das etwas mit den Einbrüchen zu tun?«

»Vielleicht«, antworte ich. »Haben Sie ihn schon einmal gesehen?«

»Nein. Ich habe ihn noch nie zuvor gesehen. Ist er gefährlich?«

Ich ängstige sie jetzt schon zu Tode, antworte aber: »Wir gehen davon aus, dass dieser Mann in fremde Häuser eindringt. Sie wissen schon: Er tut so, als wäre er jemand, den sie ins Haus lassen können. Lassen Sie also bitte niemanden rein, bei dem Sie sich nicht absolut sicher sind.«

Noch immer betrachtet sie mich auf eine seltsame Art.

»Tut uns leid, dass wir Sie belästigt haben«, sage ich, bevor wir zur Haustür gehen und das Haus verlassen. Ich versuche, nicht zu rennen.

Auf der Fahrt zurück ins Büro des Sheriffs kann ich nicht aufhören, an Dan zu denken und wie die Sache zwischen uns geendet hat. Das ist das Problem mit Beziehungen. Ich habe sie immer gemieden, bis Caleb aufkreuzte, und nachdem er mir das Herz gebrochen hatte, habe ich geglaubt, dass ich mit dem Thema endgültig durch sei. Offenbar lag ich falsch.

»Warum rufen Sie ihn nicht an?«, fragt Ronnie.

Warum kümmerst du dich nicht um deinen eigenen Kram? »Wo wir vom Anrufen sprechen: Könnten Sie bei Marley nachfragen, was er über das Muskelrelaxans von der Autopsie herausgefunden hat?«

VIERZIG

Zurück im Büro setze ich mich an den Computer und durchsuche das Internet nach Alex Rader, Michael Rader, Steve Jones, Kim Mock und Arnold Cantu. Alles, was ich finde, drucke ich aus.

Steve Jones, ein Obdachloser, wurde des Mordes an Shannon Blume, einer vollkommen Fremden, schuldig gesprochen. Er wurde im Gefängnis totgeprügelt. Ich habe nichts gefunden, was darauf hindeutet, dass Michael Rader zu der Zeit im Gefängnis war, aber es wäre möglich.

Kim Mock wurde des Mordes an seiner Freundin, Megan Moriarty, schuldig gesprochen. Er wurde in der Gefängniskapelle erstochen. Michael Rader war der Wärter, der ihn gefunden hat. Und jetzt ist Michael Rader verschwunden.

Arnold Cantu, ein verurteilter Serienmörder, gestand den Mord an Leanne Delmont. Er hat eine Menge Morde gestanden. Man glaubte ihm und die Akte wurde geschlossen. Monique war sich nicht sicher, dass man den richtigen Täter hatte. Sie hielt die Ermittlung für oberflächlich.

Alex Rader hatte die Ermittlung durchgeführt.

Jetzt war Monique Delmont, eine Frau, die mir durch

einige sehr schwere Phasen geholfen hat – die mir geholfen hat, die Frau zu werden, die ich bin – brutal ermordet. Alle, die in die Nähe der Raders kommen, sterben. Streng genommen bin ich ebenfalls eine Rader. Und ich habe schon getötet. Theoretisch ist auch Hayden ein Rader. Aber er ist der sanfteste, freundlichste Junge – inzwischen Mann –, den ich je getroffen habe. Er hatte nicht gerade eine glückliche Kindheit, aber er kommt darüber hinweg. Ohne mich. Vielleicht trotz mir. Er besucht unsere Mutter im Gefängnis, die uns beide betrogen hat und für die Lügen so natürlich ist wie Atmen, aber seine Pflegeeltern haben ihm ein gutes Vorbild und ein gutes Leben geschenkt.

Sheriff Gray ist schon weg und ich glaube nicht, dass meine neuen Erkenntnisse Grund genug dafür sind, ihn zu Hause anzurufen. Ich wünsche Ronnie eine gute Nacht. Sie will sich noch mit Marley treffen, um die Laborergebnisse zu bekommen. Er ist starrköpfig und will sie ihr nur persönlich überreichen. Das ist ziemlich unprofessionell für den Leiter des Kriminallabors. Aber so lange er meine Anfragen ans vordere Ende der Warteschlange legt, werde ich mich nicht beklagen.

Ich stecke all die ausgedruckten Papiere in einen Hefter, um ihn mit nach Hause zu nehmen. Ich will die Kassette finden, auf dem ich von Megan Moriarty erzähle. Ronnie hat eine Adresse von ihrem Vater, Mr Moriarty, aber ich zögere noch, ihn wieder aufzusuchen. Er ist ein Lustmolch, schien aber von dem Verlust seiner Tochter aufrichtig betroffen zu sein. Dieser ganze Fall bringt mir nichts anderes als schmerzvolle Erinnerungen. So wie jedem anderen, dessen Weg der Hurrikan Alex gekreuzt hat.

Dan hat nicht angerufen. Nicht einmal, um mich anzubrüllen. Auf dem Weg nach Hause fahre ich an seinem Laden in der Stadtmitte vorbei. Die Vorderseite des Gebäudes besteht komplett aus Fenstern mit Gestellen, auf denen seine Arbeiten präsentiert sind. Es brennt kein Licht mehr. Sein Pick-up ist nicht hier, es sei denn, hinter dem Haus. Ich werde langsamer und erwäge kurz, anzuhalten. Ich will diese Gefühle nicht. Gerade wenn ich anfange, mich bei dem Gedanken wohlzufühlen, mit jemandem auszugehen, kommt mir meine Vergangenheit in die Quere. Er ist niemand aus meiner Vergangenheit. Vielleicht auch niemand aus meiner Zukunft.

Ich komme nach Hause, parke und beobachte die Vorderseite meines Hauses. Ich habe das Licht im Eingangsbereich eingeschaltet gelassen, und es leuchtet noch. Ich mache mir eine mentale Notiz, Glühbirnen zu besorgen und sie alle zu ersetzen.

Bevor ich aussteige, schaue ich mich um, und kaum stehe ich neben dem Auto, blicke ich die Straße hoch und runter. Der übliche Lärm von Menschen und einem Auto die Straße runter, aus dem Musik dringt.

Ich nehme meinen Schlüssel raus, ziehe meine .45er aus dem Schulterholster und drehe den Türknauf. Abgeschlossen. Ich fühle mich albern, mit einer Waffe in der Hand mein eigenes Haus zu betreten. Ich überlege kurz, hinüber zu dem lauten Auto zu gehen und mich vorzustellen, solange ich die Waffe noch gezogen habe. Aber ich lasse es bleiben. Die Aufmerksamkeit kann ich nicht brauchen.

Im Haus fühle ich mich unsicher. Die letzten Monate haben mir zu schaffen gemacht. Ein Mord nach dem nächsten, angeschossen werden, zusehen, wie Ronnie entführt wird, die E-Mails von meinem Stalker und jetzt der brutale Mord an Monique von jemandem aus meiner Vergangenheit. Und dann Hayden, der ganz plötzlich auftaucht und nur einen winzigen Hauch von Versöhnung anbietet. Ich weiß nicht einmal, wo er ist, und habe auch keine Nummer, um ihn zu erreichen. Vielleicht ist er sicherer, wenn er sich von mir fernhält.

Ich bin zu fast einhundert Prozent sicher, dass mein Stalker und der Mörder ein und dieselbe Person sind: Michael Rader. Oder könnte es jemand anderes sein, den Monique verärgert hat? Ausschließen kann ich das nicht. Und offenbar hat sie Megan Moriarty und Shannon Blume in der Gewaltopfergruppe erwähnt, zumindest gegenüber Mr Bridges. Sie hat genug von ihnen erzählt, dass er sich an ihre Namen erinnert hat. Wer weiß schon, in welches Wespennest sie da gestochen hat.

Es ist noch früh. Ich hänge meinen Blazer in den Schrank, ziehe das Schulterholster aus und hänge es über die Lehne meines Schreibtischstuhls. Ich verteile die ausgedruckten Blätter, die ich aus dem Büro mitgebracht habe, auf meinem Bett und kehre zum Schreibtisch zurück. In einer Schublade befindet sich die Flasche Scotch, ein Plastik-Tumbler und zwei Tüten Cheetos. Das wird mein Abendessen.

Ich öffne eine andere Schublade und nehme die Bänder und das Abspielgerät heraus. Ich suche ein bestimmtes Datum. Ich lege das Band ein und gebe eine großzügige Menge der bernsteinfarbenen Flüssigkeit in den Becher, bevor ich beide Cheetos-Tüten öffne. Es könnte eine Kassette für zwei Tüten sein, mit einer Menge Whisky.

Ich stopfe mir Cheetos in den Mund und hole mir ein Küchentuch, um das orangene Zeug von den Fingern zu wischen. Dann drücke ich auf ›Play‹.

Dr. A: Erzähl mir von Megan Moriarty. Was hast du herausgefunden?

Das Band rauscht, als ich auf ›Pause‹ drücke. Ich denke nach. Sammle die Informationen.

Ich: Eine weitere hübsche Blondine. Sechzehn.
    Dr. A: im selben Alter wie Leanne und Shannon.
    Ich: Ja. Megan Moriarty war bei den Cheerleadern in der Highschool von Kentridge.

Megan lebte in einem Vorort südlich von Seattle. Ich glaube nicht, dass ich sie gemocht hätte. Ja, das ist falsch. Aus irgendeinem Grund konnte ich die Mädchen von den Cheerleadern nie leiden. Sie waren so übertrieben in ihrer Selbstgefälligkeit, dass sie einen nie auch nur angesehen haben, wenn man nicht dazugehörte. Zumindest mich haben sie nie angesehen. Caleb Hunter meinte, dass ich sehr viel hübscher sei als die sechs Mädchen, die South Kitsap als ihr persönliches Refugium betrachteten.

Diesmal ist die Pause auf dem Band länger, aber Dr. Albright unterbricht meinen Gedankengang nicht. Die Cheetos hingegen tun das. Ich ertrage es nicht, schmutzig zu sein. Ich schalte das Band ab und gehe ins Badezimmer, wo ich mir die Hände und das Gesicht wasche. Als ich in den Spiegel blicke, denke ich an meine Mom. Mit jedem Jahr sehe ich ihr ähnlicher. Immer, wenn ich das denke, erinnert es mich an Hayden. Ich frage mich, ob ich ihn finden kann. Ich frage mich, ob er in Port Townsend ist. Ich kann nicht sagen, ob es eine gute Idee ist, aber morgen werde ich versuchen herauszufinden, wo er wohnt. Ich muss wissen, dass es ihm gut geht. Aber wenn ich nicht wusste, dass er wieder im Lande ist, sogar in der Stadt, dann wird das mit Sicherheit auch sonst niemand wissen. Er ist in Sicherheit. Vermutlich. Meine Mutter weiß vielleicht mehr, aber das ist eine Wunde, die ich auf keinen Fall wieder aufreißen werde.

EINUNDVIERZIG

Die Pistole liegt neben mir auf dem Nachttisch. Ich schließe die Augen, kriege aber Michael Rader nicht aus dem Kopf. Das Foto, das Ronnie mir gezeigt hat, erinnert mich zu sehr an meinen Erzeuger, zu sehr an mich selbst und an die Gene, die wir uns teilen. Ich frage mich, ob es einen DNA-Strang gibt, der einen zum Mörder macht. Und ob man mit Gensplicing, wie ich es in einem Twitter-Video gesehen habe, dieses bösartige Gen durch ein ganz normales ersetzen kann.

Meine Mom hatte geschrieben, dass ich in der Vergangenheit suchen soll. Falls sie mir damit einen Hinweis geben wollte, dann meinte sie vielleicht Michael Raders Vergangenheit und nicht meine. Ich gebe den Versuch auf, Schlaf zu finden, nehme meine Waffe und setze mich an den Schreibtisch. Ich lege die Pistole darauf ab, fahre den Computer hoch und durchstöbere die Nachrichtenmeldungen über den Moriarty-Fall und Mocks Tod im Gefängnis. Er sieht verwirrt aus, wie er da neben seinem Verteidiger sitzt.

Im Hintergrund des Fotos entdecke ich Dan Moriarty – jünger, aber nicht in Form. Neben ihm sitzt eine Frau, die ihre Hände an die Brust drückt, als wolle sie ihr gebrochenes Herz darin festhalten. Megans Mutter. Sie hat denselben gequälten Blick wie Mrs Blume. Keine Mutter kommt je über einen solchen Verlust hinweg.

Als nächstes scrolle ich nach unten und lese einen der Artikel. Die Schlagzeile lautet:

MOCK ERLIEGT SEINEN VERLETZUNGEN

Im Artikel wird sein Verbrechen zusammengefasst und ich erfahre mehr darüber, was für ein Mensch er war. Als man ihn zu lebenslanger Haft verurteilt hat, war er achtzehn Jahre alt. Er wurde aus der Jugendstrafanstalt in Seattle ins Männergefängnis von Monroe verlegt. An Monroe erinnere ich mich als verschlafenes Gefängnisstädtchen östlich von Everett, Washington. Während ich lese, habe ich das Gefühl, als würde ich ein Wettrennen bestreiten, jedes Detail in einem riesigen Bissen hinunterzubekommen. Er galt dort als Vorzeigegefangener, der anderen Insassen das Lesen und Schreiben beibrachte. Er leitete sogar eine Bibelgruppe. Im Artikel steht:

> *Am Dienstag war Mock in der Gefängniskapelle, als ein Angreifer ihn mit einer Klinge attackierte, die aus einem abgeplatteten, geschärften Löffel bestand. Mock wurde auf die Krankenstation gebracht, wo er nach einer Notoperation verstarb. Wer der Angreifer war, ist unbekannt. Das Gefängnis wurde vierundzwanzig Stunden lang abgeriegelt, befindet sich inzwischen aber wieder im Normalbetrieb.*

Ganz unten im Text wird noch erwähnt, dass es *durchaus* eine Untersuchung zu Mocks Tod gab.

Ich scrolle weiter runter. Der Folgeartikel ist so kurz, dass ich ihn verpasst hätte, wenn ich im falschen Augenblick geblinzelt hätte.

*UNTERSUCHUNG   ZUM   MOCK-FALL   ABGE-
SCHLOSSEN*

Wieder einmal sehe ich den Namen des Wärters, der Kim Mock allein und erstochen aufgefunden hat.

Michael Rader.

Ronnie hat eine alte Adresse und möglicherweise eine Telefonnummer von Michael gefunden. Ich muss herausfinden, ob er dort noch wohnt. Als ich damals seinen Bruder gejagt habe, fand ich heraus, dass Alex nirgendwo gemeldet war, außer bei seinem Wasserversorger. Ich muss Ronnie fragen, ob sie das ebenfalls überprüft hat.

Ein Vorteil, wenn man im Sheriff's Office arbeitet, ist, dass man Zugriff auf die Datenbanken der Stadt und des Countys hat. Ich kann also die Informationen der Abteilung für Wasserverbrauch und -abrechnung einsehen. Dort kann ich auch sehen, ob er seinen Wasseranbieter umgemeldet hat. Es ist aber auch möglich, dass er so abgelegen wohnt, dass er auf keinen einzigen Versorger zurückgreift. Manche Menschen leben in der wilden Natur. Ich denke da an Snow Creek. Trotzdem ist das etwas, was ich tun kann.

Es gibt aber nur ein paar Computer, von denen aus man Zugang zu diesen Unterlagen hat. Einer davon ist glücklicherweise meiner. Allerdings der im Büro. Ich werde das morgen überprüfen.

Wenn ich damit nicht herausfinde, wo Michael lebt, werde ich Sheriff Gray bitten, den Sheriff von Snohomish County anzurufen und ein paar Erkundigungen einzuholen. Falls Michael nicht länger im Gefängnis arbeitet oder nicht mehr im County lebt, muss es einen Grund dafür geben. Auf ihn ist kein Haftbefehl ausgestellt, also haben sie ihn nicht wegen des Mordes an Kim Mock oder anderen im Verdacht.

Ich packe die Bänder und das Abspielgerät wieder weg. Die

leere Scotchflasche wandert zusammen mit den Cheetos-Tüten in den Müll. Ich habe ein bisschen Hunger, will aber nichts essen. Ich habe einen unruhigen Magen. Ich brauche Schlaf.

ZWEIUNDVIERZIG

Am nächsten Morgen genieße ich das entspannende heiße Wasser, das aus dem Duschkopf prasselt. Es wäscht einen miesen Tag weg. Die Duschlotion, die Ronnie mir empfohlen hat, riecht wunderbar und fühlt sich toll an, im Vergleich zu der Seife, die ich normalerweise benutze. Sie riecht nach Lavendel, also benutze ich sie auch als Shampoo.

Ich trockne mich ab und öffne den Schrank. Dort wartet mein üblicher Vorrat an Blazern und Hosen auf mich. Ich könnte mir mal wieder neue Klamotten kaufen. Neue Schuhe: hübsche, mit flachem Absatz, statt meiner üblichen Stiefel. Aber oft sind die Orte, an die ich gehe, solchen Schuhen nicht allzu zuträglich. Und ich habe mir schon diverse Blazer ruiniert, wenn ich ausgebrannte Hausruinen durchsucht habe oder durch Schlamm und Öl und Chemikalien in Bächen marschiert bin. Meine Kleiderauswahl ist pragmatisch. Aber ich könnte mir ein paar ansprechendere Sachen für meine dienstfreie Zeit besorgen. Nicht unbedingt weiblichere Sachen, aber etwas, das dem Auge mehr schmeichelt.

Ich ziehe mich an, streife mein Schulterholster und einen

Blazer über, entferne den Stuhl von der Haustür und fahre zur Arbeit. Es ist noch früh, aber ich bin am Verhungern. Cheetos halten nicht lange vor. Also steuere ich meinen Lieblings-Frühstücksladen an.

Das Hudson Point Café öffnet früh und ist bei Touristen und Einheimischen gleichermaßen beliebt. Von der Terrasse hat man einen Blick über die Port Townsend Bay mit ihren Segelbooten und Kabinenkreuzern. Ich kenne den Koch und bestelle zwei Wurst- und Ei-Biscuitbrötchen für mich, einen Pancake mit Speck und Schlagsahne für Sheriff Gray und zwei pochierte Eier auf Spinat im Buttermilchbrötchen für Ronnie. Falls sie die nicht will, esse ich sie. Schließlich bestelle ich doch noch zwei Scheiben Speck und drei große Kaffee zum Mitnehmen.

Die Fahrt ins Büro dauert nicht lange, aber bevor ich den Parkplatz erreiche, habe ich meine beiden Wurst- und Ei-Brötchen runtergeschlungen und den halben Kaffee ausgetrunken. Die Autos von Sheriff Gray und Ronnie stehen schon da.

Ich trage alles hinein und marschiere direkt ins Büro des Sheriffs. Nan schaut auf. Sie hat den Speck gerochen.

»Wir haben ein Meeting. Sorry, Nan. Ich dachte nicht, dass Sie so früh schon hier sein würden«, lüge ich. Dann bemerke ich den Teller mit drei Donuts mit Zuckerguss auf ihrem Tisch und fühle mich nicht allzu schlecht.

Sheriff Gray ist nicht am Telefon, aber Ronnie sitzt in seinem Büro.

»Schließen Sie die Tür«, bitte ich Ronnie und stelle die Schachtel mit dem Frühstück und die Kaffeebecher auf seinen Tisch. »Wir haben ein Meeting«, erkläre ich und verteile das Frühstück. »Ich habe gesehen, dass Nan schon hier ist. Ich habe vergessen, ihr etwas mitzubestellen.« Das ist gelogen. Ich will Nan nicht dazu ermuntern, mich anzusprechen. Da gilt die Regel, dass man keine streunenden Hunde füttern soll.

»Ich habe ihr Donuts mitgebracht«, antwortet Sheriff Gray. »Sie kommt schon zurecht.«

Ronnie öffnet ihre Tüte, lächelt und wir schlagen zu. Tony seufzt, lehnt sich auf seinem Stuhl zurück und präsentiert stolz seinen Sahne-Schnurrbart.

»Sie haben etwas auf der Lippe, Sheriff«, sagt Ronnie.

Ich denke mir: *Er hat sein gesamtes Frühstück im Gesicht.* Ich hätte dem Koch sagen sollen, dass er das Essen für den Boss in eine Schale tut. Aber das ist unhöflich. Schließlich ist es nur ein Schnurrbart.

Er schaut sich suchend nach einer Serviette um. Ich habe die Servietten vergessen. Er öffnet eine Schublade und holt einen kleinen Stapel heraus – den er garantiert bei McDonald's mitgenommen hat – und verteilt sie. Wir trinken alle unseren Kaffee. Ein gutes Gefühl, mal eine Pause zu machen. Zur Ausnahme fühle ich mich in der Gegenwart anderer Menschen mal wohl. Wir sind ein Team geworden. Ich habe immer noch Probleme, anderen zu vertrauen, aber nach dem Leben, das ich bisher hatte, werde ich die auch immer haben. Trotzdem ist es schön, mich einmal lange genug zu entspannen, um etwas zu essen.

Sheriff Gray knüllt seine Tüte zusammen, wirft sie in den Papierkorb neben seinem Schreibtisch und schaut mich an. »Was gibt es?«

»Kann ich es nicht einfach nur nett meinen und Frühstück mitbringen?«

»Nein.«

Ich schaue zu Ronnie, die grinst.

»Okay«, sage ich. »Ich will dich nach gestern auf den aktuellsten Stand bringen.«

»Und?«, fragt er.

»Und dich um einen Gefallen bitten.«

»Schieß los.«

»Ich weiß nicht, wie viel Ronnie dir schon erzählt hat ...«, beginne ich, und Ronnie lächelt. »Was ist los?«, frage ich.

»Erzählen Sie's ihr, Ronnie.«

»Mir was erzählen?«

Ronnie sieht aus, als würde sie gleich platzen. »Ich werde morgen wieder in den aktiven Dienst versetzt. Und das ist noch nicht alles.«

Sie guckt mich mit einem übertriebenen Grinsen an, das ich ihr am liebsten vom Gesicht wischen würde. Ich mag so eine Spannung nicht, und wir müssen wichtige Dinge besprechen.

»Ich wurde permanent hierher versetzt. Tony – Sheriff Gray – hat darum gebeten. Und ...«

Ich versuche, so auszusehen, als sei ich gespannt, was darauf noch folgen soll, aber in Wirklichkeit will ich nur, dass sie es endlich ausspuckt. Ich muss Sachen erledigen, Leute finden und bestrafen.

»... und er stellt mich Vollzeit als Deputy ein«, beendet sie ihren Satz schließlich. Dann macht sie etwas, was ich bei Frauen immer hasse: Sie quietscht wie ein Schulmädchen. »Können Sie sich das vorstellen?«

Nein. Ja. Vielleicht.

»Ich freue mich aufrichtig für Sie, Ronnie. Sie haben es verdient. Sie werden eine echte Bereicherung für das Büro sein.«

Ich glaube, damit habe ich alles abgehakt, was man an Nettigkeiten von mir erwartet. Ein paar Sachen davon meine ich sogar so.

Sheriff Gray fügt ebenfalls ein paar Floskeln hinzu, die er jedoch ernst meint, bevor er sich an mich wendet. »Also, um was für einen Gefallen geht es?«

»Bevor ich dir das sage: Wann ist Ronnies offizielle Einstellungsfeier geplant?«

»Nächste Woche. Sie wird neue Uniformen brauchen. Und

sie braucht neue Zivilkleidung. Ich glaube, dass ich sie dir für die Ausbildung zuteile.«

»Als Detective?«, frage ich. Im Grunde bin ich nicht überrascht.

Er schaut mich vorwurfsvoll an. »Ich dachte, du würdest dich freuen.«

»Das tue ich. Ich meine, es ist großartig.« Ich schüttele Ronnie die Hand, und diesmal sage ich: »Willkommen an Bord.«

»Danke, Partner.«

Werd jetzt bloß nicht übermütig.

»Ich frage deshalb, weil ich möchte, dass Ronnie einen Login für die Computer bekommt. Und ich möchte, dass sie Zugang zu allen Datenbanken und Quellen erhält. Sie muss heute Vormittag etwas für mich erledigen, das geht aber nur an deinem Computer oder an meinem.«

»Schon erledigt«, antwortet Sheriff Gray. »Bevor ich Mittwoch zum Civitan-Treffen gefahren bin.«

»Oh. Nun, der Gefallen, um den ich dich bitten will, ist Folgender.« Ich erzähle ihm davon, dass Michael Rader laut meinem Gespräch mit Debra Blume am Mittwoch tiefer in den Fall verstrickt zu sein scheint. Ich sage ihm nicht, dass ich diesen Dreckskerl schon von früher kenne. »Er hat im Männergefängnis von Monroe gearbeitet und tut das vielleicht heute noch. Ronnie hat versucht, ihn ausfindig zu machen, und glaubt, dass er nicht mehr dort angestellt ist. Ich will gleich die Unterlagen der Versorgungsanbieter überprüfen, ob ich eine Nachsendeadresse finde oder die letzte Adresse bestätigen kann, aber ich ... *wir* müssen wissen, ob er noch dort arbeitet. Denn falls nicht, muss er in Schwierigkeiten geraten sein. Falls er irgendwie in Snohomish County aktenkundig geworden ist, dann kannst du das rausfinden.«

»Du möchtest also, dass ich den Sheriff und nicht das

Gefängnis anrufe, weil er vielleicht immer noch dort arbeitet und ihn das vorwarnen könnte?«

Ich nicke eifrig. »Und du und der Sheriff dort kennt euch doch, oder nicht?«

»Wir haben auf Konferenzen mal was zusammen getrunken. Ich kenne ihn nicht sehr gut, aber gut genug, dass ich glaube, dass er die Klappe hält.«

DREIUNDVIERZIG

Während ich zu meinem Schreibtisch zurückkehre, höre ich, wie Sheriff Gray am Telefon nach dem Sheriff von Snohomish County verlangt. Ronnie folgt mir.

»Sie sollten Zugang zur Datenbank der öffentlichen Versorger von Jefferson County haben«, sage ich und ziehe meinen Stuhl zurück, damit sie sich an meinen Computer setzen kann. »Nur zu, loggen Sie sich ein und dann schauen wir, was der Computer ausspuckt.«

Zehn Minuten später haben wir die Informationen zu Michael Raders Wasserversorgung. Ich muss Ronnie keine Anweisungen geben. Sie hat eine schnelle Auffassungsgabe, ist sehr intuitiv. Wie ich. Sie ruft die Monatsrechnungen auf, seine Kontodaten, Zahlungen und Zahlungsweisen: Ob er mit Scheck, Kreditkarte oder in bar bezahlt hat. Sie findet seine Adresse von vor sechs Monaten und wohin sein Konto vor einem Monat verlegt wurde. Seine Adresse liegt in Clallam County, in einem kleinen Ort namens Silent Ridge, etwa dreißig Fahrminuten südlich von Port Angeles. Er liegt am Ufer des Elwha River, der durch die Olympic Mountains nach Norden in die Juan-de-Fuca-Straße läuft, die Salish Sea.

Wir versuchen, den Ort selbst zu finden, aber es gibt sehr wenige Informationen darüber, eigentlich nur, dass der Elwha-River-Wanderpfad, ein beliebtes Reiseziel, dort beginnt. Keine Angaben über die Bevölkerungszahl. Die Straße aus Port Angeles endet dort, wo der Wanderpfad beginnt.

Ich habe keine Ahnung, warum ein Stadtmensch wie Michael Rader in einen so abgelegenen Ort ziehen sollte, außer er hat die Absicht, Wanderer zu entführen und umzubringen. Der Olympic National Forest wäre die ideale Entsorgungsstelle für einen Serienmörder.

Ronnie ruft die Karte auf und wir finden die GPS-Koordinaten für die Adresse, von der aus Raders letzte Zahlung getätigt wurde. Google Maps ist nicht hilfreich. Es sind nur fünfundneunzig Kilometer, aber es wäre eine knapp anderthalbstündige Fahrt, an deren Ende vielleicht nur eine Sackgasse und ein Holzschuppen warten. Michael Rader wüsste, wie man untertaucht.

Ich muss mich entscheiden. Anderthalb Stunden für eine möglicherweise sinnlose Autofahrt, um Michael Rader zu finden, oder zweieinhalb Stunden in den Süden nach Kent fahren, um Dan Moriarty zu finden? Ich beschließe, nach Silent Ridge zu fahren. Dan Moriarty kann ich anrufen, aber vorher lasse ich das dortige Sheriff's Office den Mann erst mal durchleuchten.

Der Sheriff macht mir meine Entscheidung noch leichter, als er mich in sein Büro ruft.

»In Snohomish County ist Michael Rader nicht aktenkundig«, erzählt mir Tony, »aber sie kennen ihn. Der Sheriff meinte, dass er ein paar Schwierigkeiten in der Vollzugsanstalt gehabt hätte und vor etwa fünf Monaten dort gekündigt habe. Er hatte auch in der Stadt ein paar Probleme. Trunkenheit und ordnungswidriges Verhalten. Aber aufgrund seiner Arbeitsstelle wurde er nie verhaftet. Er meinte, dass sie diesen Typen eine Menge Freiraum lassen, weil sie mit den Schlimmsten der

Schlimmen arbeiten. Er gab mir dieselbe Adresse, die Ronnie gefunden hat. Soll ich jemanden hinschicken, um rauszufinden, ob er noch dort wohnt?«

Ich rufe Ronnie zu uns ins Büro und wir schließen die Tür. »Wir haben eine Rechnung gefunden, die er vor einem Monat bezahlt hat, und zwar aus Silent Ridge in Clallam County.«

»Silent Ridge?« Der Sheriff schaut zweifelnd drein. »Da gibt es nicht viele Wohnhäuser, Megan.«

»Das dachte ich mir. Ich will es mir trotzdem anschauen.«

»Nimm Ronnie mit. Wie kann ich helfen?«

»Könntest du im Labor nachfragen, ob sie das Muskelrelaxans bestimmen konnten, das sie bei der Autopsie gefunden haben?«

»Sie haben dich noch nicht angerufen?«

Ich schüttele den Kopf, woraufhin er aufsteht und Nan hereinruft. Sie kommt auf der Stelle.

Etwas, das sie nur bei ihm tut.

»Nan, sagten Sie nicht, dass der Bericht vom Kriminallabor schon hier sei?«, fragt er.

»Ich habe ihn gestern auf Detective Carpenters Schreibtisch gelegt«, antwortet sie.

»Das ist gut«, sagt er. Nan wartet, erkennt aber, dass er fertig ist, und geht wieder. Ich schließe die Tür hinter ihr.

»Ich habe keinen Bericht«, sage ich. Ich kann mir nicht vorstellen, dass Nan etwas Bösartiges im Schilde führen würde, selbst wenn ich nicht direkt nett zu ihr gewesen bin. Ich würde so etwas tun. Ihr Glück.

»Ich rufe das Labor an, damit sie mir den Bericht noch einmal persönlich schicken, und eine Kopie geht an dein Handy.«

»Danke, Sheriff. Wir rufen an, falls wir irgendetwas brauchen«, sage ich.

Bevor wir das Gebäude verlassen, hält mich Nan an. »Ich

habe Ihnen gestern den Bericht auf den Schreibtisch gelegt. Sie müssen ihn mit anderen Unterlagen eingesteckt haben.«

»Gut möglich«, antworte ich. »Danke, Nannette.«

————

Ich nehme die Anderson Lake Road nach Westen bis zur State Road 101. Ich halte am Wendy's in Port Angeles, um mich mit frischem Koffein zu versorgen. Ronnie möchte ein Wasser.

»Wenn Sie mit mir arbeiten wollen, müssen Sie langsam anfangen, das Zeug für große Mädchen zu trinken, Ronnie.« Ich bestelle ihr einen Kaffee. Sie nimmt ihn und verlangt drei Päckchen Sahne und Zucker.

Das ist zwar kein Kaffee mehr, aber ein Anfang.

Wir fahren auf der 101 nach Westen und biegen in Richtung Süden auf die Silent Ridge Road ab. Wir sehen immer weniger Häuser, während wir den weit geschwungenen Highway nach Süden fahren, und bald gibt es nur noch Ackerflächen und schließlich Wald. Ich komme mir langsam vor wie Rotkäppchen auf dem Weg zum großen bösen Wolf. Und ich habe meine Axt nicht dabei.

»Informieren wir den Sheriff von Clallam County, dass wir hier sind?«, will Ronnie wissen.

Ich schaue sie ausdruckslos an. Falls wir in eine Schießerei geraten, werde ich dort anrufen. Wenn man es mit jemandem wie Michael Rader zu tun hat, schleicht man sich besser heimlich an. Dann erschießt man ihn und verschwindet leise. Aber das wird nicht funktionieren, wenn Ronnie dabei ist.

»Sind Sie sicher, dass kein Haftbefehl auf ihn ausgestellt ist?«, frage ich sie und drücke die Daumen.

»Hab ich überprüft. Nichts.«

»Haben Sie eine schusssichere Weste mit?« Ich bin es gewohnt, meine Schutzweste zu tragen oder auf dem Rücksitz zu haben. Ich bin ja lernfähig.

»Mir wurde noch keine ausgehändigt«, antwortet sie.

Mein Fehler. Das hätte ich schon längst fragen sollen. Ich werde mich noch heute darum kümmern.

»Ich habe eine zweite auf dem Rücksitz. Ziehen Sie die über Ihr Hemd.« In Wahrheit habe ich keine Extraweste, aber streng genommen ist sie immer noch im Innendienst und sollte gar nicht draußen im Einsatz sein. Falls sie zu Tode kommt, wäre Sheriff Gray mächtig wütend auf mich.

Ronnie schaut mich an. »Sie tragen gar keine.«

Ich bin auch zäher als du, denke ich.

»Meine liegt im Kofferraum«, lüge ich wie die Expertin, die ich bin. Das hat meine Mutter mir beigebracht. Ich habe nie gelernt, zu nähen, zu kochen oder zu bügeln. Ich habe gelernt, zu lügen. Danke, Mom. Diese Fähigkeit scheint mir ohnehin mehr Dienste zu leisten als die anderen. Wenn ich kochen will, befolge ich einfach das Rezept. Glaubhaft zu lügen ist nicht so einfach.

Zehn Minuten später hat Ronnie die Weste übergezogen und festgezurrt. Wir kommen an einem Schild vorbei:

Historische Humes-Ranchhütte
8 km

Und noch eines:

Elwha-Flusswanderweg
5 km

Ronnie ist natürlich schon wieder am Handy. »Die Humes-Ranchhütte wurde im Jahr 1900 von William Humes erbaut. Er war unterwegs zum Klondike, doch die Gegend um den Elwha River gefiel ihm so gut, dass er und sein Bruder sich hier niederließen und die Hütte bauten. Sie liegt fünf Kilometer vom Anfang des Wanderweges entfernt. Vielleicht können wir dort auf dem Rückweg ins Büro mal anhalten?«

Ich spreche es nicht aus, denke mir aber: *Vielleicht. Falls wir dann noch leben.*

<h1 style="text-align:center">VIERUNDVIERZIG</h1>

Ich biege auf den Parkplatz am Beginn des Wanderwegs ein und fahre rückwärts in eine Lücke. Es gibt noch ein anderes Fahrzeug, dessen Insassen nirgendwo zu sehen sind. Auf dem Weg hierher habe ich ein paar Feldwege bemerkt, die von der Hauptstraße abführen, aber es gab weder Schilder noch Briefkästen. Ich vermute, wenn irgendjemand so weit draußen in der Pampa wohnt, wird er ein Postfach in der Stadt haben.

Ich nehme mir das Funkgerät und bitte die Leitstelle, das Kennzeichen des aus Oregon stammenden anderen Fahrzeugs zu überprüfen. Es wurde nicht als gestohlen gemeldet. Ich lasse die Zentrale die Namen der Besitzer auf Such- und Haftbefehle überprüfen, aber auch die sind so sauber wie das Kennzeichen. Sie sind auf genau dieses Fahrzeug gemeldet.

»Was jetzt?«, fragt Ronnie.

»Warten Sie hier.« Ich steige aus und schaue mich um. Nichts als Wald, so weit ich gucken kann. Keinerlei Geräusche, die auf die Anwesenheit von Menschen hindeuten. Ich steige wieder ins Auto. Verdammt. Ich hatte wirklich nicht geglaubt, dass es so leicht werden würde, aber ich bin nicht scharf auf die lange Rückfahrt. Ich beschließe, die abgehenden Feldwege auf

Anzeichen zu überprüfen, dass vor Kurzem jemand dort gefahren ist. Vielleicht gibt es ja nicht verzeichnete Zeltplätze oder Wohnhütten?

Ich stoße aus der Parklücke.

»Wir werden ein paar der Nebenstraßen überprüfen. Sie behalten Ihre Seite im Blick, und ich schaue mich auf meiner um.« *Und suche nach jemandem, der ein Schild hochhält, auf dem steht: »Ich bin ein Serienmörder.«*

Ich fahre einen holperigen Feldweg nach dem anderen ab, und alle davon enden in einem Wendehammer. Auf der vierten Straße – falls man die Spur aus Reifenabdrücken im Gras eine Straße nennen will – lande ich dann einen Volltreffer. Ich werde langsamer und bemerke den Stumpf eines Vierkantholzpfahls, der fünfzehn Zentimeter über dem Boden abgesägt worden ist. Das muss mal ein Briefkasten gewesen sein oder ein Schild, das auf einen Campingplatz hinwies.

Das in Beige und Hellbraun gehaltene Wohnmobil steht etwa hundert Meter von der Straße entfernt im Wald. Die Farbe tarnt es gut, und hinter den hoch aufragenden Rotzedern und Kiefern ist es fast nicht zu sehen. Falls jemand dort drin ist, hat er mich kommen sehen. Also habe ich jetzt zwei Möglichkeiten. Ich kann weiterfahren, als wäre ich ganz normal auf einem abgelegenen Waldweg mitten im Nirgendwo unterwegs, oder ich kann ein Stück vom Wohnmobil entfernt stehenbleiben und zu Fuß zur Tür gehen. Falls es nicht Raders Wohnmobil ist, kann ich der Person, die mir die Tür öffnet, sagen, das ich ein Wanderer bin, der sich verirrt hat, und nach dem Wanderweg fragen. Falls es Rader ist, kann ich nach dem Weg zum Gefängnis von Monroe fragen und das anschließende Feuerwerk genießen. Aber ich bin nicht so gekleidet, als wollte ich wandern. Jetzt bereue ich es, Ronnie vor unserer Abfahrt keine schusssichere Weste besorgt zu haben. Aber nun bin ich hier, und ich will nicht riskieren, ihn wieder zu verlieren.

»Ich schaue mir das mal an«, sage ich. »Bleiben Sie beim

Wagen und geben Sie mir Deckung. Falls jemand schießt, rufen Sie Verstärkung.«

»Ich bleibe nicht hier«, sagt Ronnie und steigt aus. »Sie tragen nicht mal eine Weste, Megan. Oder?«

Okay, du gehst vor mir. Menschlicher Schutzschild.

»Ich klopfe mal an«, entgegne ich. »Steigen Sie wieder ins Auto. Das ist ein Befehl.«

Ich hoffe, er ist klug genug, zu glauben, dass wir nicht nur zu zweit hier sind, um ihn zu holen. Ich hoffe, dass er nicht weiß, dass ich so dumm bin.

Ronnie bleibt am Auto und ich stelle meine geistige Gesundheit infrage, während ich den furchigen Pfad zum Wohnmobil hochgehe. Ich bin ausgesprochen ruhig, wenn man bedenkt, dass ich vielleicht gleich dem Mann gegenüberstehe, der mich umbringen will. Der einzige Nachteil an der ganzen Sache ist, dass Ronnie alles mitansehen wird, falls er zu Hause ist und ich ihn erschießen muss.

An der Stelle, an der das Wohnmobil steht, finde ich tiefe, breite Reifenspuren, die jedoch schon alt sind. Es gibt noch zahlreiche schmalere Reifenspuren, die kreuz und quer über die breiteren Spuren verlaufen. Er hat auch ein Auto mitgebracht. Vernünftig. Das Wohnmobil steht hier schon eine Weile. Neben der Tür, zu der ein paar Metallstufen hinaufführen, ist eine Markise ausgefahren. Vor dem Wohnmobil stehen ein kleiner Picknickklapptisch und ein Campingstuhl, und daneben ein Holzkohlegrill. Keine Gartenzwerge oder aufgehängten Lampions, die auf ein älteres Campingpaar hindeuten. Es gibt Schuhabdrücke mit Waffelmuster von schweren Stiefeln überall auf dem Boden. Sie führen zur Rückseite des Wohnmobils, und ich folge ihnen. Dort stand das Auto geparkt, das jetzt aber nicht mehr da ist.

Ich schaue mir die Tür und die Dachleiste des Wohnmobils an, ob irgendwo eine Kamera montiert ist. Nichts. Wenn ich ein Serienmörder auf der Flucht wäre, hätte ich irgendeine Art von

Warnsystem installiert. Ich werfe einen Blick zurück den Pfad entlang, den ich gekommen bin. Ich habe in dem weichen Boden Stiefelabdrücke hinterlassen. Ich trage Größe sechsunddreißigeinhalb. Er eine vierundvierzigeinhalb. Vielleicht hat er doch ein Warnsystem gegen Eindringlinge: Schuhabdrücke.

Und ich habe ihm gerade jede Menge Warnungen dagelassen.

Ich kehre zum Auto zurück, wo Ronnie mich fragend anschaut.

»Ich glaube, hier sind wir richtig«, sage ich. »Sieht aus, als ob er ein Auto hat und irgendwo hingefahren ist. Vielleicht Vorräte besorgen?«

Vielleicht sein nächstes Opfer töten?

»Was machen wir jetzt?«, fragt sie. »Bitten wir Clallam County, ihn zu finden? Es gibt nicht viele Orte zwischen hier und Port Angeles. Oder möchten Sie selbst die Ortschaften auf dem Rückweg unter die Lupe nehmen und hoffen, dass Sie ihn finden?«

Weder noch. Ich öffne die Tür und finde ein Flugblatt im Fußraum. Eine der Kirchengruppen hat es mir abends unter den Scheibenwischer geklemmt. Meine Seele braucht mit Sicherheit Erlösung, aber nicht heute.

»Warten Sie hier«, sage ich und kehre zum Wohnmobil zurück. Diesmal achte ich darauf, in meine bereits vorhandenen Fußspuren zu treten, damit ich keine weiteren hinterlasse.

Ich schiebe das Flugblatt so in den Türspalt, dass ich sicher sein kann, dass er es sieht. Falls das Wohnmobil nicht Michael Rader gehört, wird sich der Bewohner nichts dabei denken, wenn jemand herumschnüffelt. Dann gehe ich um das Wohnmobil herum, diesmal darauf bedacht, dort hinzutreten, wo das Gras bereits flachgedrückt ist. Auf der Rückseite gibt es nur die Fahrertür und ein großes Fenster, doch die Jalousien sind geschlossen. Ich müsste hochspringen, um durch eines der Kabinenfenster zu gucken.

Ich gehe zurück zur Haupttür mit den Stufen und klopfe. Ich warte und klopfe erneut. Keine Reaktion und im Inneren scheint sich nichts zu bewegen. Ich nutze einen Trick, den ich von einem Streifenkollegen gelernt habe: Ich hämmere mit der Seite der Faust gegen die Tür, eine volle Minute lang. Ich warte dreißig Sekunden und fange von vorne an, diesmal mit noch härteren Schlägen und mehrere Minuten lang. Damit provoziert man in der Regel irgendeine Form von Reaktion. Letzte Woche habe ich in Port Hadlock einen Haftbefehl wegen Raubes durchgesetzt und dabei diese Technik benutzt. Der Kerl, der wusste, dass ein Haftbefehl gegen ihn vorlag, riss die Tür auf und rief: »WAS?«

Doch hier reagiert niemand und ich schaue zu Ronnie. Auch sie hat beobachtet, ob sich irgendetwas regt. Sie schüttelt den Kopf und hebt die Hände in einer Geste der Ahnungslosigkeit. Ich weiß nicht, ob sie damit ausdrücken will: *Was treibst du da?* oder *Nichts hat sich gerührt.* So oder so kann ich sehen, dass sie will, dass ich zum Auto zurückkomme. Aber ich habe eine andere Idee.

Ich rüttele am Türriegel, aber er rührt sich nicht. Neben dem Kohlegrill steckt ein Zelthering im Boden. Ich schiebe das spitze Ende in den Spalt am Türriegel und heble die Tür auf.

Ich muss nicht zu Ronnie zurückschauen, um zu wissen, dass sie gerade kurz davor steht, sich in die Hosen zu machen. Ich begehe einen Einbruch, und ich habe keine Ahnung, ob sie davor die Augen verschließen wird, aber ich bin an einem Punkt angelangt, an dem mir das egal ist, solange es mir hilft, Michael Rader zu finden.

Ich ziehe meine Waffe und rufe laut: »Ich bin vom Sheriff's Office«, damit auch Ronnie es hört, bevor ich die Tür öffne. Ich schaue drinnen kurz nach vorne und hinten. Als niemand schießt, gehe ich hinein.

Das Wohnmobil ist stärker aufgemotzt als Ronnies Wohnung in Port Townsend. Michael hat offensichtlich eine

Menge Geld. Es gibt nicht viele Stellen, an denen man sich verstecken könnte, nur das Bad. Ich schaue mich vorne um, halb hockend, die Waffe im Anschlag. Niemand versteckt sich. Ich ziehe die Tür zum Bad weit genug auf, um sehen zu können, dass niemand sich darin versteckt. Es riecht streng, ein Geruch, den ich kenne, aber nicht einordnen kann. Darum kümmere ich mich später.

Ich rufe Ronnie auf ihrem Handy an.

»Was tun Sie da?«, fragt sie. Und zu Recht.

»Halten Sie einfach die Augen offen. Falls Sie sehen, dass jemand kommt, hupen Sie oder rufen Sie mich an.« Bevor sie antworten kann, beende ich das Gespräch.

Ich ziehe mir Latexhandschuhe über und gehe zur Fahrerkabine. Vielleicht finde ich etwas, das auf den Eigentümer hinweist. In der Sonnenblende über dem Fahrersitz finde ich die Fahrzeugpapiere. Das Wohnmobil ist geleast. Ich durchsuche die Fächer und das Handschuhfach. Darin liegt eine Lohnabrechnung. Vollzugsanstalt Monroe. Für Michael Rader. Sie ist sieben Monate alt. Er hat gut verdient, aber nicht genug, um sich so ein Luxus-Wohnmobil zu kaufen, dessen Neupreis ich auf mindestens dreihunderttausend Dollar schätze.

Von der Fahrerkabine aus arbeite ich mich nach hinten durch, schaue in Schränke, unter Matratzen, unter den eingebauten Herd, ins Badezimmer. Ich finde keine Waffen, Munition oder andere Ausrüstung. Es gibt Männerkleidung und ein paar Wanderstiefel von Wolverine hinten im Schlafraum mit den zugezogenen Gardinen.

Ich gehe wieder ins Bad. Der Geruch ist stark, aber nicht unangenehm. Dann fällt es mir ein. Mandeln. Ich schaue wieder in den Schrank unter der Spüle und finde einen Behälter von der Größe einer Salzdose. Laut Etikett handelt es sich um Rattengift. Ich nehme den Behälter heraus und muss nicht daran riechen, um zu erkennen, dass der Geruch von ihm ausgeht. In der Spüle und auf der kleinen Arbeitsfläche liegen kleine Kügelchen, dazwischen winzige schwarze Körnchen, die wie Apfelsamen aussehen.

Ich sehe, dass der Deckel nicht richtig geschlossen ist. Ich öffne ihn und finde ein Dutzend und mehr kleine Spritzen. Eine davon ist mit einer zähen, dunklen Flüssigkeit gefüllt. Entweder ist Michael Diabetiker oder er fixt Zyankali.

Ich hole einen Beutel aus meiner Tasche und tüte die gefüllte Spritze ein. In einem anderen Beutel nehme ich etwas von dem Rattengift aus dem Behälter und in einem dritten Beutel ein paar der Körnchen und Samen von der Arbeitsfläche mit. Bevor ich das Wohnmobil verlasse, schaue ich mich um, damit ich sicher sein kann, dass ich alles so hinterlasse, wie ich es vorgefunden habe. Ich sehe nichts, das man für eine DNA-Analyse mitnehmen könnte, erinnere mich aber, im Kühlschrank den Überrest irgendeiner Frucht oder eines Gemüses gesehen zu haben, das ich nicht einordnen konnte. Es wurde in zwei Hälften geschnitten und steckt in einer Plastiktüte. Ein Teil davon ist abgebissen. Ich stecke die Tüte in einen meiner Beutel. Dann verlasse ich das Fahrzeug und wische mit dem Ärmel meines Blazers meine Fußabdrücke von den Metallstufen. Ich öffne den Deckel des Holzgrills und sehe etwas, das auf dem Rost geschmolzen ist. Ich löse es ab. Geschmolzenes Plastik mit einer Nadel an einem Ende. Eine Spritze. Ich stecke sie ein und gehe zum Auto zurück. Das lag im Müll, also darf ich es bedenkenlos als Beweismittel mitnehmen.

FÜNFUNDVIERZIG

Wir steigen wieder ins Auto und ich zeige Ronnie, was ich gefunden habe.

»Fahren wir ins Labor. Marley muss mir sagen, was das alles ist, und testen, ob er eine DNA auf dieser Mango oder Avocado oder was auch immer findet.«

»Das ist weder noch«, erklärt Ronnie und schaut sich den Beutel mit der Frucht darin an. »Es hat Kerne wie ein Apfel.«

»So etwas habe ich noch nie gesehen«, gebe ich zu. Falls das das Zeug ist, das Monique gelähmt hat, und die DNA zu der passt, die wir am Tatort gefunden haben, ist er so gut wie überführt. Was auch immer geschieht, wenn ich ihn finde, wird vollkommen legal ablaufen. Dafür sorge ich schon.

Ich gebe Ronnie den Leasingvertrag für das Wohnmobil. Er wurde in Seattle abgeschlossen. Langfristiger Vertrag mit anschließender Eigentumsübernahme. Sie ruft die Leasinggesellschaft an und erhält dieselbe Adresse in Silent Ridge. Die Frau, mit der sie spricht, erzählt ihr, dass Michael eine bedeutende Anzahlung geleistet habe – mehr als die Hälfte der Fahrzeugkosten. In bar. Das erklärt den mangelnden Hintergrundcheck, um zu überprüfen, ob die Adresse echt ist.

Ich rufe Sheriff Gray an und berichte ihm, was wir rausgefunden haben.

»Bitte sag mir, dass du einen legalen Grund hattest, dort einzudringen«, sagt er.

»Natürlich«, erwidere ich. »Die Tür des Wohnmobils stand offen und ich war um die Sicherheit des Bewohners besorgt. In den Wäldern hier gibt es Bären, die regelmäßig in Wohnhäuser eindringen. Ich habe meine Pflicht erfüllt.«

Eine lahme Ausrede, aber er zieht sie nicht in Zweifel.

»Du musst noch einmal den Sheriff von Snohomish für mich anrufen und herausfinden, was genau mit Michael Rader los war«, sage ich. »Ronnie hat erfahren, dass das Wohnmobil geleast ist, aber er hat über die Hälfte des Werts bar und im Voraus gezahlt. Es ist ein echt luxuriöses Wohnmobil.«

»Ich verstehe.«

»Und als ich ins Badezimmer geschaut habe, um mich zu vergewissern, dass Rader noch lebt, habe ich eine Chemikalie gerochen, die ich für Zyankali halte. Und ich konnte Rattengift sehen.« Zumindest, nachdem ich den Schrank geöffnet hatte. »Und es gab Spritzen in einem Behälter mit Rattengift. In einer der Spritzen ist etwas drin. Ich wüsste gern, ob das die Chemikalie ist, die man bei der Autopsie von Monique Delmont gefunden hat.«

»Tut mir leid«, antwortet Sheriff Gray. »Ich hätte es dir sagen sollen. Nan hat den Laborbericht auf deinem Schreibtisch gefunden.«

Natürlich hat sie das.

»Yang hat die Chemikalie als Cherimoya identifiziert. Sie wird aus den Samen einer Frucht gewonnen. Die Frucht ist wohl sehr lecker und genießbar, aber die Kerne sind giftig.«

»Sind die Kerne schwarz? Etwa so groß wie Apfelkerne?«

Ich höre, wie er ein paar Seiten umblättert. »Ja. Yang hat mir ein Foto von der Frucht und den Kernen geschickt. Soll ich sie an dein Handy weiterleiten?«

»Ja, bitte. Ich habe in dem Wohnmobil eine Frucht gefunden, die ich nicht kenne, und die Kerne darin waren die gleichen wie die in dem Rattengift-Behälter.«

Mein Handy piept und ich rufe das Foto auf. Es ist die Frucht mit den Kernen, die ich eingesteckt habe.

»Genau das habe ich gefunden«, erkläre ich.

»Der Bericht erwähnt nichts von Zyankali, Megan.«

»Ich bin eher an den Kernen interessiert und an dem, was in der Spritze ist. Wir sind auf dem Weg ins Labor.«

Ich beende das Gespräch. Ich muss auf dem Weg durch keine der Ortschaften fahren. Es wird ohnehin zweieinhalb Stunden dauern, nach Olympia zu kommen, und noch mal zwei Stunden zurück ins Büro. Der Tag wäre ruiniert. Ronnie ruft Marley an und stellt ihn auf Lautsprecher. Er geht beim ersten Läuten ran.

»Kriminallabor, Dienstleiter Yang«, meldet sich Marley mit tieferer Stimme, als er in meiner Erinnerung hat. Er weiß, dass Ronnie ihn anruft, und kann der Versuchung nicht widerstehen, ihr zu zeigen, wie wichtig er ist.

»Marley, hier spricht Ronnie.«

»Oh. Hallo, Ronnie. Ich war gerade beschäftigt und habe die Nummer nicht erkannt.«

Sie schaut mich an und verdreht die Augen. »Marley, ich weiß, du bist bestimmt super beschäftigt, aber ich habe ein paar gute Neuigkeiten.«

»Habe ich gehört«, sagt er. »Du fängst beim Sheriff an. Gratuliere.«

»Ach Menno«, sagt sie und zieht einen unechten Flunsch. »Das wollte ich dir selbst erzählen.«

»Kannst du ja immer noch. Wie wäre es mit Dinner heute Abend, dann feiern wir dein Glück. Ich lade dich ein.«

Sie schaut mich wieder an, und stumm forme ich mit den Lippen die Worte: »Nur zu.«

»Das klingt gut. Um wie viel Uhr?«

Sie plaudern noch ein bisschen, dann deute ich auf die Beweismittelbeutel.

»Marley, ich muss dich um einen Gefallen bitten. Ja, darum bitte ich dich ständig, aber es geht um einen großen Fall, an dem ich mit Detective Carpenter arbeite, und es würde mir wirklich helfen.«

»Schieß los, Detective Marsh«, antwortet er und ich würde mich am liebsten übergeben.

Sie erzählt ihm von den Dingen, die ich im Wohnmobil in Silent Ridge gefunden habe. Dass ich eingebrochen bin, lässt sie aus, wofür sie von mir ein paar Extrapunkte bekommt. Er scheint zu zögern und ich beginne zu glauben, dass er wirklich schwer beschäftigt ist, doch dann spricht sie die magischen Worte.

»Ich wüsste es wirklich zu schätzen, Marley. Ich wäre dir was schuldig.«

Jetzt zögert er nicht mehr. »Darauf werde ich zurückkommen, Red.«

Red? Ich werfe ihr einen Blick zu, der sagt: *Was zur Hölle?*

Sie kichert. »Dinner, heute Abend. Du suchst das Restaurant aus. Wir sind auf dem Weg zu dir ins Labor. Wir besprechen alles Weitere, wenn wir da sind.«

»›Wir‹? Wer kommt mit dir?«

»Megan. Sie ist meine Ausbilderin, weißt du?«

»Ihr beide werdet dann wohl Partner, hm?«, erwidert er.

»Ich hoffe es.« Sie schaut mich an. Ich reagiere nicht. Ich würde ihr gerne sagen, dass das nicht meine Entscheidung ist. Aber es ist tatsächlich meine Entscheidung. Abgesehen von Auszubildenden, die uns für kurze Zeit zugeteilt werden, zwingt Sheriff Gray niemandem einen Partner auf.

»Braucht ihr einen DNA-Test?«, will er wissen.

Scheiße. Ich habe den DNA-Test vergessen. Das wird unsere Wartezeit um ein bis zwei Stunden verlängern. Ich nicke.

»Ja«, antwortet Ronnie. »Aber nur, wenn es nicht zu viel verlangt ist.«

»Ich finde die Zeit«, sagt er. Ich bin mir sicher, dass er für sie eine Schale Glasscherben essen würde.

»Red?«, frage ich, nachdem sie das Gespräch beendet hat.

»Das ist besser als der Spitzname, den er mir ursprünglich geben wollte. Er hatte angefangen, mich Yin zu nennen«, erklärt sie und verdreht die Augen. »Er meinte, ich sollte mir einen Job im Labor suchen. Wir würden ein gutes Team abgeben. Aber keine Chance.«

Es dauert eine Sekunde, bis ich es verstehe, aber dann macht es Klick und ich bereue es. Es passt. Die beiden sind so unterschiedlich, wie man nur sein kann.

»Wenn wir im Labor sind, überlasse ich Ihnen das Reden. Sie haben da einen guten Draht, Red.«

SECHSUNDVIERZIG

Die Fahrt ins Labor ist lang, und Ronnies unermüdliches Geplapper hat sie noch länger gemacht. Ich lasse mir eine Ausrede einfallen, damit sie alleine hineingeht, und als sie im Gebäude ist, rufe ich Sheriff Gray an.

»Seid ihr am Labor?«, fragt er.

»Gerade eingetroffen.«

»Ich habe interessante Neuigkeiten zu Michael Rader.«

Ich vernehme das schrille Quietschen seines Stuhls, dann, wie eine Tür geschlossen wird und ein weiteres Knarren, als er sich wieder hinsetzt. »Ich habe Folgendes gehört«, beginnt er, während die Federn seines Stuhls lautstark protestieren, als er sich zurücklehnt: *Wir geben auf! Wir bezahlen dich, wenn du nur aufstehst!*

WD-40 hat nun mal, genau wie Panzerband, seine Grenzen.

»Rader hat in verschiedenen Hochsicherheitsgefängnissen im ganzen Staat gearbeitet«, erzählt Tony. »Die letzten zwanzig Jahre war er in Monroe. Vor einem Jahr geriet er unter Verdacht, als eine Reihe von Insassen medizinische Probleme bekamen. So was wie Atemnot, Muskelschwäche, Ausschläge, Herzprobleme. Ein neunzehnjähriger Gefangener, der bisher topfit gewesen war, fiel mit einem Herzinfarkt tot um. Neunzig Prozent dieser Leute standen unter Michael Raders Aufsicht, bevor sie Schwierigkeiten bekamen. Rader war auch ziemlich geschickt mit dem Schlagstock. Von allen körperlichen Zwischenfällen zwischen Gefangenen und Wärtern entfielen sechzig Prozent allein auf Rader. Es war allseits bekannt, dass Rader, wenn es notwendig war, einen Streit oder Kampf zwischen den Insassen zu beenden, nicht allzu zimperlich war.«

Klingt, als sei er genau so ein Sonnenschein wie sein großer Bruder Alex.

Sheriff Gray erzählt weiter: »Er wurde Ziel einer internen Ermittlung der Gefängnisleitung und stand unter strenger Beobachtung. Aber nicht streng genug, wie sich herausstellte, denn innerhalb einer Woche starben vier Insassen. Die Autopsie zeigte, dass sie irgendeine Art von Gift zu sich genommen hatten. Das war vor sechs Monaten. Das Gefängnis leitete eine vollständige Untersuchung der Todesfälle ein. Aber Rader war in keinem der Fälle ein eindeutiger Verdächtiger, also stand er nur unter Beobachtung. Dann wurde jedoch bekannt, dass Rader sich mit jedem dieser Insassen getroffen hatte.«

»Waren das glaubwürdige Quellen oder Gefangene, die eine offene Rechnung hatten?«, will ich wissen. Ich kann nicht glauben, dass ich das frage, denn ich will ja, dass er schuldig ist. Trotzdem: Falls er die Insassen misshandelt hat, haben sie ihn vielleicht reingelegt, um sich zu rächen.

»Anfangs waren es Gefangene, doch dann haben sich zwei Wärter gemeldet und zugegeben, dass Rader daran beteiligt war, einen Tumult im Speisesaal aufzulösen. Die vier Gefangenen waren die, die dabei hauptsächlich gegeneinander gekämpft haben, und zwei von ihnen wanderten mit Platzwunden am Kopf auf die Krankenstation. Die beiden Wärter erzählten, dass sie Rader gedeckt hätten und meinten, dass die Gefangenen sich zwar geprügelt hätten, dass ihre Kopfwunden aber von Raders Schlagstock stammten. Er hatte die Kollegen gebeten, ihn nicht zu verpfeifen, aber nachdem die interne Untersuchung ihnen die Daumenschrauben angelegt hat, haben sie ihn verraten.«

»Warum wurde er dann nicht wegen gefährlicher Körperverletzung verhaftet?«, frage ich.

»Das wird dir gefallen. Aus irgendeinem Grund verschwand das Überwachungsvideo vom Speisesaal jenes Tages. Daraufhin änderten die Wärter ihre Geschichte und meinten, sie hätten Rader nur angeschwärzt, weil die internen Ermittler ihnen gedroht hätten. Beide wurden suspendiert, aber Rader blieb unbehelligt.

Er beantragte eine Versetzung in ein anderes Gefängnis. Seine Begründung war, dass er von den Ermittlern belästigt würde. Der Direktor lehnte das Gesuch ab und versetzte ihn in den Schreibtischdienst, weg von den Gefangenen. Rader kündigte.«

»Und das war's? Keine Ermittlungen gegen ihn wegen der Todesfälle? Der Morde?«

»Megan, ich will genau so wie du, dass er schuldig gesprochen wird. Aber es gab keine handfesten Beweise und keine Möglichkeit, Rader nachzuweisen, dass er Gift mit ins Gefängnis gebracht hatte.«

»Was war das für ein Gift?«, will ich wissen, obwohl ich die Antwort bereits kenne.

»Zyankali. Sie fanden es bei der Autopsie, aber zu dem Zeitpunkt, als sie herausfanden, dass die Toten vergiftet worden sind, waren die Zellen bereits gereinigt und neu belegt.«

»Und es gab Lücken in dem Video, als sie nachgesehen haben, ob Rader vor ihrem Tod in die Zellen gegangen ist?«

»Ja. Rader wird nie wieder in einer Vollzugsanstalt arbeiten. Oder in irgendeiner anderen Strafverfolgungsbehörde, was das angeht. Er wurde zweimal wegen überzogener Gewaltanwendung suspendiert, aber beide Male nur für ein oder zwei Tage, gefolgt von einer Geldbuße. Ich finde es zum Kotzen, dass niemand den Kerl je belastet hat. Er hätte hier leben können und jedem diese Scheiße antun können, der ihm in die Quere kam.«

Ich höre Wut in Sheriff Grays Stimme. Mich kotzt es auch an, aber aus einem anderen Grund.

»Falls Marley das findet, was ich erwarte«, sage ich, »dann sollte das ausreichen, um ihn zu verhaften.«

Sheriff Gray schweigt. Kein gutes Zeichen.

»Was?«, frage ich.

»Megan, selbst wenn das Labor feststellt, dass es dieselbe chemische Substanz ist, die in Delmonts Blut gefunden wurde, beweist das nicht, dass er sie vergiftet hat. Du hast keinerlei Motiv. Warum hat er sie umgebracht?«

Ich kann ihm nicht alles erzählen, was ich weiß. Das traue ich mich nicht. Aber falls ich es nicht tue, kommt ein Mörder davon. Rader wird wieder gewinnen. Aber selbst wenn ich alles beichte, wird es mir nicht helfen, einen Haftbefehl zu bekommen. Ich würde genau so schlimm dastehen wie er – womöglich noch schlimmer.

Und dann ist da noch die Tatsache, dass Rylee nie gefunden wurde. Sie gilt als tot. Ich kann nur hoffen, dass ein DNA-Treffer beweist, dass er am Ort von Moniques Ermordung war. Ich muss noch mal zurück und das Wohnmobil durchsuchen. Nach irgendeinem Messer suchen.

Falls er zu Hause ist, wird er Widerstand leisten. Und wenn er das tut, kann er mir sein Geständnis auf dem Sterbebett geben. Mein Wort gegen das einer Leiche.

Ich konzentriere mich wieder auf das Gespräch, als Sheriff Gray meinen Namen ruft.

»Entschuldigung, ich habe nachgedacht.«

Er schweigt wieder. Lange genug, dass ich mir Sorgen mache.

»Sheriff?«

Ich höre seinen Stuhl quietschen. Er setzt sich auf. »Megan, wenn das vorbei ist, müssen wir zwei uns unterhalten.«

Ich frage nicht, worüber. Das weiß ich. Ich hatte gehofft, dass dieser Tag nie kommen würde.

»Danke, dass du mir vertraust«, antworte ich.

»Keine Ursache.«

Bevor er das Gespräch beendet, frage ich: »Übrigens, hast du den Sheriff von Clallam County gefragt, ob es dort ähnliche Morde gab wie den Delmont-Fall?«

Er seufzt. »Ich bin nicht blöd. Ich habe ihm von unserem Fall erzählt. Hätte da etwas bei ihm geklingelt, hätte er mir davon erzählt.«

»In Ordnung«, erwidere ich. Ich halte ihn nicht für blöd. Ich will nur sichergehen.

SIEBENUNDVIERZIG

Marley Yang bringt Ronnie zum Auto. Seine Frisur ist modischer als beim letzten Mal, dass ich ihn gesehen habe, und seine Klamotten etwas besser als seine übliche Herrenbekleidung von Macy's. Er schenkt mir ein verschwörerisches Lächeln und tritt an mein Fenster.

»Ich wusste, dass du es wissen willst«, sagt er, »darum sage ich es dir persönlich. Ich schicke den Bericht heute raus, aber Ronnie meinte, du müsstest es sofort erfahren und sie weiß nicht, ob sie sich alles merken kann.«

Ich lache beinahe auf, kann mich aber gerade noch bremsen. Ronnie manipuliert meisterhaft. Fast so gut wie ich. »Okay.«

»Zuerst einmal werde ich das schwarze Spitzenhöschen nicht einmal erwähnen. Ich habe es noch, falls du es zurückhaben möchtest.«

Tue ich nicht. Es war gemein, es einzureichen, aber man weiß immer erst, ob es ein Beweismittel ist, wenn man es weiß. Außer in diesem Falle.

»Auf den Zigarettenstummeln finden sich zwei verschiedene DNA-Spuren. Keine davon passt zu einem der anderen

Beweise. Ich habe den Lippenstift auf der Kaffeetasse untersucht, die Ronnie im Haus des Opfers gefunden hat. Gute Idee, übrigens.«

Als er das sagt, schenkt er Ronnie ein breites Grinsen. Zweifellos glaubt er, dass er es mit Komplimenten in ihre Bluse schafft, dabei ist er noch nicht mal nah dran, ihr die Hand zu schütteln.

Er bemerkt, dass ich immer noch warte, was er mir über das Stück Obst zu erzählen hat.

»Ich habe die Frucht als *Annona cherimola* identifiziert, oder einfach Cherimoya. Man findet sie in Mittelamerika. Auch in Kolumbien, Ecuador, Bolivien, Chile, Peru oder in tropischen Regionen. Sogar in Spanien. Sie ist wegen ihres extrem süßen Geschmacks auch als Rahmapfel bekannt. Hier wächst sie nicht, und der Versuch, sie anzubauen, wäre zum Scheitern verurteilt.«

»Du glaubst also, das Ding wurde aus dem Ausland hierher gebracht?«, frage ich nach.

»Vermutlich kann man sie auf dem großen Fluss mit A kaufen«, wirft Ronnie ein.

»Und sie meint *nicht* den Amazonas«, sagt Marley und grinst, als hätte er einen Witz gemacht. Er war nicht witzig.

»Die Schale der Frucht ist allerdings sehr wichtig«, erklärt Marley. »Wenn man sie zerstößt und in flüssige Form bringt – zum Beispiel wie in der aufgezogenen Spritze, die Ronnie gefunden hat –, ist sie extrem giftig und hat lähmende Eigenschaften. Wie ein Anästhetikum, nur bedeutend stärker. Die Flüssigkeit in der Spritze stimmt mit dem Mittel überein, das wir in dem Opfer gefunden haben. Wie ich schon sagte, wirkt das Mittel lähmend und verhindert, dass jemand sich wehrt. Nimmt man genug davon, wäre es tödlich. Ich versuche, herauszufinden, welche Dosis davon tödlich wäre. Sobald ich etwas weiß, erfahrt ihr es.«

Ich hasse es, das zu fragen: »Was ist mit der Schokoriegelverpackung und der geschmolzenen Spritze?«

Er schaut mich unglücklich an. »Keine DNA auf der Verpackung. In der Spritze fanden sich hingegen winzige Spuren derselben Chemikalie wie in der aufgezogenen Spritze, die Ronnie gefunden hat. Falls es darauf DNA gab, ist sie beim Schmelzen durch die Hitze zerstört worden.«

»Zyankali?«

»Das Rattengift ist Zyankali. Die Körner, die ihr bei den Samen gefunden habt, sind Zyankali – Rattengift. In Monique Delmonts Leiche gab es kein Zyankali. Und auch nicht in den Spritzen.«

Ronnie strahlt Marley an. »Er ist so klug.«

Marley wird tatsächlich rot. »Ich muss wieder rein.«

Ich nicke und er wendet sich an Ronnie: »Heute Abend steht noch?«

»Auf jeden Fall«, antwortet sie. »Megan sollte mitkommen.«

»Ich möchte nicht im Weg sein.« In dem Augenblick, wo ich es ausspreche, weiß ich, dass das falsch war. Ich hätte sagen sollen, dass ich nicht kann, weil ich Ebola habe.

Irgendetwas Glaubwürdiges.

»Sie wären nicht im Weg«, erwidert Ronnie. Sie sieht mich flehentlich an, auf ihr dämliches Abendessen mitzukommen. Marley sieht mich drohend an: Wehe, ich behindere seinen Weg in Ronnies Bluse.

»Ich werde dort sein«, sage ich. Jetzt kann ich Marley verärgern – er ist jetzt Ronnies Aufgabe.

»Marley sagt mir, wann und wo wir uns treffen, und ich gebe das an Sie weiter«, sagt sie. »Das ist so aufregend. Ich werde befördert, und meine beiden besten Freunde feiern das mit mir.«

Beste Freunde? Wenn das stimmt, ist sie schlimmer dran als ich.

»Wir müssen zurück nach Port Hadlock«, sage ich. »Danke für die schnelle Arbeit, Marley. Du bist ein Genie. Ich wusste, dass wir uns auf dich verlassen können, uns bei der Lösung des Falls zu helfen.« Ein bisschen davon stimmt sogar, aber alles andere ist nur Show. Es schadet nicht, dann und wann ein bisschen nett zu sein. Vor allem, wenn man dafür später Gefallen erhält.

Marley bekommt von »Red« einen schnellen Kuss auf die Wange und ich lege den Gang ein, bevor ich mich noch übergebe. Ich fahre los und überlege, was ich heute verpasst haben könnte. Es wird spät sein, wenn wir zurück im Büro sind, und Ronnie feiert heute noch ihren neuen Posten als Deputy. Ich werde etwas Zeit am Schreibtisch benötigen, um den Bericht über die Durchsuchung zu schreiben, und ich werde ihn sorgfältig formulieren müssen.

Halt nur nicht komplett lügen.

»Marley ist so süß, dass er mich heute zum Essen ausführt«, sagt Ronnie.

»Sheriff Gray veranstaltet immer eine kleine Party im Büro, wenn wir neue Deputys oder Angestellte anheuern«, erwidere ich. »Er macht sie vermutlich an dem Tag, an dem Sie vereidigt werden.«

»Danke, Megan. Sie sind eine gute Freundin.«

»Sie müssen noch eine weitere Person für mich anrufen, Ronnie.«

»Wir sind nicht zu Dan Moriarty gefahren. Ich habe seine Nummer im Notizheft.«

Als Nächstes wird sie noch meine Sätze beenden. »Stellen Sie das Gespräch auf Lautsprecher. Ich überlasse Ihnen das Reden. So sammeln Sie Erfahrung.« Und ich vermeide das Risiko, dass er mich erkennt. Ich glaube nicht, dass das passieren würde, weil ihn an einer Frau nur ihr Körper interessiert, nicht ihre Stimme.

Ronnie tippt die Nummer ins Handy.

In dem Moment kommt mir ein Gedanke. *Kein Zyankali im Opfer. Oder den Spritzen.* Warum waren die Spritzen mit dem Zyankali dann versteckt? Warum war da überhaupt Rattengift? Der offensichtliche Grund für die Anwesenheit von Rattengift sind Ratten. Aber ein so teures Wohnmobil sollte kein Rattenproblem haben.

»Hallo«, meldet sich eine Stimme aus Ronnies Handy. Sie klingt krank oder betrunken oder beides.

»Mr Dan Moriarty?«, fragt Ronnie.

»Ja. Wer ist da?«

»Ich bin Deputy Marsh aus dem Büro des Sheriffs. Ich möchte Ihnen ein paar Fragen stellen.«

»Deputy?« Er klingt ein wenig erschrocken. »Was soll das? Ich hab nichts getan. Ich halte mich an den Gerichtsbeschluss wegen des Hausarrests, ich bleibe zu Hause. Überprüfen Sie meine Fußfessel.«

Ronnie schaut mich an.

»Ich sehe, dass Sie zu Hause sind, Mr Moriarty. Darum rufe ich nicht an. Sie sollen mir nur ein paar Fragen beantworten.« Sie kann ihn nicht fragen, warum er Hausarrest hat, weil er davon ausgeht, dass sie Bescheid weiß. Außerdem ist es unwichtig.

Sie klingt jetzt weniger unsicher. Mehr nach Autorität. Er ist ein gefangenes Publikum und gezwungen, jede Frage zu beantworten, weil er glaubt, dass wir zu den Leuten gehören, die ihn überwachen. Ich wünschte, Ronnie könnte nachschauen, warum er Hausarrest hat, aber ich fahre, und sie ist am Telefon.

»Mr Moriarty, ich untersuche einen Fall, bei dem es um Telefonbelästigung geht.«

»Ich war's nicht. Sagt jemand, dass ich's war?«

»Nein, Mr Moriarty. Sie müssen mir zuhören. Okay?«

»Okay.«

Er klingt immer noch betrunken oder wie unter Drogen. So

klang er nicht, als ich mit ihm über den Mord an seiner Tochter gesprochen habe. Zu der Zeit war er auf einem Gesundheitstrip. Brachte sich in Form und all das. Ich frage mich, was passiert ist.

»Mr Moriarty, ich weiß, dass Ihre Tochter vor vielen Jahren getötet wurde.«

Er antwortet nicht, aber ich höre, dass sein Atmen schwerer und schneller wird. Ich hasse diesen Teil: Leute mit ihrer Vergangenheit konfrontieren, wenn ihr Schmerz bereits unvorstellbar gewesen ist. Aber es ist notwendig.

»Haben Sie merkwürdige Anrufe erhalten, bevor das geschehen ist?«, erkundigt sich Ronnie.

»Was?« Es raschelt in der Leitung und ich höre, wie er das Telefon hinlegt. »Warum ist das jetzt von Bedeutung?« Er klingt, als sei er etwas entfernt. Jetzt klingt er nüchtern. Er ist ebenfalls auf Lautsprecher.

»Es ist wichtig. Das ist alles, was ich gerade sagen kann. Ich möchte wissen, ob jemand einfach aufgelegt hat oder es seltsame Rückrufe gab, bevor es geschehen ist.«

Ronnie ist beharrlich. Entschlossen. Das ist gut.

»Das habe ich den Polizisten damals schon gesagt.«

»Sagen Sie es *mir*.«

»Okay. Okay. Ja. Es gab eine Reihe von Anrufen, die einfach aufgelegt haben. Ich dachte, sie wären für Megan. Aber später hat meine Frau mich für eine andere Tussi verlassen. Da wusste ich, dass sie für meine Ex waren. Immer, wenn ich ran ging, wurde einfach aufgelegt. Die Schlampe. Tut mir leid. Tut mir leid.«

»Nein, mir tut es leid, Mr Moriarty. Haben Sie noch Kontakt zu Ihrer Exfrau?«

Ich bin gespannt, worauf Ronnie hinauswill. Ich habe damals nicht versucht, Mrs Moriarty zu kontaktieren. Sie spielte auf meiner Suche nach Alex Rader keine Rolle. Ein Versäumnis meinerseits.

»Nein. Sie ist vor einigen Jahren gestorben. Krebs.«

»Mein Beileid, Mr Moriarty. Haben Sie in letzter Zeit irgendwelche seltsamen Anrufe erhalten? Im Laufe der letzten sechs Monate oder so?«

»Ich spreche mit niemandem. Ich kümmere mich um meinen eigenen Kram. Ich bleibe im Haus, genau wie es der verdammte Richter ... Entschuldigung. Genau wie es der Richter angeordnet hat. Ich trage meine Fußfessel und soll in der Nähe des Telefons bleiben. Ist schwierig, mit dem Ding am Knöchel eine verdammte Dusche zu nehmen – verzeihen Sie meine Wortwahl. Meistens schaffe ich es nicht mal, mir eine Jeans drüberzuziehen.«

»Mr Moriarty«, sagt Ronnie wie eine geduldige Mutter zu einem Kind, »Sie haben meine Frage nicht beantwortet.«

»Nein. Ich hatte keine seltsamen Anrufe. Es sei denn, man zählt euch dazu, wenn ihr mich ständig kontrolliert. Ich muss das Telefon mit ins Badezimmer nehmen. Ich bin froh, wenn das alles vorbei ist.«

»Also keine Anrufer, die einfach auflegen? Niemand, der sich verwählt hat? Keine Telefonverkäufer?«

»Nun, klar. Diese verdammten Leute vom Telemarketing treiben einen in den Wahnsinn. Sind alles Nummern aus New York oder Texas. Ständig irgendein verdammter Ausländer, der mir Viagra verkaufen will. Ich kenne niemanden außerhalb von Washington und gehe nicht mehr ran, wenn ich die Nummer nicht kenne. Außer es sind Nummern von hier, wie bei euch Typen. Warum? Sollte ich rangehen? Bin ich in Schwierigkeiten?«

»Sie sind nicht in Schwierigkeiten, solange Sie ehrlich zu mir sind.«

»Ich schwöre, dass ich die Wahrheit sage.«

»Haben Sie einen schönen Abend, Mr Moriarty. Falls Sie irgendwelche Probleme kriegen, rufen Sie bitte sofort das Büro des Sheriffs an.«

»Soll ich nach Ihnen fragen?«

Ronnie schaut mich an und ich schüttele den Kopf.

»Nein. Nur das Büro des Sheriffs. Gute Nacht.«

Sie beendet das Gespräch. »Wie war ich?«

Ich strecke den Daumen hoch und muss mich anstrengen, nicht zu lachen. Ich hatte Angst davor, den Kerl zu besuchen und mit ihm zu sprechen. Jetzt bin ich froh, dass wir es nicht getan haben. Aber ich glaube, dass Ronnie in jedem Fall mit ihm fertig geworden wäre.

Sie schaut mich an und ich schwöre, sie sieht aus wie sechzehn und als wäre sie auf dem Weg zu ihrem ersten Date. »Megan, was halten Sie davon, dass ich beim Sheriff anfange?«

Was soll ich darauf antworten? »Ich freue mich für Sie.«

»Nein. Ich meine, was halten Sie *wirklich* davon? Bin ich für den Job gemacht? Sie und ich hatten nicht den besten Start. Und ich trage nicht immer die angemessenste Kleidung. Und ich bin vielleicht manchmal zu nett zu den Kerlen. Und ...«

»Kommen Sie wieder runter, Red«, sage ich und lächle, damit sie weiß, dass ich mich nicht über sie lustig mache. »Sie werden das gut hinbekommen, wenn Sie zuschauen, zuhören und lernen. Bisher habe ich kaum einen Grund gefunden, Sie zu kritisieren. Und aus dem bisschen, was ich gefunden habe, haben Sie gelernt. Sie könnten bei ihrer Kleidung vielleicht einen Gang zurückschalten, weil jeder neue Tag eine Überraschung ist. Ich trage billige Arbeitsklamotten aufgrund dessen, was ich getan und gesehen habe. Sie müssen vielleicht in ein Haus, in dem eine Leiche voller Maden und Fliegen liegt, oder jemanden verhaften, der Läuse hat. Und zwar nicht nur auf dem Kopf, sondern an ganz anderen Stellen.«

Sie muss kichern, was auch meine Stimmung hebt.

»Was ich damit sagen will, ist: Sie kommen schon zurecht. Ich würde immer mit Ihnen arbeiten. Ich glaube, ich hatte am Anfang auch Schwierigkeiten.« Ich halte ihr die Faust hin, und sie stößt mit ihrer dagegen. Ihre Augen werden feucht, was mir selbst Tränen in die Augen treibt. Als ob man jemanden gähnen sieht und dann selbst gähnen muss. Ich beiße mir auf die Zunge, um mich abzulenken. Ich bin schließlich ihre Ausbilderin, und ich darf keine Schwäche zeigen.

Ehrlich gesagt, sie *wird* klarkommen. Sie hat mich an meinen Tiefpunkten erlebt und es für sich behalten. Nicht, weil sie eine Arschkriecherin ist, sondern weil sie an die Art glaubt, wie ich den Job erledige. Fast. Einige Dinge werde ich ihr vorenthalten. Ich werde sie nicht darum bitten, die schweren Dinge zu erledigen. Wenn ich Michael Rader umbringe, wird sie nicht dabei sein.

ACHTUNDVIERZIG

Sie hatte zugesehen, wie der Taurus kurz zuvor auf der Straße angehalten hatte, und kurz erwogen, Rylee dort an Ort und Stelle umzubringen, aber der Rotschopf war bei ihr im Auto. Sie wusste, dass sie mit Rylee fertig werden konnte, aber sie waren beide bewaffnet. Und sie war nicht so weit gekommen, indem sie unnötige Risiken eingegangen war.

Rylee ist eine Mörderin. Sie hat Alex und seine Frau getötet, sie eiskalt umgelegt, und anfangs war sie davon ausgegangen, dass das nur das Glück der Dummen gewesen ist. Aber Rylee ist alles andere als dumm.

Sie selbst hat Michael Raders Wohnmobil vor einem Monat gefunden und ihn seitdem im Auge behalten. Er hätte wirklich in ein besseres Türschloss investieren sollen. Aber er ging irrtümlicherweise davon aus, dass die Polizei, wenn sie kam, um ihn zu holen, nach den Regeln spielen würde. Dass ein Haufen Cops auftauchen und stundenlang wartend vor seinem Wohnmobil sitzen würden, während sie auf die Kavallerie warteten. Und dann noch ein paar Stunden, bis der Durchsuchungsbeschluss kam und sie eindringen konnten.

Sie ist kein Cop. Rylee ist alles, aber kein Cop. Die Dienstmarke löscht die Killerin in ihr nicht aus. Rylee hat den Instinkt eines Jägers. Ein Instinkt, den sie in ihrer alten Heimat oft erlebt hat. Sie selbst hat diesen Instinkt.

Sie hat gesehen, wie Rylee in das Wohnmobil eingebrochen ist. Sie hat beobachtet, wie sie die platzierten Beweise in kleinen Beutelchen rausgebracht hat. Sie hat zugesehen, wie sie die Spritze draußen auf dem Grill gefunden hat. Es ist alles genau so gelaufen, wie sie es geplant hatte.

Rylee über die letzten Jahre hinweg bei der Arbeit zu beobachten hatte das, was ursprünglich als Racheplan begonnen hatte, in etwas anderes verwandelt. Sie will nicht glauben, dass jemand Alex besiegen konnte. Sie glaubt, dass Rylee einfach nur Glück hatte. Sie hasst Rylee, aber sie hat angefangen, sie zu respektieren. Als Alex starb, hatte es sie alle Überwindung gekostet, nicht sofort loszuziehen und Rylee zu töten. Etwas, nennen wir es Instinkt, brachte sie dazu, zu warten und zu beobachten. Dieser Instinkt hatte sie davon abzuhalten, bei Rylee denselben Fehler zu machen wie Alex. Rylee war alles zuzutrauen. Doch das galt auch für sie. Es würde interessant werden, mitanzusehen, wie Rylee langsam bewusst wurde, dass sie es mit einem überlegenen Gegner zu tun hatte, und ihr dabei zuzusehen, wie sie langsam und qualvoll starb.

Sie fragt sich, was Rylee von den Fotos hielt, die sie dem Holzfäller geschickt hat.

»Was glaubst du, Michael«, fragt sie die Leiche in dem flachen Grab. »Was? Nichts zu sagen? Du warst so geschwätzig, als ich dich schlafend erwischt habe. Du hast mir angeboten, dabei zu helfen, die Schlampe umzulegen, und dann hast du um dein erbärmliches Leben gebettelt.« Sie verpasst Raders abgetrenntem Kopf einen Tritt und er fällt in das Loch. »Du warst ganz und gar nicht wie dein Bruder. Du warst immer so kopflos.«

Mit einem weiteren Tritt befördert sie die Kopfhaut zur Leiche. »Die brauchst du vielleicht noch.«

Ihr ist es egal, ob Rader gefunden wird. Rylee hatte sich auf Michael konzentriert, so wie sie es vorhergesehen hatte. Und während Rylee durch den ganzen Staat flitzte, um die Familien von Alex' Opfern aufzusuchen, verschaffte sie sich damit die Zeit, ihren Plan zu verfeinern, Rylee umzubringen. Monique Delmont war nur der Schubs gewesen, um Rylee auf die Fährte zu setzen. Aber für den Abschluss war sie nicht nötig.

Tatsächlich ist die Schnitzeljagd, auf die sie Rylee geschickt hat, fast beendet. Sie wird noch mehr Hinweise ausstreuen müssen, denen Rylee folgen kann, damit sie ihre Beute finden kann. Michael war der ideale Köder, der perfekte Sündenbock. Ein selbstsüchtiges, gieriges, mordlüsternes Arschloch. Er hatte Kim Mock und Steve Jones im Gefängnis nur deshalb umgebracht, weil die Spur, wenn Alex gefasst worden wäre, auch zu Michael geführt hätte. Michael hatte an einigen der Vergewaltigungen und Folterungen teilgenommen. Die Brüder hatten alles geteilt, sogar Alex' Frau, Marie. Selbstverständlich hatte Alex nicht gewusst, dass Michael und Marie Sex hatten, während er auf der Arbeit war. Sie hatte es rausgefunden, weil sie und Marie enge Freundinnen geworden waren. Marie wusste von ihrer Abmachung mit Alex. Und dass er mit ihr schlief. Marie war das egal gewesen.

Als Rylee Alex und Marie getötet hatte, war Michael in Panik geraten. Er hatte Delmont die Beweise und Fotos abgenommen, aber nicht, um Alex' Namen rein zu halten. Stattdessen wollte er die Beweise so arrangieren, dass er selbst nicht in Verdacht geriet. Aber es war schon zu spät für Michael. Die internen Ermittler des Gefängnisses nahmen ihn bereits wegen der unerlaubten Anwendung von Gewalt und eines Todesfalls unter die Lupe. Mit zwei anderen Morden war er davongekommen. Er hatte eine gemeine, sadistische Ader, die er an den Gefangenen ausließ.

Sie hatte ihn im Auge behalten. Sie hatte gewusst, dass sie ihn umbringen würde, aber bis jetzt hatte sie ihn noch gebraucht. Unwissentlich hatte er seine Rolle gespielt, und jetzt würde man Rylee den Mord an ihm in die Schuhe schieben.

Sie nimmt die zwei abgetrennten Finger vom Boden auf und steckt sie in die Tasche. Sie werden ihre letzte Nachricht an Rylee werden, und die Nägel zu ihrem Sarg.

Aber erst gibt es noch eine letzte Sache, die sie Rylee wegnehmen muss. Wenn sie es richtig anstellt, wird man Rylee mehr als nur einen Mord anhängen.

NEUNUNDVIERZIG

Ich biege auf den Parkplatz und mein Blick wandert wie von selbst zu den Bäumen. Ich kann nichts dagegen tun. Marley meinte, dass die DNA auf den Fundstücken, die ich von dort habe, nichts mit dem Fall zu tun habe. Sie war nicht im System, und Fingerabdrücke gab es nicht. Im Sheriff's Office wird nicht geraucht, also gehen alle zum Rauchen nach draußen. Ich habe Nan dort gesehen. Ich kann mir keinen Grund vorstellen, warum dort ein Damenhöschen liegen sollte, aber heutzutage ist ja alles möglich.

Sheriff Grays Auto steht noch hier. Er wartet auf mich. Ich will nicht reingehen. Ich bin noch nicht bereit für *das Gespräch*.

»Ich werfe Sie hier raus und fahre heim«, sage ich zu Ronnie. »Ich muss duschen und mich umziehen.«

»Für das Abendessen brauchen Sie sich nicht umzuziehen«, erwidert sie.

Das habe ich auch nicht vor. Es ist schwer, das Schulterholster unter einem Kleidchen zu verstecken. Ich weiß, dass ich sie an dieser Stelle fragen sollte, was sie anziehen will, und dieses ganze Frauengequatsche, aber ich weiß nicht, wie ich das mit jemandem durchziehen soll, der mich wirklich kennt. Der weiß, dass ich nur eine gute Jeans und ein paar hübsche Blusen habe.

»Darf ich meine Waffe mitbringen?«, frage ich und sie kichert.

»Natürlich dürfen Sie das. Sie verlassen das Haus nie ohne sie. Ich werde meine auch dabei haben. Beim Fall letzten Monat habe ich meine Lektion gelernt, das können Sie mir glauben.«

»Damit haben Sie gerade den Test für Ihre erste Lektion erfolgreich bestanden, Red. Übrigens, wie finden Sie den Spitznamen?«

»Ganz ehrlich?« Sie legt den Kopf schief.

Ich nicke.

»Ich hasse ihn. Aber er macht Marley glücklich. Ich hoffe nur, dass er nicht hängenbleibt. Sie wissen ja, wie Polizisten sein können.«

Ja, weiß ich. »Soll ich ihm sagen, dass es unangemessen ist, wenn er Sie so nennt?«, biete ich ihr an.

»Würden Sie das tun?«

»Ich werde es ihm freundlich sagen.«

Ich würde ihm sagen: *Hör auf, sie Red zu nennen, du dummes Stück Scheiße, oder der Sheriff reißt dir den Arsch auf. Das ist sexuelle Belästigung.* Wenn er »sexuelle Belästigung« hört, wird ihm der Arsch auf Grundeis gehen.

Ronnie steigt aus dem Auto und ich fahre die Scheibe runter. »Sie müssen mich noch informieren, wann und wo die Party stattfindet.«

Sie kommt zurück und lehnt sich durchs Fenster. »Ich werde ihn dazu bringen, mich ins Tides auszuführen. Sagen wir um sieben?«

»Perfekt.«

Sie geht zu ihrem Auto, dreht sich um und winkt. Ich winke zurück und zwinge mich zu einem Lächeln. Dann trödle ich herum, bis ich sicher bin, dass Sheriff Gray nicht rauskommt und sie aufhält, bevor sie losfährt. Als sie außer Sicht ist, fahre ich los. Ich bin schon halb in Port Townsend, als ich den Sheriff auf dem Handy anrufe.

»Megan. Wo bist du?«

»Zu Hause«, lüge ich.

»Oh. Okay. Wir müssen uns irgendwann unterhalten. Wie geht es dir?«

Ich frage mich, warum er sich danach erkundigt. Vielleicht glaubt er, dass ich um Monique trauere. Das tue ich, aber das behindert mich nicht.

»Mir geht es gut«, antworte ich. »Wir sprechen bald, versprochen. Ich werde dir alles erzählen«, lüge ich erneut. Ich frage mich, ob er nur versucht, herauszufinden, ob ich schon aus dem Staat geflohen bin. Und wie viel er wirklich weiß. Er ist ein äußerst kluger Mann. Er war ein hervorragender Ermittler. Besser als ich. Vielleicht.

Ich wechsle das Thema. »Kommst du zu Ronnies Party heute Abend?«

»Party?«

»Ja. Marley lädt sie zum Essen ein und sie haben mich eingeladen, mitzukommen. Und ich lade dich ein. Bitte sag Ja.«

Ich will sie nicht bei ihrem Date stören. Ja, von wegen.

»Wann und wo? Ich rufe meine Frau an. Ich würde Nan fragen, aber sie ist früh gegangen. Sie hat ein Date.«

»Oh, Mist«, sage ich und lächle. »Ronnie bringt Marley dazu, sie in einen unserer Lieblingsläden auszuführen.«

»Das Tides.«

»Jepp. Sieben Uhr.«

»Falls ich nicht auftauche, sag ihr, dass wir uns im Büro sehen. Ich organisiere immer eine kleine Feier für neue Mitarbeiter.«

»Das hattest du für mich getan, das war eine nette Geste«, antworte ich und meine jedes Wort davon.

Ich beende das Gespräch und halte vor meinem Haus. Ich

durchlaufe meine übliche Routine: Die Beleuchtung überprüfen, die Nachbarschaft, horchen, ein oder zwei Minuten alles beobachten, meine Waffe ziehen und aussteigen.

Ich bin erschöpft von dem langen Fahren heute. Ich mache mir Sorgen, was ich Sheriff Gray gegenüber alles beichten muss. Was er von mir halten wird. Was er tun wird. Ich mag ihn lieber als so gut wie jeden anderen und ich vertraue ihm ebenso sehr. Aber ich traue dem Leben nicht, dass es mich nicht wieder in Scheiße versenkt. Im Grunde, wenn man es genau nimmt, bleibt ein Mörder ein Mörder. Ich stecke genau so tief im Morden wie mein Erzeuger. Ja, ich habe die Menschen, die ich umgebracht habe, nicht leiden lassen. Sie alle waren gefährlich. Ihre Opfer unschuldig. Trotzdem sind sie ebenfalls tot.

Das Wasser ist höchstens noch lauwarm, als ich aus der Dusche steige. Ich schaue zur Uhr. Ich habe gar nicht mitbekommen, dass ich fast den ganzen Boiler geleert habe. Und mir bleibt nicht mehr viel Zeit, mich abzutrocknen und anzuziehen, bevor ich ins Tides muss.

Ich widerstehe der Versuchung, mir ein Band von einer Sitzung mit Dr. Albright anzuhören. Am Anfang habe ich sie gehasst. Jedes einzelne davon hat mir ein Messer ins Herz gerammt und mir Kopfschmerzen verursacht. Jetzt werde ich allmählich süchtig danach. Mir wird klar, wie weit ich seit meiner Zeit als Rylee gekommen bin. Ich bin nicht mehr die ganze Zeit so wütend oder von der Welt enttäuscht. Ich fange an, mich ein bisschen zu öffnen.

Aber immer, wenn ich das tue, geschieht etwas, das mich wieder zurück in den Morast zieht. Ein gutes Beispiel: die Serienmorde, mit denen ich es letzten Monat zu tun hatte. Sie zwangen mich, wieder Rylee zu werden. Entweder das, oder diesen Monstern zu erlauben, noch mehr Opfer zu fordern.

Ich will diese Last nicht mehr mit mir herumschleppen. Ich will das Leben, das Sheriff Gray oder Ronnie oder Dan führen. Das Leben in einer Blase. Aber das bin ich nicht. Ich werde niemals in der Lage sein, meine Wachsamkeit so sehr fallenzulassen. Ich bin ein Wachhund. Ich halte die Wölfe fern. Meine Augen werden feucht, als mir klar wird, dass es mein Platz im Leben ist, eine Mörderin zu sein. Ich kämpfe gegen die Tränen an. Selbstmitleid ist ein Luxus, den ich mir nicht leisten kann. Mir ist klar: Könnte ich mein Leben noch einmal leben, wäre ich immer noch da, wo ich jetzt bin. Es steckt mir in den Genen. *Im wahrsten Sinne des Wortes.* Ich bin ein Monster. Aber eines von der guten Sorte.

FÜNFZIG

Ich logge mich in mein persönliches E-Mail-Konto ein. Es gibt die üblichen Spam- und Werbe-Mails. Und eine von Dan. Er hat sie heute Morgen geschickt. Die Betreffzeile ist leer. Sie ist kurz und lässt mich mit einem schlechten Gefühl zurück. Sie lautet:

Megan, ich glaube, dass wir uns eine Weile nicht sehen soll-ten. Ich kann nicht mit jemandem zusammen sein, der mir nicht vertraut. Mach's gut.

Dan

Ich habe gemischte Gefühle. Auf der einen Seite endlose Erleichterung darüber, dass es Dan gut geht. Auf der anderen der stechende Schmerz der Ablehnung. Ich möchte heulen, doch ich verdränge das Gefühl nach tief unten in meine ohnehin völlig überfüllte Gefängniszelle voll unerwünschter Gefühle.

Ich kleide mich passend zu meiner Stimmung: Meine übliche Arbeitskleidung plus Schulterholster. Das erinnert mich daran, dass ich immer im Dienst bin. Keine Zeit für ein Privatleben. Vielleicht habe ich das verdient. Ich sehne mich wahrhaftig und aus tiefster Seele nach einem Gespräch mit Dr. Albright. Auch wenn sie nicht gerade biegen kann, was falsch läuft, selbst wenn ich mich nach dem Gespräch mit ihr nicht besser fühle, hat sie immer noch die Fähigkeit, alles so zu erklären, dass es verständlich ist und nicht diese chaotische Mischung von Emotionen, die mich jetzt gerade plagt. Ich nehme mir fest vor, sie morgen anzurufen.

Ich stecke einen Zahnstocher in den Spalt der Schranktür. Eine Vorsichtsmaßnahme, die meine Mutter mir beigebracht hat. Falls irgendjemand den Schrank öffnet, fällt der Zahnstocher runter. Ich verlasse das Zimmer und lasse das Licht im Eingang an. Ich mache noch eine letzte Runde durchs Haus und kontrolliere, dass alle Fenster verriegelt sind. Wenn man nicht vorsichtig ist, kann jemand eindringen.

Ich muss es wissen.

Ich überprüfe die Straße. Alles wirkt unverdächtig. Mit der Taschenlampe meines Handys leuchte ich in den Innenraum meines Autos, bevor ich einsteige.

Ich fahre zum Tides. Wie üblich ist der Parkplatz voll. Ich könnte einen Zettel aufs Armaturenbrett legen und mein Fahrzeug als »SHERIFF'S OFFICE« deklarieren, aber ich will keine Aufmerksamkeit erregen, also suche ich mir einen leeren Parkplatz zwei Blocks entfernt und gehe zu Fuß.

Ronnies Smart und Sheriff Grays Truck parken direkt vor dem Eingang. Auf dem Armaturenbrett beider Fahrzeuge liegt der Zettel mit »SHERIFF'S OFFICE«. Er muss Ronnie einen davon gegeben haben. Ich blicke mich suchend nach Dans Pickup um, sehe ihn aber nicht. Falls er weiß, dass ich heute hier bin, wird er nicht kommen. Ich frage mich, ob Ronnie ihn eingeladen hat.

Vermutlich nicht.

Ich gehe hinein und sehe, dass die Kollegen aus dem Büro

einige Tische zusammengestellt haben. Mindy Newsom, Marley Yang, Sheriff Gray, Deputy Copsey, Deputy Davis, Nan, sogar Jerry Larsen, der Leichenbeschauer. Ronnie schaut auf und begrüßt mich mit einem strahlenden Lächeln. Mindy hat einen Platz zwischen sich und Ronnie freigehalten und klopft mit der Hand darauf.

»Hier rüber, Mädchen«, ruft sie.

Ich setze mich, sehe die leicht alkoholisierten Gesichter um mich herum und beschließe, nur ein Glas zu trinken. Vielleicht ein großes, aber nur eines. Mein Entschluss bleibt so lange bestehen, wie es dauert, einen Scotch wegzukippen.

Sheriff Gray bestellt noch eine Runde, und als sie gebracht wird, steht er auf. »Wie Sie alle wissen, haben wir eine Feier für Ronnies offizielle Amtseinführung geplant, aber ich glaube, jetzt ist ein guter Zeitpunkt für eine Ankündigung.« Er hebt sein Glas und alle am Tisch folgen dem Beispiel. »Ronnie, würden Sie bitte aufstehen.«

Ronnie scheint das alles ganz und gar nicht unangenehm zu sein. Ich würde mich an ihrer Stelle längst nach einem Ausweg umschauen. Sie blickt den anderen ins Gesicht und dann zu Sheriff Gray.

»Reserve Deputy Veronica Marsh kam vor einem Monat im Zuge ihrer Rotation durch die einzelnen Abteilungen im Rahmen der Ausbildung zu uns. Ich teilte sie einem der besten Detectives zu, den dieses Büro je gesehen hat: Megan Carpenter. Sie sollte ihr auf Schritt und Tritt folgen.« Er legt die Hand an den Mund, als würde er etwas verraten, was niemand sonst hören soll, aber mir ist klar, dass er mir gleich eins auswischen wird. Auch das ist eine Tradition.

»Ronnie hat die Feuertaufe bestanden. Wenn Megan sie nicht vergrault hat – und sie bei der Zusammenarbeit nicht ums Leben gekommen ist –, dann hat sie es verdient, eine von uns zu sein.«

Es folgt das Klirren von aneinanderstoßenden Gläsern,

bevor Tony weiterspricht: »Es ist mehr als unüblich, dass jemand eingestellt wird, bevor er alle während der Rotation vorgesehenen Praktika absolviert hat, aber die bald offizielle Deputy Marsh wurde entführt und verprügelt und erlitt einen Handgelenkbruch, alles in Ausübung ihrer Pflicht, als sie und Megan einen Serienmörder zur Strecke brachten.«

Er streckt Ronnie sein Glas entgegen.

»Morgen werden Sie als Deputy Marsh vereidigt. Ich bin stolz darauf, Sie in meinem Team zu haben.«

Wieder stoßen Gläser gegeneinander und alle prosten einander zu und Tony bestellt noch eine Runde.

Marley trinkt mehr als üblich. Ich vermute, dass er enttäuscht darüber ist, dass er nicht das romantische Dinner bekommen hat, auf das er gehofft hat, aber man muss ihm zugute halten, dass er zu wissen scheint, dass dieser Abend Ronnie gehört. Denn es ist wirklich ihr Abend. Er ist ein Gentleman, und vielleicht verschafft ihm das Pluspunkte beim Objekt seiner Begierde. Ich fühle mich ein wenig schuldig, weil ich hoffe, dass er nicht bei ihr landet. Falls er und Ronnie irgendwann ein Paar werden, wird es nicht lange dauern, bis einer von beiden des anderen überdrüssig wird, und dann wäre meine Quelle im Labor versiegt. Ich weiß, das ist selbstsüchtig. Aber das ist mir egal.

Von meinem Sitzplatz aus kann ich durch die großen Panoramafenster der Bar in Richtung Bucht gucken. Es ist dunkel draußen und die gelben Natriumdampflampen spenden nichts als Schatten. Ich glaube, dass ich etwas sich über die Straße bewegen sehe und meine Hand wandert wie von selbst in Richtung meiner Waffe. Einige Herzschläge lang schaue ich hinaus, doch ich sehe keine weitere Bewegung – wenn dort überhaupt jemals eine war. Vielleicht ist eine Essensverpackung vom Wind erfasst und direkt außerhalb der Straßenbeleuchtung vorbei geweht worden. Vielleicht ist jemand zu seinem Auto gegangen. Ich fühle mich albern, weil ich so übervorsichtig bin.

Ich muss dringend mit Dr. Albright sprechen.

Als der Abend sich dem Ende nähert, sind Copsey und Davis die Ersten, die sich verabschieden. Sie haben morgen früh Dienst. Als wenn ich das nicht auch hätte. Mindy bleibt, ich wünschte jedoch, sie täte es nicht. Sie will mit mir über mein Liebesleben sprechen oder dessen Fehlen. Das ist gerade kein so angenehmes Thema. Sheriff Gray steht auf.

»Kommen Sie, Mindy«, sagt er. Er ist ihre Mitfahrgelegenheit. »Megan.« Er schaut mich an. «Mein Büro. Morgen früh, gleich als Erstes."

Ich nicke, doch das reicht ihm nicht. »Okay. Dein Büro. Gleich als Erstes, Sheriff.«

Wäre der Fall nicht, würde ich mich krank melden.

Er scheint zufriedengestellt und geht mit Mindy zusammen. Auch Nan und Larsen brechen auf. Damit bleiben Marley, Ronnie und ich. Marley räuspert sich einige Male.

»Sie werden hoffentlich nicht krank, oder?«, frage ich ihn und bekomme einen bösen Blick als Antwort.

»Es wird Zeit, dass ich auch nach Hause komme«, sagt Ronnie. »Marley, vielen Dank für den Abend und dass du mit uns gefeiert hast. Du bist ein wirklich guter Freund.«

Bei dem Wort »Freund« formen sich seine Lippen zu einem schmalen Strich. »Es war mir ein Vergnügen, Deputy Marsh.«

Gut gerettet, Marley. Jetzt trink aus und mach es wie ein Fallschirm: Zieh Leine.

»Ich gehe dann wohl auch nach Hause«, sage ich. »Wir müssen morgen früh los.«

»Ich würde mich gern noch eine Minute allein mit Ronnie unterhalten, wenn das okay ist«, sagt Marley.

Ich will widersprechen, doch in der Sekunde sehe ich Dans Pick-up, der am Fenster vorbei fährt. Zumindest sieht er aus wie sein Pick-up. »Wir sehen uns morgen früh«, sage ich zu Ronnie. »Danke für all die Hilfe heute, Marley.«

Er nickt, ohne den Blick von Ronnie zu nehmen. Sie hat nicht so viel getrunken wie ich, also sollte sie sicher vor Mr Yang sein. Ich lasse ein großzügiges Trinkgeld liegen und verlasse das Tides. Draußen suche ich den Parkplatz ab und schaue die Straße hoch und runter. Nachtfalter flattern um die Straßenlaternen. Ich höre, wie irgendwo eine Autotür zugeschlagen wird und ein Hund bellt. Das Bellen klingt fröhlich. Jemand Geliebtes ist nach Hause gekommen. Normalerweise würde ich darüber lächeln. Eine glückliche Vorstellung. Aber diesmal hebt es meine Laune nicht.

Dans Pick-up ist verschwunden, und alles, woran ich denken kann, ist die E-Mail. Er glaubt, das wir eine Auszeit voneinander brauchen. Aber er weiß nicht, was ich weiß. Eine Auszeit wird gar nichts bringen, es sei denn, sie ist für immer. Und daran mag ich nicht denken. Ich habe schon so viel verloren.

Ich laufe die zwei Blocks zu meinem Taurus. Ich hatte mehr als genug Gelegenheiten, mir ein eigenes Auto zu kaufen, aber aus irgendeinem Grund bleibe ich bei dem Taurus. Er ist wie ich: völlig hinüber, aber noch funktioniert er.

Ich sitze mit laufendem Motor im Wagen, fahre aber nicht nach Hause. Ich überlege, ob ich warten soll, bis alle weg sind, und dann ins Tides zurückgehen soll. Ich bin ein bisschen hungrig und habe nichts zu Hause, was ich mir warm machen könnte. Nicht mal Cornflakes. Die Milch ist vor ein paar Tagen abgelaufen und ist eigentlich nur noch Hüttenkäse.

Jeder auf der Party hat einen Ort, an den er zurückkehren kann. Jemanden, zu dem er gehen kann. Sogar Ronnie hat Marley, der ganz verrückt nach ihr ist. Ich habe meine Waffe und meine Kassetten. Ich hatte bisher zwei feste Freunde. Beide haben mich verlassen. Mein eigener Bruder hasst mich. Ich stelle mir gerne vor, dass ich eine Superheldin bin. Wie

Superman, der sich hinter Clark Kents unbeholfener Person versteckt. Unfähig, Beziehungen aufzubauen, weil die bösen Jungs das als Schwäche ausnutzen würden. Sie würden sich auf meine Freunde stürzen, wenn ich welche hätte. Das ist es, was Monique zugestoßen ist. Sie wurde in meiner schwarzen Wolke gefangen, in der Monster wirklich existieren.

»Halt.« Ich blinzle überrascht. Ich habe nicht gewusst, dass ich das laut ausgesprochen habe. Ich habe mehr getrunken, als gut für mich ist. Darum bin ich so griesgrämig. Mein Leben ist gar nicht so schlimm. Im Grunde nicht.

Ich fahre zu Dans Laden. Es brennt kein Licht. Kein Pick-up. Ich trete aufs Gas und fahre nach Hause.

EINUNDFÜNFZIG

Ich erwache mit einem üblen Geschmack im Mund und brennender Kehle. Ich erinnere mich nicht an die Träume, aber sie waren unangenehm. Das Brennen im Hals führe ich auf die Jalapeño Poppers zurück und die schlechten Träume auf den Scotch.

Meine Waffe liegt auf dem Nachttisch. Ich habe die Decke aus dem Bett gestrampelt. Ich muss pinkeln.Ich erledige meine Morgentoilette, und während ich mich anziehe, erinnere ich mich an einen Teil des Traums. Darin war Dan bei Hayden. Sie wirkten beide sehr ernst und ich hatte das Gefühl, dass sie bei mir eine Intervention durchführen wollten. Im Traum sagten sie mir, ich sei eine Lügnerin und dass sie mich zwingen würden, die Wahrheit zu sagen. Ich war wütend darüber, eine Lügnerin genannt zu werden, obwohl ich wusste, dass sie recht hatten. Die Erinnerung bringt die Wut und Sorge zurück, die ich darüber empfinde, zwischen einem Kerl, den ich wirklich mag, und einem Bruder, den ich liebe, gefangen zu sein und einem von ihnen die Wahrheit sagen zu müssen.

Es ist früh, aber ich fahre an Dans Laden in der Stadt vorbei. Er liegt nicht auf meinem Weg und vermutlich ist er noch gar nicht da, aber ich muss sichergehen, dass es ihm gut geht.

Der Laden ist noch nicht geöffnet. Ein paar Fahrzeuge parken am Straßenrand. Die Fahrer sind vermutlich in dem Café, das um die Ecke aufgemacht hat. Es trägt den Namen Dilly Dally. Ein alberner Name, aber ich habe gehört, der Kaffee sei gut. Ich halte an und hole ein halbes Dutzend Kaffee. Der Eigentümer sieht aus wie Elmar Fudd in den Zeichentrickfilmen mit Bugs Bunny. Während er spricht, starrt er mir auf die Brust. Dafür sollte ich einen Gratiskaffee kriegen, aber ich sage nichts. Auf meine ganz und gar nicht üppigen Brüste zu starren, ist vielleicht das Beste, was ihm heute widerfährt.

Dan kommt nicht rein. Ich trödele und frage nach Sahne, Zucker und Servietten. Als ich alles habe und bezahle, war Dan immer noch nicht hier. Der Spanner glotzt immer noch auf meine Brüste, als er mir das Wechselgeld gibt. Ich lasse kein Trinkgeld da. Er hat von mir alles bekommen, was er an diesem Morgen von mir kriegen konnte.

Noch einmal fahre ich an Dans Laden vorbei. Er meinte, dass er ein Mädchen angestellt hätte, aber es gibt keinerlei Anzeichen von Aktivität. Ich bin nicht besorgt, nur neugierig. Ich bin gestern auf dem Weg ins Tides an seinem Laden vorbeigefahren, und er hat nicht gearbeitet. Ich bin mir ziemlich sicher, dass es sein Pick-up war, den ich gestern am Tides vorbeifahren sah. Ich frage mich, wo er hingefahren ist.

Ich muss aufhören, über mein Privatleben nachzudenken. Das ist das Problem, wenn man eines hat. Es fällt schwer, sich zu konzentrieren. Das ist einer der Gründe, warum ich Ronnie nicht als Praktikantin haben wollte. Jetzt, wo sie Vollzeit bei uns arbeitet, fürchte ich, dass sie die Routine unterbricht. Andererseits wird es vielleicht einfacher, wenn sie mir einen Teil der Arbeit abnimmt, sofern ich gerade mal Arbeit habe. In den letzten drei Wochen hatte ich zwei Einbrüche, die gar keine Einbrüche waren. In beiden Fällen stellten sie sich als falscher

Alarm heraus. Die Leute hatten etwas in einem Mietkauf-Laden angemietet und es dann als gestohlen gemeldet, um es nicht bezahlen zu müssen. Sheriff Gray nennt die Dinger »Mietklau«-Läden. Dazu hatte ich noch eine Handvoll Fälle von häuslicher Gewalt.

Das ist ein weiterer Grund, Beziehungen zu vermeiden. Vor dem Büro sehe ich den Pick-up von Sheriff Gray und Ronnies Smart. Nans Batmobil ist auch da, ein pechschwarzer 69er-Cadillac mit großen Heckflossen und schwarzem Lederinterieur. Wenn sie Glück hat, schafft sie einen Kilometer pro Liter.

Ich bringe meine Schachtel mit den Kaffeebechern hinein und reiche je einen davon an Nan und Ronnie. Das muss das erste Mal sein, dass ich als Letzte ins Büro komme. Ronnie wirkt glücklich, aber ich sehe die Kopfschmerzfalten neben ihren Augen. Ich gehe nach hinten zu meinem Schreibtisch, nehme den Deckel von einem der Kaffeebecher und puste auf die Flüssigkeit. Ich höre, wie jemand meinen Namen ruft, schnappe mir einen weiteren Kaffee und nehme ihn mit zum Sheriff, wo ich den Pappbecher auf den Tisch stelle.

»Mach die Tür zu und setz dich«, sagt er.

Ich schließe die Tür, bleibe aber stehen. »Ich hab heute Vormittag wirklich was zu tun«, sage ich.

»Wir müssen uns unterhalten«, erwidert er, bevor ich mir überlegen kann, was genau ich zu tun habe.

»Okay.« Ich setze mich. Ich habe nicht vor, dieses Gespräch heute Morgen zu führen. Oder an irgendeinem Morgen, wenn ich es vermeiden kann.

»Was ist los mit dir?«, fragt er.

»Wie meinst du das?« Es ist immer gut, eine Frage mit einer Gegenfrage zu beantworten. Manchmal beantworten die Leute dadurch selbst ihre Frage.

»Ich glaube, dass du den Mörder persönlich kennst. Ich glaube, dass es etwas mit dem alten Foto von dir zu tun hat. Ich glaube, dass du ein Geheimnis hast und dass es dich auffrisst. Ich glaube, dass du mir nicht vertraust.«

Er hat keine Ahnung, wie recht er hat.

»Ich kann dir im Augenblick nicht alles erzählen. Das werde ich. Aber nicht jetzt.« Ich wechsle das Thema. »Du weißt, dass ich vor ein paar Tagen einen Streit mit Dan hatte?«

Er nickt, sagt aber nichts.

»Ich glaube, es war Michael Rader, der Dan die Fotos hingelegt hat. Ich kannte Monique Delmont etwa aus der Zeit, in der das Highschool-Foto aufgenommen wurde. Damals hatte ich Michael Rader im Verdacht, ein Serienmörder zu sein, aber ich konnte es nie beweisen. Michael hat geglaubt, dass ich Beweise hätte. Er wusste, dass ich in seiner Vergangenheit rumstochere. Er hat Monique damals gedroht, dass er ihre Tochter umbringt, wenn sie ihm nicht verrät, wo ich bin.«

»Gabrielle.«

»Ja. Gabrielle. Ich glaube, Monique hat die Beweise gefunden und Rader hat sie umgebracht.« Das ist alles erfunden, klingt aber gut. »Er ist hinter mir her, will aber die Leute töten, die mir damals geholfen haben, ihn zu finden. Darum habe ich Gabrielle verreisen lassen und darum habe ich mit anderen Leuten gesprochen, hinter denen er her sein könnte.«

»Und du hattest nicht den Eindruck, dass ich das wissen sollte?«

»Das ist etwas, was ich vor langer Zeit begonnen habe. Ich wollte erst, dass ich weiß, womit wir es hier zu tun haben, bevor ich dir etwas erzähle. Du glaubst, dass ich dir nicht vertraue, aber du bist der einzige Mensch, dem ich vertrauen *kann*.«

Wenn du die ganze Wahrheit wüsstest, würdest du mich verhaften müssen.

Sheriff Gray guckt mich lange an. Er holt etwas aus seiner Schreibtischschublade. Es ist eine weitere Kopie meines Highschoolfotos.

»Das hat mir jemand an meinem Haus unter den Scheibenwischer gesteckt.«

Ein eisiger Schauer kriecht meine Wirbelsäule hinauf. Ich hätte nie gedacht, dass Sheriff Gray in Gefahr sein könnte. Rader weiß, wo ich wohne. Natürlich weiß er das. Als Zivilist ist es schwer, rauszufinden, wo ein Polizist wohnt. Aber für einen Gefängniswärter wäre es einfach.

»Und dieser Zeitungsartikel steckte in einem Zip-Beutel.« Er holt den Artikel hervor, in dem mein Foto auf der Titelseite war. Der, in dem steht, dass mein Stiefvater, Rolland, ermordet aufgefunden wurde und meine Mutter verschwunden ist. Dort steht, dass die Polizei nach mir – Rylee – und Hayden sucht. Ich habe Sheriff Gray nie von meiner Familie erzählt. Er wusste nicht, dass ich einen Bruder habe. Er hat nie danach gefragt. Und Rylee war tot.

Ich schaue mir den Artikel an und hoffe, dass mein Gesichtsausdruck so wirkt, als ob ich ihn nie zuvor gesehen hätte, aber ich bin zu geschockt, ihn wiederzusehen. Mein Gesicht fühlt sich wie gefroren an und mein Puls pocht mir in Hals und Schläfen. Er faltet den Artikel um das Foto herum zusammen und steckt beides in seine Hemdtasche.

»Sheriff, ich …«

»Ich habe das überprüft, Megan«, unterbricht er mich. »Du musst mir nichts darüber erzählen. Was du mir aber erzählen musst, ist, ob du in Gefahr bist. Und ob sonst noch jemand in Gefahr ist. Ich bin der Sheriff, weißt du? Ich habe die Pflicht, die Menschen zu beschützen. Genau wie du.«

Ich habe das Gefühl, als würde mein ganzes Leben auseinanderfallen. Ich habe mich selbst in diese Lage gebracht, weil ich Michael Rader nicht sofort aufgespürt habe, nachdem er Monique bedroht hat. Ich wusste, dass er es auf mich abgesehen hatte und auf der Suche nach mir war. Ich dachte, ich könnte einfach verschwinden, mir ein neues Leben aufbauen. Aber das hier ist das, was ich hätte erwarten sollen. Rader hat nicht so leicht aufgegeben wie ich. Er ist noch nicht fertig mit mir.

Außerdem: Wenn Sheriff Gray das so einfach herausgefunden hat, was weiß dann Dan? Hat Rader ihm ebenfalls den Zeitungsartikel dagelassen? Plant er, mich bloßzustellen und all meine Freunde zu töten?

Ich kann nicht atmen.

Ich merke, wie der Kaffee meine Kehle hinaufschießt, und renne zum Klo.

ZWEIUNDFÜNFZIG

Ich bin in der Damentoilette und beuge mich über die Schüssel. Mein Magen und meine Brust tun weh und mein Hals brennt, als hätte mir jemand Säure hineingeschüttet. Ich höre nicht, wie die Tür geöffnet wird, aber das Klicken von Schuhen, als Schritte sich nähern.

»Megan, ist alles in Ordnung?«

Zum Glück ist es Ronnie, nicht Nan.

»Mir geht's gut«, antworte ich mit gepresster Stimme. Ich kriege die Worte kaum raus.

»Sie *wirken* nicht, als ginge es Ihnen gut. Ich hole Ihnen einen Waschlappen.«

Ich höre, wie sie einen der Schränke öffnet und den Wasserhahn aufdreht. Als sie zurückkommt, reicht sie mir einen feuchten Waschlappen. Dankbar nehme ich ihn entgegen und wische mir damit das Gesicht ab, bevor ich ihn mir hinten in den Nacken lege.

»Sie haben gestern eine Menge Scotch getrunken«, sagt sie.

Die Vorlage kann ich hervorragend nutzen.

»Verkatert«, sage ich.

»Vielleicht sollten Sie nach Hause fahren und sich ausruhen. Ich kann vorbeikommen und nach Ihnen sehen.«

Ihrer Stimme nach meint sie es ernst. Ich hatte noch nie jemanden, der sich wirklich um mich gekümmert hat. Nicht einmal meine Mutter. Ich habe mich selbst gepflegt, wenn ich krank war. Hayden war Moms Augapfel. Wenn er nur geniest hat, war sie mit einem Taschentuch und einem Fieberthermometer bei ihm.

»Das ist vielleicht keine schlechte Idee, Ronnie. Ich fühle mich nicht gut.«

Tue ich wirklich nicht. Gar nichts fühlt sich gut an. Ich muss Dinge in Ordnung bringen. Ich kenne den Mörder. Ich habe ihn nicht so erbarmungslos gejagt, wie ich es hätte tun sollen. Womöglich hasst er mich wirklich aus tiefster Seele. Vielleicht ringt er wirklich mit der Entscheidung, ob er mich ausliefern oder ausschalten soll.

Rader hat das Foto und den alten Zeitungsartikel bei Sheriff Gray zu Hause unter seinen Scheibenwischer geklemmt. Das ist seine Art zu sagen, dass er keine Angst vor der Polizei hat.

Oder vor mir.

Und mir kommt noch ein furchterregender Gedanke: Was, wenn Rader über Hayden Bescheid weiß? Ich beuge mich über die Toilette und würge, aber alles, was hochkommt, ist noch mehr Säure.

»Megan«, sagt Ronnie, »ich fahre Sie nach Hause.«

»Nein«, erwidere ich etwas zu streng. Sie meint es gut und ich klinge wie Frankensteins Braut. Ja, ich sollte ihr alles sagen, was ich weiß, damit sie sich selbst schützen kann, aber ich glaube, dass das alles von selbst aufhören wird, wenn ich Rader finden und töten kann.

»Das wird schon wieder«, gebe ich krächzend von mir. »Wir haben Arbeit zu erledigen. Ich werde mich vor der Vereidigungsfeier ein wenig ausruhen. Versprochen.« Falls Rader mich nicht vorher umbringt.

Ich gehe zum Waschbecken und mache den Lappen wieder nass. Ich wische mir übers Gesicht und schaue in den Spiegel. Mir ist es ziemlich egal, wie ich aussehe, aber ich muss so tun, als ginge es mir besser.

»Sehen Sie«, sage ich und zwinge mich zu einem Lächeln. »Schon viel besser. Danke.«

Ich sehe, dass Ronnie mir kein Wort glaubt, aber sie sagt nichts.

»Sie müssen vielleicht etwas für mich erledigen«, sage ich ihr. »Gehen wir zu Ihrem Schreibtisch.«

Ihr Tisch ist weiter weg von Nan. Als wir dort ankommen, nehme ich den Telefonhörer ab und drehe mich mit dem Rücken zu Nan, während ich die Nummer von Dans Laden anrufe. Der Anrufbeantworter springt an und ich hinterlasse eine Nachricht, dass er sich bei mir melden soll. Dann erinnere ich mich an die junge Frau, die für ihn arbeitet. Ich rufe noch mal an und wieder geht der Anrufbeantworter ran. Ich füge hinzu, dass seine Angestellte mich auf der Stelle zurückrufen soll, falls Dan nicht dort ist, und lege auf.

Ronnie sieht mich neugierig an. »Dan ist nicht auf der Arbeit?«

»Keine Ahnung. Er spricht nicht mit mir.«

»Sie haben mein Telefon benutzt, damit er die Nummer nicht erkennt?«

Sie ist klug.

»Vermutlich«, antworte ich. Es geht meinem Hals ein bisschen besser. Zumindest gut genug, um wieder deutlich zu sprechen. »Könnten Sie ihn auf dem Handy anrufen?«

Sie lässt es klingeln und legt auf, bevor die Mailbox anspringt. Ich glaube, ein Grund dafür, dass er nicht rangeht, könnte sein, dass er gerade draußen mit der Kettensäge arbeitet. Ich lasse sie noch einmal anrufen. Er geht nicht ran. Ich rufe von meinem eigenen Handy aus an. Nichts. Als die Mailbox anspringt, lege ich auf.

Es ist zehn Uhr morgens.
Er müsste um diese Zeit arbeiten.
»Gehen wir«, sage ich.
»Wollen wir zu Dan?«
»Erst muss ich zu Sheriff Gray.«
Ich gehe zu seinem Büro, klopfe und trete ein.

DREIUNDFÜNFZIG

Sheriff Gray gibt mir eine Galgenfrist bis heute Abend, wenn Ronnies Einstellungsfeier vorbei ist. Ich verspreche, dass ich ihm dann alle Fragen beantworte. Ich habe bereits einen Durchsuchungsbeschluss für Michael Raders Wohnmobil beantragt und er meint, dass er mich anruft, wenn er eintrifft. Er hat mit dem Richter gesprochen, der ihm obendrein einen Haftbefehl versprochen hat. Ich will Rader nicht verhaften, aber damit bin ich vorerst versorgt.

Wir fahren nach Port Townsend. Dans Laden liegt näher als seine Hütte. Ich fahre über ein paar gelbe Ampeln. Der Taurus liegt besser auf der Straße als die meisten offiziellen Polizeifahrzeuge und ich nutze das aus, wenn ich um die Kurven fahre. Vor Dans Laden halte ich an. Die Front liegt zur Bucht hin und ich will Ronnie sagen, dass sie im Auto warten soll, aber sie ist schon ausgestiegen.

Die Vorderseite des Ladens besteht aus einem großen Schaufenster, in dem er zahlreiche seiner Schnitzereien präsentiert. Darunter ein Grizzlybär, der doppelt so groß ist wie der, den ich zu Hause habe. Leuchttürme, einige davon rot und weiß bemalt wie die Barbier-Säulen vor Friseurläden, andere eher traditionell mit weiß getünchten Wänden. Adler, Kraniche, Wölfe, Büffel. Er war echt fleißig.

Ich schaue durch eine der Scheiben in der Tür und sehe den Verkaufstresen. Der Laden sieht verlassen aus. Ich drehe am Türknauf und die Tür springt auf. Ich schicke Ronnie los, um auf der Rückseite in Position zu gehen, dann trete ich ein. Ich bewege mich vorwärts und sehe ein Mädchen im Teenager-Alter mit einem Gewehr in den Händen. Sie hält es, als würde sie auf etwas zielen, das außerhalb meines Blickfelds liegt.

Ich warte nicht, bis Ronnie in Position ist. Mit der Waffe in der Hand bewege ich mich langsam, aber bestimmt auf das bewaffnete Mädchen zu. Sie steht so, dass ich ihr Gesicht nur von der Seite sehen kann, aber sie ist eindeutig noch ein halbes Kind. Glänzend schwarze Haare hängen ihr über die Schultern und den Rücken hinab. Sie ist etwa so groß wie ich. Ich richte meine .45er auf sie. Ich will vermeiden, das sie vor Schreck das Gewehr abfeuert, darum spreche ich in ruhigem Plauderton.

Sheriff's Office. Nicht umdrehen. Bitte legen Sie das Gewehr vorsichtig auf den Boden, Ma'am. Das hätte ich sagen sollen. In Wahrheit brülle ich sie an wie eine ganze Spezialeinheit: »Fallen lassen, Schlampe!«

Statt das Gewehr fallen zu lassen, dreht sie sich zu mir um, das Gewehr immer noch erhoben und im Anschlag, und mein Finger liegt plötzlich reflexartig am Abzug. Im allerletzten Sekundenbruchteil lasse ich los. Ich kann erkennen, dass das »Gewehr« aus Holz und Farbe besteht. Das Mädchen schaut mich an, die Augen groß und weit wie zwei Monde. Ihr Mund macht Bewegungen wie ein Fisch, der an Land gespült wurde.

Ich erinnere mich, dass Dan mir den Namen seiner Angestellten genannt hat. »Bist du Jess?«

Sie versucht zu sprechen, bekommt aber nur ein Krächzen über die Lippen. Sie nickt langsam, schaut dann auf das Holzgewehr in ihrer Hand, als wäre es eine Schlange, und wirft es von sich.

Ich stecke meine .45er zurück ins Holster und zeige ihr meine Marke. »Ich bin Detective Carpenter. Aus dem Büro des Sheriffs. Meine Partnerin ist auf der Rückseite des Gebäudes, darum werde ich sie jetzt reinlassen. Du bleibst hier, damit sie nichts tut.« Ich bin einmal in dem Laden gewesen, darum weiß ich, wo die Hintertür liegt.

»Sie meinen so was, wie Sie gerade getan haben?«, fragt Jess. Entweder hat sie sich schnell von dem Schrecken erholt oder sie ist nur eine Besserwisserin.

»Ja. Ich dachte, das Gewehr sei echt.« Das ist mir peinlich, aber nicht so peinlich wie wenn ich sie erschossen hätte.

Ich hole Ronnie zur Hintertür rein, nachdem ich ihr gesagt habe, dass sie ihre Waffe wegstecken soll. Dass ich fast Dans Aushilfe erschossen hätte, erzähle ich ihr nicht. Ich stelle Ronnie als Detective vor – das ist einfacher, als ihren ganzen Titel zu nutzen und die Person glauben zu lassen, sie wäre nur ein Aushilfs-Cop.

»Sie haben mich zu Tode erschreckt«, sagt Jess. Sie hat die Hand auf der Brust. Sie ist nicht erschrocken. Sie ist eine Drama-Queen.

Sie ist Ureinwohnerin. Siebzehn. Im letzten Jahr der Highschool. Und hübsch. Sie und Ronnie werden sich prächtig verstehen.

»Jess, ich habe angerufen und auf den Anrufbeantworter gesprochen. Dan geht auch nicht ans Telefon«, erkläre ich ihr.

»Sie sind *die* Megan Carpenter. Dans Freundin. Er hat mir Geschichten über Sie erzählt.«

Sie scheint schwer beeindruckt zu sein, darum korrigiere ich die Sache mit der Freundin nicht.

»Ich muss Dan finden. Weißt du, wo er ist?«

Sie guckt nach oben und in alle Richtungen, als könnte Dan an der Decke hängen. »Er ist nicht hier.«

Das sehe ich selber. Der hintere Teil des Ladens besteht aus einem großen Raum mit einer langen Werkbank, aber es gibt zwei Türen. Einen Eingang und eine breite Tür für Anlieferungen.

»Weißt du, wie ich ihn erreichen kann?«

»Ist er nicht zu Hause?«, fragt sie.

Ich würde ihr am liebsten eine knallen, tue es aber nicht. »Jess, es ist wirklich dringend, dass ich Dan finde. Hast du irgendeine Idee, wo er ist oder wie ich ihn erreichen kann?«

Sie schüttelt den Kopf, und ich balle die Hand unwillkürlich zur Faust.

»Was würdest du tun, wenn es einen Notfall gibt? Bei wem meldest du dich?« Ich bin fast ruhig, als ich das frage.

»Ich würde den Sheriff anrufen. Aber Sie sind ja schon hier.«

Ich werfe Ronnie einen hilfesuchenden Blick zu, aber sie hat die Hand auf dem Mund, um ihr Grinsen zu verbergen.

Ich versuche es mit Ja-Nein-Fragen: »War er heute Morgen hier?« Es funktioniert nicht.

»Gestern war er hier. Er hat mir für heute ein paar Anweisungen hinterlassen. Alles, was ich mache, ist, die Kasse zu bedienen und ans Telefon zu gehen.«

Das Ans-Telefon-gehen macht sie nicht besonders gut. Ich frage mich, ob ich mit siebzehn auch so begriffsstutzig war, beschließe aber, dass ich das nicht war. Nicht mal mit sechs. Ich hatte keine Gelegenheit, Fehler zu machen. Das hätte jemanden das Leben kosten können. So wie jetzt gerade, als ich sie beinahe erschossen hätte. Und vielleicht tue ich das noch.

Ich überlasse Ronnie die Befragung. Vielleicht sieht Jess noch die Mündung meiner .45er vor ihrem geistigen Auge. Ronnie ist weniger bedrohlich.

»Du kannst mich Ronnie nennen«, sagt sie und schüttelt Jess die Hand. Ronnie hat an ihrem Griff gearbeitet. Meine Idee. Ihr Handschlag hatte sich angefühlt, als würde einem

Wasser durch die Hand rinnen. Inzwischen hat sie sich zur Härte eines Schaumstoffball hochgearbeitet.

»Kommt Dan heute ins Geschäft?«, fragt sie.

»Er sollte hier sein, als ich aufgeschlossen habe. Ich habe einen Schlüssel, für den Fall, dass er sich verspätet.«

»Und um wie viel Uhr hast du aufgemacht?«

»Halb sieben. Naja, Viertel vor sieben oder so. Der Schlüssel war nicht da, wo er ihn normalerweise liegen lässt, also musste ich ihn erst eine Weile suchen. Er ist sonst immer vor mir hier, aber er hat mir gestern Abend eine Notiz dagelassen, auf der steht, was ich heute machen soll.«

»Können wir die Notiz mal sehen?«

Jess geht hinter den Tresen und holt den Zettel aus einem Notizblock hervor. Sie reicht ihn Ronnie. Vermutlich ist sie immer noch sauer auf mich, dass ich ihr eine Waffe vors Gesicht gehalten habe.

Ronnie reicht die Nachricht an mich weiter. Sie ist handgeschrieben.

Jess, kümmere dich für mich um den Laden, bis ich zurückkomme.

Ich bin keine Handschriftenexpertin, aber es sieht wie Dans perfekte Schrift aus. Ich zeige sie Jess und frage: »Ist das Dans Handschrift?«

Sie schüttelt den Kopf. »Woher soll ich das wissen? *Sie* sind seine Freundin.«

Wieder balle ich die Hand zur Faust und stopfe sie in meine Tasche. »Hast du versucht, ihn anzurufen?«

»Wann?«, will sie wissen.

»Heute?«

»Nein.« Sie guckt mich an, als hätte ich sie darum gebeten, die Distanz von der Erde zur Sonne zu berechnen.

»Wann hast du ihn das letzte Mal gesehen?«

»Vor ein paar Tagen. Keine Ahnung.«

»Wie viele Tage?«

»Gestern früh.«

»Gestern früh um welche Uhrzeit?«

»Was sollen all die Fragen? Ist er irgendwie in Schwierigkeiten? Verliere ich meinen Job?«

Ronnie macht mich stolz. Sie legt Ms Dumpfbacke die Hand auf die Schulter und sagt: »Mit uns hat er keine Schwierigkeiten. Du aber vielleicht schon, wenn du nicht langsam anfängst, unsere Fragen zu beantworten.« Sie sagt das mit Nachdruck und scheint Jess damit aus ihren kindischen Spielchen zu reißen.

»Ich weiß nicht, wo er ist. Ehrlich. Er war gestern Morgen hier, als ich zur Arbeit kam. Ich war etwa um halb sieben hier und bin um halb sechs gegangen. Als ich ging, war er noch hier. Sein Pick-up stand hinterm Laden. Seit ich gestern gegangen bin, habe ich nichts mehr von ihm gehört. Er hat nie erwähnt, dass er heute nicht hier sein würde. Ich kam heute Morgen um halb sieben, und sein Wagen stand nicht hinten. Er hat mir nicht gesagt, ob er heute noch kommt oder nicht, aber normalerweise ist er vor mir hier.«

»War die Vordertür verschlossen oder offen, als du heute morgen hergekommen bist?«, frage ich.

»Ich dachte, dass sie noch verschlossen ist. Ich habe die Tür mit dem Schlüssel geöffnet, erinnere mich aber nicht, ob sie abgeschlossen war oder nicht. Ich dachte, dass ich sie hinter mir abgeschlossen habe. Darum habe ich mich so erschrocken, als Sie mich angebrüllt haben. Die Türen vorne und hinten hätten abgeschlossen sein sollen.«

»Ruf ihn an«, sage ich. Wenn *ich* anrufe, geht er nicht ran. Er war wirklich sauer, als er das Restaurant verließ. Aber bei Jess geht er vielleicht ran. Sie zögert nur den Bruchteil einer

Sekunde, dann zieht sie ein Handy aus der Gesäßtasche ihrer hautengen Bluejeans. Sie wählt und wartet. Nachdem es ein Dutzend Mal geklingelt hat, guckt sie irritiert. Sie unterbricht die Verbindung, bevor ich sie aufhalten kann.

»Nicht mal seine Mailbox ist angesprungen«, sagt sie. »Das ist wirklich seltsam.«

VIERUNDFÜNFZIG

Wir sind wieder im Taurus. Das passt ganz und gar nicht zu Dan. Nichts davon. Ich habe Ronnie nichts von dem kleinen Streit erzählt, den er und ich neulich hatten. Das geht sie nichts an, aber jetzt wird es langsam notwendig.

»Mir ist aufgefallen, dass Sie Jess bei Dan haben anrufen lassen«, sagt Ronnie. »Glauben Sie, dass er nicht rangeht, wenn Sie anrufen? Hatten Sie Streit?«

»Wir waren neulich auf ein paar Drinks aus, und ich hatte einen zu viel.«

Warum lüge ich?

»Er war sauer, weil Sie zu viel getrunken haben?«

»Das ist nicht wichtig, Ronnie. Wir müssen ihn einfach nur finden.«

»Megan, wenn ich Ihnen helfen soll, muss ich wissen, was los ist. Ich verstehe nicht, warum wir nach Dan suchen. War er auch ein Freund von Mrs Delmont? Sie haben mir nicht viel darüber erzählt, warum wir mit diesen anderen Leuten gesprochen haben. Und ich glaube, dass Sie dem Sheriff Informationen verheimlichen.«

Ronnie war eine große Hilfe. Eigentlich eher eine Partnerin. Aber wie viel ich ihr sagen kann, kann ich nicht einschätzen. Sie hat eine gute Intuition. Das ist das Problem dabei, dass ich ihr zu wenig erzähle.

»Ich werde Ihnen etwas erzählen, das nur der Sheriff und ich wissen. Das heißt, wenn Sie es irgendjemandem erzählen, werde ich Sie umbringen müssen.«

Sie kann mir im Gesicht ablesen, dass ich nicht scherze.

»Sie wissen doch, dass Sie mir vertrauen können.« Sie weiß ohnehin schon Dinge, die ich niemandem sonst verraten habe. Sie hat mich quasi dabei beobachtet, wie ich letzten Monat diesen Kerl hingerichtet habe, der mich angeschossen hat und drauf und dran war, sie zu vergewaltigen. Ich habe ihm die Eier abgeschossen, während er noch gelebt hat. Er war ein Vergewaltiger und ein Mörder. Er hat bekommen, was er verdient hat.

»Okay, ich vertraue Ihnen«, lüge ich. »Ich kannte Monique Delmont. Ich war besser mit ihr befreundet, als ich zugegeben habe. Ich war früher schon in ihrem Haus.«

In Ronnies Blick kann ich sehen, wie verletzt sie ist. Ich habe sie angelogen.

»Ich habe sie seit etlichen Jahren nicht mehr gesprochen und hatte keinen Schimmer, dass sie wusste, dass ich hier arbeite.« So viel ist wahr.

»Das Foto von Ihnen, wie Sie aus dem Büro des Sheriffs kommen«, sagt Ronnie. »Jetzt ergibt das Sinn.«

»Ich glaube nicht, dass Monique das Foto gemacht hat«, antworte ich. »Ich glaube, der Mörder will mir zeigen, dass er weiß, wo ich war.« Das erklärt nicht, warum ich Gabrielle für gefährdet halte, also füge ich hinzu: »Ich habe ihre Tochter nie getroffen, gehe aber davon aus, dass der Mörder verrückt ist und Menschen tötet, die auch nur entfernt mit ihr in Verbindung stehen. Und mit mir.«

»Warum sollte der Mörder hinter *Ihnen* her sein, Megan?«

Ja. Verdammt. Ich improvisiere und hoffe, dass sie die Lüge nicht durchschaut.

»Vielleicht hat es der Mörder gar nicht speziell auf mich abgesehen. Vielleicht dreht sich alles um Monique. Dan hat mir das Foto gezeigt, das Sheriff Gray am Tatort gefunden hat. Darüber haben wir uns gestritten. Er sagte, dass das jemand bei ihm im Laden hinterlassen hätte und wollte wissen, was los ist. Er wusste, dass wir an diesem Mordfall arbeiten, und wollte wissen, ob das Foto damit in Verbindung steht. Er wollte wissen, warum der Mörder ihm eines davon zugesteckt hatte. Ich konnte es ihm nicht sagen.

Ich wünschte, ich hätte ihm irgendetwas erzählt. Irgendwas. Er hätte an irgendeinen sicheren Ort gehen können, wo er aus der Schusslinie ist, so wie Gabrielle, bis das alles vorbei ist.«

Aber ich konnte nicht riskieren, dass er von meiner Vergangenheit erfährt. Jetzt wird er quasi vermisst und ich verliere ihn womöglich.

»Sie haben getan, was Sie für das Beste hielten, Megan. Ich kenne Sie, und Sie würden niemanden bewusst in Gefahr bringen. Mir ist nicht klar, warum Sie das geheim halten wollten, aber das ist auch egal. Ich bin dabei.«

Ich könnte sie umarmen. Aber ich mag es nicht so richtig, wenn Menschen mich berühren. Was auf Gegenseitigkeit beruht.

»Wir müssen noch einen kleinen Ausflug machen«, sage ich.

»Dan lebt drüben in Snow Creek, oder?«

Ich lege den Gang ein und fädele mich vorsichtig in den Verkehr ein. »Können Sie weiterhin versuchen, ihn anzurufen?«

Sie tut es.

Ich melde mich in der Zentrale. Die Kollegen, die Dans Geschäft im Auge behalten, haben ihn nicht gesehen. Ich nehme die State Route 20 zur Discovery Bay, wo ich nach Süden auf den Highway 101 abbiege, bis dieser sich wieder nach Norden in Richtung National Forest Service Road 2850 wendet. Auf der Karte sieht das wie eine unnötig weitschweifige Straßenführung aus, aber es ist der schnellste Weg, um die fast vierzig Kilometer bis zu Dans Hütte zurückzulegen.

Ronnies Navi leitet uns, bis ich ihr sage, dass sie es ausschalten soll. Ich kenne den Weg und die weibliche Stimme ihres iPhones beginnt, mir den letzten Nerv zu rauben. Ronnie muss die Stille füllen, wenn das Navi aus ist, und sie enttäuscht mich nicht.

Ich versuche, auf Durchzug zu stellen, und hänge meinen eigenen Sorgen und Gedanken nach. Ich schelte mich selbst dafür, meine Sorge um Dan gestern Abend mit niemandem geteilt zu haben. Ich hätte darauf bestehen können, dass er in einem Motel außerhalb der Stadt bleibt. Oder sogar bei mir. Irgendwie kann ich mir Dan nicht auf der Flucht vorstellen. Er ist nicht wie ich. Schon gar nicht, wenn er glauben würde, in Gefahr zu sein. Ich kenne ihn nicht allzu gut, bin mir aber sicher, dass er mich mit seinem Leben beschützen würde. Ich würde für ihn dasselbe tun. Das kann ich nicht von vielen Menschen behaupten.

Die Snow Creek Road liegt direkt vor uns und ich blicke nach Norden in das Gebiet, in dem etliche Leute abgelegene Hütten haben und sogar die ein oder andere Farm betreiben. Sie liegen alle mindestens anderthalb Kilometer auseinander und Hunderte Meter von der Straße entfernt am Ende von gewundenen Schotterwegen. Sie genießen fast absolute Privatsphäre. Ich erinnere mich an das letzte Mal, als ich hier war. Eine Teenagerin hatte eine gesamte Familie ermordet. Eine andere Frau hatte die mumifizierte Leiche ihrer Freundin jahrelang als Gesellschaft in ihrer Hütte behalten. Vielleicht treibt einen die völlige Abgeschiedenheit in den Wahnsinn. Das Gefühl, allein zu sein, verwandelt sich in Bilder, die man sieht, und diese führen zu Angst. Und die einzige Möglichkeit, seine Manie auszuleben, ist an den anderen.

Ein weiterer Nachteil der Abgeschiedenheit ist, dass

niemand hört, wenn du in Schwierigkeiten bist. Dan arbeitet hier an seinen Kettensägen-Schnitzereien, aber den Lärm hört man erst, wenn man in der Nähe ist.

Ich erreiche die Abbiegung zu seinem Haus und rieche Rauch. Ich sehe ihn wie Nebel zwischen den Bäumen hängen, aber es ist nichts Ungewöhnliches, dass die Leute hier draußen ihren Müll verbrennen.

»Jemand macht ein Lagerfeuer«, sagt Ronnie. »Ich hoffe, sie sind vorsichtig. Ich will nicht mitten in einem Waldbrand landen.«

Ich auch nicht, aber ich fahre durch den Rauch, um herauszufinden, ob es Dan gut geht. »Rufen Sie die Zentrale an und sagen Sie ihnen, dass wir hier dichte Rauchentwicklung haben. Sie sollen nachschauen, ob das schon jemand gemeldet hat.«

Ronnie telefoniert, während ich die Piste entlang brettere. Ich kann Dans Haus vor uns sehen. Es brennt nicht, aber der Rauch ist dort sehr viel dichter.

»Sie sagen, dass sie nichts haben, aber sie schicken einen Heli, um das Gebiet zu prüfen und nach Feuer Ausschau zu halten.«

Ich biege auf die Parkfläche und entdecke auf der Stelle die Quelle des Rauchs. »Rufen Sie noch mal an, sie sollen ein Tanklöschfahrzeug schicken.«

Jemand hat Dans Holzarbeiten zu einem riesigen Feuer aufgeschichtet. Das müssen mindestens ein Dutzend Stücke sein, wenigstens zwei Meter hoch aufgestapelt. Die Flammen schlagen mindestens dreimal so hoch. Dans Pick-up steht sechs Meter daneben, und ich habe Angst, dass er Feuer fangen oder explodieren könnte.

Dan hat etliche Schaumlöscher in der Nähe, aber ich glaube nicht, dass das reichen wird. Auf seiner kleinen, zugestellten Veranda sind zwei Löschkanister. Ich nehme einen davon und Ronnie den zweiten. Ich ziehe den Sicherheitsstift heraus. Der Löscher ist schwerer als erwartet. Ich habe auf der

Polizeischule gesehen, wie man sie benutzt, aber selbst nie einen in der Hand gehalten. Ich erinnere mich an eine der Anweisungen. Über das Fauchen der Flammen hinweg rufe ich Ronnie zu: »Ronnie, schwenken Sie von einer Seite zur anderen, fangen Sie unten an und arbeiten Sie sich nach oben vor.«

Ronnie zieht den Stift und klemmt sich den Kanister unter den Arm mit dem kaputten Handgelenk. Sie nähert sich dem Feuer und drückt den Hebel. Weißer Schaum ergießt sich über das verkohlte Holz.

Ich sehe, dass Ronnie das Feuer so gut unter Kontrolle hat, wie es nur geht, bis die Feuerwehr hier eintrifft. »Ich suche nach Dan«, sage ich und renne zum Haus. Die Tür steht einen Spalt offen. Das tut Dan nicht mal, wenn er zu Hause ist. Er lebt mitten im Nirgendwo, aber das bedeutet nicht, dass hier nichts gestohlen wird. Ich betrete das Haus und halte noch immer den Feuerlöscher in der Hand.

Es ist keine große Hütte. Der Eingangsraum dient gleichzeitig als Wohnzimmer und Küche. Hinten gibt es ein kleines Schlaf- und ein Badezimmer. Der erste Raum ist leer. Ich gehe hinter den Tresen, der die Küche vom Rest abtrennt, doch auch hier sieht alles normal aus. Die Schlafzimmertür ist geschlossen.

Ich lege eine Hand darauf. Die Tür fühlt sich kühl an. Ich stoße sie auf und gehe rein, den Feuerlöscher schussbereit an der Hüfte. Nichts. Die Seite von Dans Bett, auf der er schläft, ist zerwühlt. Ich war noch nie in seinem Schlafzimmer. Ich werfe einen Blick in den winzigen Schrank. Es gibt noch ein paar weitere Holzfällerhemden, abgetragene Jeans, Arbeits-Overalls, Stiefel, Schuhe und einen blauen Anzug mit einem weißen Hemd auf demselben Bügel.

Im Badezimmer nichts Auffälliges: Eine Zahnbürste, Zahnpasta, die noch offen am Waschbecken liegt. Das Handtuch ist noch feucht, die Dusche wurde erst kürzlich benutzt.

Ich drehe mich um, um Ronnie draußen zu helfen, als ich etwas auf Dans Kopfkissen bemerke. Es ist das einlaminierte

Foto von mir als Rylee, das Dan bei sich hatte. Ich stecke es ein. Kein Blut auf der Matratze oder dem Kopfkissen. Kein Blut im Badezimmer oder sonst irgendwo im Haus, wo ich nachgesehen habe.

Und keinerlei Spur von Dan Anderson.

Ich laufe nach draußen und sprühe Schaum auf das Feuer, aber diese Löschkanister haben keine Chance, die Feuersbrunst zu bändigen, die alles in Sichtweite zu verschlingen droht.

Dann höre ich das vertraute Geräusch einer Feuerwehrsirene, die nicht allzu weit entfernt ist. Ihr Timing hätte nicht besser sein können. Beiden Löschkanistern geht der Schaum aus.

FÜNFUNDFÜNFZIG

Nachdem die Feuerwehrleute eingetroffen sind, zwänge ich den Taurus an ihrer Ausrüstung vorbei und parke auf der Forest Service Road 2850 in sicherer Entfernung von dem Brand. Ich sitze mit Ronnie im Auto und beobachte die Flammen, die über die Bäume aufragen. Wir haben vermutlich Dans Haus gerettet, indem wir so schnell gehandelt haben, aber von seinen Schnitzereien wird ganz sicher nur Asche übrig bleiben. Ich denke an den Bären, den er geschnitzt und mir geschenkt hat und wie ich ihn umgestellt habe, weil er mir im Weg war. Manchmal kann ich echt gemein sein. Ich muss die Dinge mehr zu schätzen lernen, aber ich bin damit aufgewachsen, ständig umzuziehen und innerhalb von Minuten alles zurückzulassen. Ich habe nie gelernt, mich an Dinge zu binden.

Ronnie sitzt mit vor der Brust verschränkten Armen da. Wir stinken beide nach Rauch. Wir haben die Fenster unten und Rauch weht in unsere Richtung, als der Wind dreht.

»Vielleicht ist jemand aus ganz anderen Gründen sauer auf ihn und hat deshalb alles angezündet? Oder es hat von selbst angefangen. Spontane Selbstentzündung.« Sie klingt nicht so, als würde sie das glauben. Ich tue es nicht. Das Feuer sollte mich hierher locken. Davon bin ich überzeugt. Nun, ich bin hier. Was jetzt?

»Ich glaube, dass wir zumindest sein Haus gerettet haben, Megan.«

Ich antworte nichts. Sie versucht, mir zu helfen, damit ich mich besser fühle. Es funktioniert nicht, aber ich bin ihr trotzdem dankbar. Sie ist hier, bei mir, obwohl sie in Kürze im Büro vereidigt werden sollte. Sheriff Gray muss den Verstand verlieren vor Sorge. Er weiß nicht, wo wir sind.

»Rufen Sie noch einmal im Laden an und fragen Sie Jess, ob sie von ihm gehört hat.«

Ronnie ruft in Dans Laden an und der Anrufbeantworter meldet sich. Sie hinterlässt eine Nachricht, dass Dan oder Jess sie so schnell wie möglich zurückrufen sollen und dass es um eine polizeiliche Angelegenheit geht. Während sie das tut, klingelt mein Handy und ich ziehe es aus der Tasche.

Es ist Dans Handynummer.

»Wo warst du?«, melde ich mich ein bisschen schroffer als geplant. Er antwortet nicht. »Die Feuerwehr ist an deinem Haus.« Noch immer keine Antwort. Ich beginne, ein bisschen sauer zu werden. Und dann wird mir eiskalt. »Wer ist da?«, frage ich.

Eine künstliche Stimme dringt aus dem winzigen Lautsprecher. »Habe ich deine Aufmerksamkeit?«

Was zur ...? »Wer ist da?«, frage ich, obwohl ich die Antwort längst kenne: Rader. »Wo ist Dan?«

»Er ist bei mir. Er lebt. Noch.«

»Warum tun Sie das? Und warum der Stimmenverzerrer? Glauben Sie, ich zeichne den Anruf auf?«

»Du kennst den Grund, Rylee.«

»Ich glaube, Sie verwechseln mich mit jemandem«, antworte ich.

Ronnie lehnt sich zu mir rüber, um besser hören zu können. Ich schiebe sie weg.

»Oh, das bezweifle ich«, sagt die roboterhafte Stimme. »Ich folge deiner Karriere sehr genau, seit du Alex und Marie ermordet hast. Ich war dort, als du das Auto deiner Tante in den Fluss gefahren hast. Hast du das Geschenk erhalten, dass ich im Haus deiner Freundin zurückgelassen habe?«

Ich vermute, dass Rader Monique meint. Aber etwas an der Art, wie er spricht, ist anders. Zum Beispiel diese Pause zwischen den letzten Wörtern. Es hört sich an, als würde er sie von einem Teleprompter ablesen. Ich habe mal einen Deputy mit einem Computerprogramm herumspielen sehen, das so was konnte. Damit konnte man die Stimme in alles verwandeln – einen Mann, eine Frau, Zeichentrickfiguren, Berühmtheiten.

»Warum Dan? Was wollen Sie von ihm?«

»Er hat dir gehört. Und jetzt gehört er mir. Auge um Auge. So handelst du doch. Oder, Rylee?«

Mir stockt der Atem. Alex Rader, der Serienmörder, hat diese Worte zu meiner Mom gesagt. Er sagte ihr, dass sie ihm gehörte. Dass *ich* ihm gehörte. Und dass er mich holen würde. Aber Alex Rader ist tot.

»Das habe ich mal geglaubt«, antworte ich vorsichtig. Ich will nicht zu sehr ins Detail gehen, während Ronnie neben mir sitzt, aber die Person am anderen Ende der Leitung will es mir offensichtlich unter die Nase reiben. »Lassen Sie mich mit ihm sprechen.«

Rader, oder das verdammte Computerprogramm, lacht. »Ich weiß, dass deine Freundin im Auto sitzt. Lass mich mit ihr sprechen.«

Arschloch. Er weiß, dass ich das nicht tun würde. »Was wollen Sie?«

»Ich habe, was ich von dir will. Verstehst du es? Ich habe *dir* zwei genommen.«

»Hören Sie mir zu, Michael. Ich habe nicht ...«

Wieder dieses seltsame Siri-artige Lachen. »Du weißt nicht, wer *ich* bin, aber ich weiß, wer *du* bist, Rylee.«

Ich schweige und denke fieberhaft nach. Er lügt. Versucht, mich zu verwirren. Oder er glaubt, dass ich den Anruf aufnehme, und will seinen Namen raus halten. Aber wenn es nicht Michael ist, wer dann? Vielleicht gibt es noch einen Bruder, von dem ich nichts weiß. Einen Sohn. Vielleicht jemand aus Maries Familie.

»Sie sind die Person, die die Fotos zurücklässt. Erst bei Monique, und dann bei Dan.«

»Ich habe Sheriff Gray auch etwas dagelassen. Hat er es bekommen?«

Er meint den Zeitungsartikel.

»Rylee, Rylee. Du verschwendest Zeit, und davon bleibt dir nicht mehr viel. *Dan* bleibt nicht mehr viel Zeit. Noch lebt er, aber ich überlege, ihn genau so in Form zu schnitzen wie er den Bären auf deinem Schreibtisch, den er dir geschenkt hat. Ich habe noch nie eine Kettensäge benutzt. Klingt nach Spaß.«

»Hören Sie mir zu, Michael. Wenn Sie Dan gehen lassen, unverletzt, dann werde ich Sie nicht jagen, um Ihnen echten Schmerz zu zeigen. Sie wissen, dass ich das kann. Ich werde nicht aufhören, bevor ich Sie gefunden habe. Hören Sie mich?« Ich empfinde mehr als Wut oder Hass. Der Zorn hat mich auf eine ganz neue Ebene gehoben.

»Geht es dir besser? Du weißt, dass ich dich beobachte. Ich komme dich holen. Und deine Freunde. Du wirst nicht wissen, wann oder wo ich mir wieder einen schnappe. Du kannst dir nur über eines sicher sein: Am Ende werde ich dich töten, Rylee.«

Ich hätte ihn nicht provozieren sollen. Zu spät wird mir klar, dass er Dan vielleicht früher umbringt. »Lassen Sie mich mit Dan sprechen«, sage ich in eine tote Leitung.

Ich lasse das Handy auf den Sitz fallen. Ronnie beobachtet mich schweigend. Keine Ahnung, wie viel sie von dem Anruf hören konnte, aber selbst ein bisschen ist zu viel.

»Sie hätten den Anruf aufnehmen sollen«, sagt sie.

Für eine Sekunde denke ich darüber nach.

»Nicht nötig.«

»Warum nicht?«

Gute Frage. Ich habe darauf keine Antwort. Ich nehme das Handy wieder hoch und lasse mir den letzten Anruf anzeigen. »Wenn ich Ihnen die Nummer gebe, können Sie das Handy orten?«

»Ich kann es versuchen.«

Ich gebe ihr die Nummer und sie beginnt, am Handy zu arbeiten. »Pech gehabt«, sagt sie. »Im Büro kann ich versuchen, den letzten Sendemast zu ermitteln, den das Handy angepingt hat. Falls wir ins Büro zurückfahren, heißt das.«

Ich habe keine andere Wahl, als ins Büro zu fahren und zu hoffen, dass Rader erneut anruft. Er spielt mit mir. Er wird Dan nicht töten, bevor er nicht fertig damit ist, mich zu quälen.

SECHSUNDFÜNFZIG

»Das ist nicht der Weg nach Port Hadlock«, sagt Ronnie.

»Kurzer Boxenstopp.«

»Fahren wir nach Port Townsend?«

»Ja.«

Es spricht für sie, dass sie nicht nach dem Grund fragt. Ich habe so ein Gefühl, dass Rader während des Telefonats nicht einfach nur mit mir gespielt hat. Er hat mir einen Hinweis gegeben. Ich trete aufs Gas, bis ich den Stadtrand erreiche. Ich fahre an Dans Laden vorbei, nur auf die vage Möglichkeit hin, dass jemand dort ist oder ich etwas Ungewöhnliches bemerke.

Nichts.

Ich halte vor meinem Haus. Alles scheint noch so zu sein, wie ich es heute Morgen zurückgelassen habe. Rader wusste von dem Bären in meiner Wohnung. Aber er lag falsch, was den Ort betrifft. Ich habe ihn vor einer Woche neben die Tür gestellt, aber er meinte, er stünde auf meinem Schreibtisch.

Ich will allein hineingehen, aber Ronnie ignoriert meine Anweisung. Daran müssen wir noch arbeiten. Ich öffne die Tür und gehe in Haus. Ich sehe sofort, dass der Bär nicht an der Tür steht. Ich habe die Waffe in der Hand, und als ich einen Blick zu Ronnie werfe, sehe ich, dass sie ebenfalls bewaffnet ist. Manchmal übernehmen einfach die Reflexe.

Ich flüstere Ronnie zu, dass sie an der Tür Posten beziehen und die Vorderseite des Hauses im Blick behalten soll. Sie nickt. Ich forme stumm mit den Lippen: »Erschießen Sie mich nicht.« Vermutlich ist das unnötig, aber ich fühle mich sicherer, ihr den Gedanken nochmals in den Kopf gepflanzt zu haben.

Ich überprüfe die Küche und gehe weiter ins Arbeitszimmer. Der Bär steht auf meinem Schreibtisch und schaut mich an. Etwas steckt ihm zusammengerollt im Maul.

Ich will wissen, was es ist, überprüfe aber zuerst, ob niemand im Badezimmer oder im Schlafzimmer ist. Dann hole ich einen Handschuh aus der Tasche und ziehe ihn über. Dem Bären steckt eine Rolle aus Papier mit dem Durchmesser einer Zehn-Cent-Münze im Maul. Ich ziehe sie heraus und fühle, dass etwas in dem Papier steckt. Mir wird eiskalt. Meine Fantasie geht mit mir durch und ich will plötzlich gar nicht mehr wissen, was mir hier zurückgelassen wurde.

Vom Eingang her ruft Ronnie: »Megan. Bei Ihnen alles in Ordnung?«

Blöde Frage. Wenn nicht alles in Ordnung wäre, könnte ich nicht antworten. Ich bin es noch nicht gewohnt, mit einer Partnerin zu arbeiten, aber es ist gut, dass jemand auf mich aufpasst. Wenn ich nicht antworte, wird sie zu mir kommen, und das möchte ich nicht.

»Noch eine Minute«, rufe ich zurück.

Ich entrolle das Papier. Ein abgetrennter Finger fällt heraus und auf meinen Schreibtisch. Mein Puls geht schneller. Etwas ist auf das Papier geschrieben, aber meine Aufmerksamkeit richtet sich auf das Maul des Bären. Dan hat ihn mit weit aufgerissenem Mund geschnitzt. Tief in seinem Maul steckt noch etwas. Ich hole mein Handy heraus und leuchte mit der

Taschenlampe hinein. Es ist ein weiterer Finger. Ich benutze einen Füllfederhalter vom Schreibtisch, um ihn herauszuheben. Beide Finger sind lang und dünn. Fast wie von einer Frauenhand, aber auf den Knöcheln sind dunkle Haare. Ich erkenne, dass es nicht Dans Finger sind, und mein Puls beruhigt sich. Seine sind viel breiter und schwieliger. Erleichterung erfüllt mich, obwohl mir klar ist, dass sie irgendeiner bedauernswerten Seele gehören.

Ich ziehe einen Beweismittelbeutel aus der Tasche, benutze ihn, um die Finger aufzunehmen und stülpe den Beutel dann um. Ich verschließe ihn mit den Fingern darin und stecke ihn ein. Dann entrolle ich den Zettel wieder.

Rylee. Du weißt, wo ich bin. Heute Abend. Nach Sonnenuntergang.
Komm allein, oder ich werde ihn töten. Bring eine Waffe mit, und ich werde ihn töten. Erzähle es irgendjemandem, und er wird sterben. Wenn du nicht kommst, wirst du mich niemals finden. Ich werde dich finden.

Ich höre Schritte im Flur und stecke die Nachricht in die Tasche meines Blazers. Ronnie kommt rein und schaut mich fragend an.

»Alles in Ordnung«, sage ich. »Niemand hier und nichts fehlt.« Das ist nur teilweise gelogen. Etwas wurde hiergelassen. »Fahren wir ins Büro. Finden wir raus, ob Sie Dans Handy orten können.«

Bevor wir gehen, überprüfe ich alle Fenster. Sie sind verriegelt und ich sehe keine Spuren an den Schlössern, die von einem Werkzeug stammen könnten. Da ist jemand ziemlich geschickt darin, Schlösser zu knacken.

Auf dem Weg zum Büro fahre ich wieder an Dans Laden vorbei. Er ist gut verschlossen. Ich habe nicht erwartet, Dan dort zu finden. Ich kenne weder den Nachnamen noch die Telefonnummer von Jess. Es wäre ohnehin sinnlos, sie anzurufen. Sie ist so helle wie eine zerbrochene Glühbirne.

»Ronnie, Sie müssten etwas für mich tun, das Ihnen vielleicht nicht gefällt.« Sie erwidert nichts, und das ist gut. »Der Sheriff wird von dem Feuer an Dans Hütte erfahren haben, aber ich will nicht, dass er von dem Anruf erfährt, den ich von Dans Handy erhalten habe. Oder dass wir mein Haus überprüft haben. Verstanden?«

»Sie werden seine Hilfe brauchen.«

»Ich will diesen Kerl kriegen. Ich will ihn nicht verscheuchen.«

»Der Anruf war von ihm, oder?«

Ich nicke.

»Er will sich mit Ihnen treffen.«

Ich antworte nichts.

»Er hat etwas in Ihrem Haus zurückgelassen, oder? Ich meine, Sie haben manchmal einen seltsamen Geschmack, aber ich glaube nicht, dass Sie einen fast einen Meter großen Bären auf ihrem Schreibtisch stehen haben.«

Ronnie ist clever. Das vergesse ich immer wieder. »Ich will das alleine regeln«, antworte ich.

»Wegen Ihrer Freundschaft zu Monique Delmont.«

»Ja«, antworte ich. Aber vor allem, weil ich Michael Rader die Haut abziehen will.

»Ich werde nichts davon verraten, wenn Sie etwas für mich tun«, sagt sie schließlich.

Ich warte. Ich habe eine Vermutung, was sie sagen wird und dass meine Antwort Nein lauten wird.

»Ich will mitkommen.«

»Ich will nicht, dass Sie mitkommen, aber okay. Aber Sie tun exakt das, was ich Ihnen sage.«

»Werde ich. Wir sind ein gutes Team, Megan. Ich will

nicht, dass Ihnen etwas zustößt, wenn ich es vielleicht hätte verhindern können. Damit könnte ich nicht leben.«

Du kannst auch nicht damit leben, wenn er dich umbringt. Ich habe nicht vor, sie mitzunehmen, weiß ihre Geste aber zu schätzen. Sie ist mir sehr ähnlich. Sie kann nur nicht so gut lügen.

SIEBENUNDFÜNFZIG

Wir fahren zurück ins Büro. Diesmal schaue ich nicht automatisch zu den Bäumen auf der Suche nach einem Stalker. Er hat seinen Zug gemacht. Jetzt bin ich dran.

Ronnie nutzt ihr technisches Können für den Versuch, Dans Handy zu orten oder die Gegend, aus der er das letzte Mal angerufen hat. Sheriff Gray ist nicht im Büro. Vermutlich ist er unterwegs, um Kuchen und Getränke für die Feier nach der Vereidigung zu besorgen.

Ich sitze an meinem Platz, meine Gedanken rasen. Ich habe Angst um Dan. Er bedeutet mir mehr, als mir bewusst war. Ich würde alles dafür geben, dass er nicht in die Sache verwickelt ist. Ich würde auf der Stelle mit ihm tauschen. Das will Rader aber nicht. Er will mich tot sehen, aber er will mich auch leiden sehen. Es würde nicht so weh tun, wenn es mir egal wäre. Wenn ich niemals eine Beziehung eingegangen wäre. Meine Freunde und meine Familie sind mein Kryptonit. Ich überlege mir, wer Rader etwas bedeuten könnte. Jemand, den ich nehmen und dem ich wehtun könnte, damit er leidet. Die beiden Menschen, von denen ich weiß, dass sie ihm wichtig waren, sind tot. Ich habe sie umgebracht.

Selbst wenn ich jemanden wüsste, mit dem ich ihn manipulieren könnte, glaube ich nicht, dass ich schon so tief gesunken bin. Aber langsam komme ich dorthin. Ich habe eine Idee.

»Ronnie, haben Sie schon was?«

Sie schaut auf und ich kann ihr am Gesicht ablesen, dass sie bisher erfolglos war.

»Ich habe eine Idee«, sage ich. »Sie haben doch Michael Rader unter die Lupe genommen. Glauben Sie, dass wir noch Verwandte finden?« Sie weiß bereits, dass Marie Rader ermordet wurde und Alex Rader verschwunden ist. Es war mein Versäumnis, nicht noch nach weiteren Angehörigen gesucht zu haben.

»Ich kann es versuchen«, sagt sie. »Ich gucke mal in die Nachrufe. Dort werden oft die nächsten Angehörigen aufgeführt.«

Daran hatte ich nicht gedacht. »Könnten Sie außerdem nachschauen, ob wir Michael Raders Fingerabdrücke im System haben?« Ich bin mir ziemlich sicher, dass sie im Labor darauf gestoßen wären, als sie den Behälter mit Rattengift untersucht haben, aber es ist den Versuch wert. Ich will die Finger in meiner Tasche mit den Abdrücken vergleichen. Ich weiß auch nicht, warum. Ich kann mir nicht vorstellen, dass Michael sich selbst die Finger abschneiden würde, aber er ist jenseits von verrückt und mächtig wütend. Ich mache ihm daraus keinen Vorwurf. Ich wünschte nur, ich hätte früher daran gedacht. Ich habe keine Ahnung, wem diese Finger gehören.

Ronnie wird heute Abend vereidigt. Ich kann nicht dabei sein. Ich werde bei Michaels Wohnmobil sein. Mir zittern die Hände. Nicht aus Angst, sondern vor Anspannung. Ich muss Dan finden und befreien. Ich muss Rader finden und ihn ausschalten. Rader hatte genug Zeit, um Fallen aufzustellen. Sein Wohnmobil ist perfekt dafür: abgelegen. Nur ein Weg rein und wieder raus. Falls er irgendjemand anderes sieht als mich, tötet er Dan. Daran zweifle ich keine Sekunde.

Der März war bisher ungewöhnlich warm, aber die Sonne geht immer noch um dieselbe Zeit unter. In einer Stunde ist es dunkel. Ich will nicht zu spät kommen. Ich stehe auf und gehe in Richtung Toiletten, die am Ende des Gangs liegen. Ronnie schaut kurz auf, bevor sie den Blick wieder auf ihren Monitor richtet. Auf der Rückseite des Gebäudes, direkt neben der Toilette, gibt es einen Ausgang. Ich komme zu den Toiletten und öffne die Tür. Dann fällt sie laut genug ins Schloss, dass Ronnie es hört. Ich schleiche den Gang entlang und öffne leise die Tür des Ausgangs. Lautlos schwingt sie auf.

Leise schließe ich die Tür hinter mir und gehe mit schnellem Schritt um das Gebäude herum zu meinem Auto. Ronnie sitzt auf dem Beifahrersitz des Taurus.

»Okay. Sie können mitkommen«, sage ich. »Aber denken Sie daran, Sie tun, was ich sage, wenn ich es sage.«

»Wo fahren wir hin?«, fragt Ronnie.

»Fragen Sie nicht.«

———

Ich fahre zur Anderson Lake Road und folge ihr bis zur State Road 101. Die Fahrt wird mindestens anderthalb Stunden dauern. So lange habe ich Zeit, um mir zu überlegen, wie ich Ronnie loswerde. Sie muss nicht bei der Sache mitmachen. Ich kann sie nicht schützen und gleichzeitig meine Aufgabe erledigen.

Wir sind kurz vor Port Angeles.

»Wir fahren zu dem Wohnmobil. Will er sich dort mit Ihnen treffen?«

Es ist dunkel, also antworte ich: »Er meinte, es gäbe ein Signal. Eine Taschenlampe, die im Wald ein- und ausgeschaltet wird. Auf Ihrer Seite. Sie müssen sich ducken. Er erwartet, dass ich alleine komme. Wenn er Sie sieht, tötet er Dan.«

Ronnie sinkt in ihrem Sitz nach unten, bis sie kaum noch rausgucken kann. »Er wird mich nicht sehen.«

Da hast du verdammt recht, du wirst nämlich nicht bei mir sein. Vor uns sehe ich die Schilder.

Historische Humes-Ranchhütte
8 km

Und das andere:

Elwha-Flusswanderweg
5 km

Ich fahre noch etwa anderthalb Kilometer weiter und sage: »Hey, haben Sie das gesehen?«

Ronnie sinkt noch weiter nach unten. »Nein. Was?«

»Ich habe ein Licht im Wald gesehen. Auf meiner Seite. Er hält sich wohl für besonders clever.« Ich werde langsamer und blicke über die Schulter.

»Was machen wir jetzt?«

Ich antworte: »Sie können auf Ihrer Seite aussteigen. Die Innenbeleuchtung funktioniert nicht. Ich habe die Sicherung rausgezogen, als ich das Auto gekauft habe.« Das habe ich wirklich. Es ist nicht gut, wenn das Licht im falschen Moment anspringt und einen verrät. »Bleiben Sie unten und laufen Sie zwischen die Bäume. Ich glaube nicht, dass er Sie sehen kann. Bleiben Sie dort, bis Sie mich rufen hören.«

»Was werden Sie tun?«

»Ich warte hier, bis Sie im Wald sind. Dann gehe ich über die Straße und schaue, was mich erwartet.« Ich hole meine Waffe aus dem Holster und lege sie neben mich auf den Sitz. »Er sagte, dass ich unbewaffnet kommen soll.«

»Nicht. Sie können nicht ohne Waffe dort raus gehen.«

Ich sehe sie an. »Ich muss. Außerdem habe ich doch Sie, um auf mich aufzupassen.«

»Tun Sie es nicht. Es muss einen anderen Weg geben.«

Ich wünschte, es wäre so. Ich wünschte, ich könnte sie mitnehmen. Rader hat mich gewarnt, dass ich allein kommen soll, und ich plane, mich daran zu halten. Ich werde ihn töten und will keine Zeugen.

»Das ist der einzige Weg«, erwidere ich. »Entweder jetzt oder nie. Wenn ich nicht gehe, tötet er Dan. Wir müssen es tun.«

»Oh, das ist übel. Man wird mich umbringen, bevor ich Deputy werde«, sagt sie und öffnet die Tür.

Sie fließt förmlich aus dem Auto und läuft gehockt in den Straßengraben, auf der anderen Seite wieder hoch und zu den ersten Bäumen. Ich warte, bis sie zwischen ihnen verschwunden ist und lege den Gang ein. Ich hasse es, ihr das anzutun, aber es ist zu ihrem eigenen Besten. Und zu meinem.

Ich fahre zurück auf die Straße und gebe Gas. Sie wird mindestens eine Stunde brauchen, bis sie wieder in Port Angeles ist und den Sheriff rufen kann. Bis dahin wird alles vorbei sein.

Ich finde den Feldweg in der Nähe von Silent Ridge, in dem das Wohnmobil steht, und fahre langsamer. Ich schaue nach links und rechts, auf der Suche nach irgendeiner Bewegung. Falls es hier Kameras an den Bäumen gibt, werde ich sie im Dunkeln niemals erkennen. Ich halte an und ziehe meine schusssichere Weste über. Sie wird mir nicht helfen, falls Rader mir die Kehle aufschlitzt oder mir mit einem Hochleistungsgewehr in den Kopf schießt, aber es ist besser als gar nichts.

Ich fahre weiter. Meine Scheinwerfer schwenken über das Wohnmobil. Mit seinem beigefarbenen Äußeren ist es nahezu unsichtbar. Nichts regt sich. Aber auch wenn keine Lichter leuchten, brechen die Wolken auf und lassen einen schmalen

Streifen Mondlicht bis zum Boden durch. Ich halte an dem dunkelsten Fleck, den ich finden kann, und fahre die Scheibe herunter. In den Wälder toben die ohrenbetäubenden Geräusche, die man fernab der Zivilisation erwarten würde.

Ich stecke mir die .45er hinten in den Hosenbund und steige aus.

Wenn er mich angreift, dann jetzt.

ACHTUNDFÜNFZIG

Ich habe lange genug gewartet. Als ich mich dem Wohnmobil nähere, höre ich links von mir etwas zwischen den Bäumen. Ich greife nach meiner Waffe. Das Geräusch verstummt. Ich warte. Lausche. Da ist es wieder. Wie ein kleines Tier, das in einer Falle steckt. Meine Fantasie erzählt mir etwas von einer Bärenfalle, die Rader in der Dunkelheit ausgelegt hat, um mich hineinzulocken.

Mein Überlebensinstinkt sagt mir, dass ich so schnell wie möglich hier verschwinden sollte. Mein Herz sagt mir: bleib. Dan ist hier. Irgendwo. Am Leben, hoffe ich. Außerdem bin ich so weit gekommen, um Rader umzubringen, und ich bin alleine gekommen, weil ich nicht will, dass Ronnie all die Dinge hört, die Rader sagen wird.

Ich gehe einen Schritt vor und höre wieder das Geräusch. Ich will dort nicht hingehen. Rader kennt das Gebiet. Ich nicht. Das Geräusch ist jetzt lauter. Ein Stöhnen. Vielleicht ist es Dan. Das Geräusch ertönt jetzt etwa drei Meter vor mir.

Mein Fuß bleibt an etwas Großem hängen, als ich vorwärts renne und fast über die Quelle des Geräuschs stolpere. Es ist nicht Dan. Es ist eine Frau. Ich bin über ihre Beine gestrauchelt, die sie vor sich ausgestreckt hat, während sie mit dem Rücken an einem Baum sitzt. Ihre langen, dunklen Haare bedecken ihr Gesicht. Sie hat die Arme hinter dem Rücken und ein Seil ist um sie geschlungen. Sie wirkt benommen. Vielleicht unter Drogen. Sie ist mit etwas Schwarzem beschmiert. Schmutz. Schmierfett. Talg. Es ist dunkel und schwer zu sagen, aber ich rieche Rauch. Rader würde kein Opfer bei Bewusstsein dort zurücklassen, wo er mich umzubringen plant. Ich schaue mich um, weil ich sie für eine Ablenkung halte. Die Frau ist ein Köder. Sie beginnt wieder zu stöhnen, öffnet ihre von Furcht erfüllten Augen und starrt mich an. Sie gerät in Panik und schiebt sich rückwärts, zieht die Beine an.

»Ich tue Ihnen nichts«, sage ich. »Ich bin hier, um zu helfen. Wo ist er?« Ich greife nach meiner Waffe, aber zu spät.

»Er ist genau hier«, sagt die Frau und ich sehe, dass ein Arm von dem Seil befreit ist. Sie packt mich. Ich spüre ein scharfes Stechen im Schenkel und sehe die Spritze in ihrer Hand.

Meine Beine tragen mich nicht mehr und ich falle auf die Seite, unfähig, mich zu bewegen.

Die Frau zieht das Seil über ihren Kopf und steht auf. Sie wischt sich Schmutz und Gras von den Jeans, schüttelt ihre Haare aus und wirft sie nach hinten über ihre Schultern. Sie ist so groß wie ich, etwas schlanker, ist aber mindestens fünfzehn Jahre älter als ich. Ich bin nicht gut darin, Alter einzuschätzen. Sie wirft die Spritze in den Wald.

»Ich habe eine kleine Überraschung für dich, Rylee«, sagt sie, und obwohl ich gelähmt bin, spüre ich, wie sich eine Gänsehaut auf mir ausbreitet. Ich war dumm, allein herzukommen. Michael hat eine Partnerin. Eine psychotische Partnerin.

Sie steht über mich gebeugt, hockt sich hin und durchsucht mich tastend, bis sie meine .45er findet. Sie zieht sie aus meinem Hosenbund und wirft sie fort. Ich kann nicht sehen, wohin sie sie geworfen hat, höre sie aber ein gutes Stück hinter mir dumpf zu Boden fallen. Sie findet das Messer, das ich im Stiefel habe und wirft es ebenfalls weg.

Ich sollte inzwischen voller Angst sein, bin aber zu wütend, um mich zu fürchten.

Sie geht auf ein Knie und blickt mir in die Augen. »Du wirst dich für eine Weile nicht bewegen können.« Sie lächelt. Ihre Zähne sind perfekt. Strahlend weiß gegen ihren dunklen Hautton.

»Du fragst dich vermutlich, wer ich bin. Tut mir leid. Du wirst sterben, ohne je zu erfahren, wer dich umgebracht hat. Es reicht, wenn du weißt, dass du Menschen ermordet hat, die mir wichtig waren.«

Mein Verstand rennt einen Marathon. Ich habe einige Leute getötet. Ich kenne die Frau nicht. Ich habe sie nie zuvor gesehen, aber sie muss Michaels Freundin sein. Sie muss von Alex oder Marie sprechen. Oder gibt es vielleicht eine Schwester?

»Was? Hat es dir die Sprache verschlagen? Nun, du musst nicht reden, ich lese es in deinem Blick. Du willst mich ebenso gern töten wie ich dich.«

Sie richtet sich wieder auf, blickt mir aber weiterhin in die Augen. »Na, sieh sich das einer an. Du glaubst immer noch, dass du das kannst. Ich stelle mir das schon so lange vor. Michael meinte, dass du überraschend zäh und beharrlich wärst. Wusstest du, dass Michael Angst vor dir hatte? Hatte er. Aber ich hab dich für leichte Beute gehalten, und ich hatte recht, Michael lag falsch. Wie jemand, der so leichtsinnig ist wie du, es mit Alex und Marie aufnehmen konnte, ist mir ein Rätsel. Gegen mich hättest du niemals auch nur fünf Minuten durchgehalten, selbst ohne das Gift.«

Ich will ihr so dringend sagen, dass sie verdammt noch mal die Klappe halten soll. Wenn sie mich umbringen will, soll sie es tun und mich nicht zu Tode quatschen. Wenn ich wieder

Gefühl im Körper habe, werde ich nicht reden. Ich werde sie einfach ausnehmen wie einen Fisch.

»Ich will dir etwas zeigen.« Sie packt mich am Knöchel und schleift mich über den unebenen Boden. Ich spüre Druck an meinen Hüften und Rippen und mein Schädel schlägt gegen Stöcke und Steine, aber keinen richtigen Schmerz. Was auch immer sie mir gespritzt hat, hat nicht nur eine lähmende Wirkung, sondern auch eine betäubende. Falls ich überlebe, muss ich das Marley erzählen.

Sie schleift mich bis hinter das Wohnmobil. Ich kann ein Fenster sehen, aber es brennt kein Licht dahinter. Ich frage mich, wo Michael Rader ist. Schleift sie mich zu einem Grab? Langsam ebbt meine Wut ab und wird durch Angst ersetzt. Wenn ich mich bloß bewegen könnte. Wenigstens ein bisschen. Ist Michael derjenige, der mir den Todesstoß versetzen soll? Oder tun sie es gemeinsam?

Sie lässt meine Beine los und dreht mich auf die Seite. Mein Gesicht landet in loser Erde. Ich sehe einen Berg roter Erde, frisch ausgehoben und etwa dreißig Zentimeter hoch. Etwas davon rieselt mir in den Mund, aber ich kann sie nicht ausspucken. Sie vermischt sich mit meinem Speichel.

»Tut mir leid, Rylee. Du solltest eigentlich noch keinen Dreck fressen.« Sie schiebt die Erde mit dem Fuß aus meinem Gesicht, sodass ich in eine Senke schauen kann, die in den Boden gegraben wurde.

»Nur zu. Schau gut hin«, sagt sie, und ich werde nach vorne auf den Erdhügel geschoben. Sie dreht meinen Kopf, bis ich in die flache Grube blicken kann. Michael Raders abgetrennter Kopf liegt auf seiner Brust. Seine Hände wurden zu beiden Seiten seines Kopfes platziert, als ob er ihn festhalten würde und sich darauf vorbereitet, ihn aufzusetzen wie einen Hut. Seine Augen sind geöffnet, ohne wirklich etwas anzusehen.

Ich werde wieder auf den Rücken gedreht und sehe, wie sie zu meinen Füßen geht. Sie hebt meine Beine an und zerrt mich zur hinteren Wand des Wohnmobils. Mein Schädel donnert gegen den Boden – kräftig. Ich sehe Sterne über mir und vor den Augen. Dann liege ich still und sehe die Rückwand des Wohnmobils. Sie beugt sich runter und hantiert an mir herum. Ich kann nicht erkennen, was sie tut, bis ich sehe, wie sie einen meiner Arme anhebt, und ich die Schlinge bemerke, die sie mir ums Handgelenk gelegt hat. Sie nimmt den anderen Arm und legt auch da eine Schlinge ums Handgelenk. Dann verschwinden beide Arme über meinem Kopf.

Meine Zehen und Fingerspitzen fühlen sich an, als würde jemand Tausende Stecknadeln hineinpieksen. Die lähmende Wirkung des Gifts lässt nach. Ich habe keine Ahnung, wie lange das noch dauern wird, hoffe aber, dass sie sich Zeit dabei lässt, mich zu vernichten. Sie redet gerne. Ich überlege, zu blinzeln, um sie wissen zu lassen, dass ich immer noch zuhöre, aber es könnte sie auf die Idee bringen, mir eine noch stärkere Dosis des Mittels zu verabreichen.

Mit der Schnur an meinen Handgelenken zieht sie mich hoch, meinen Rücken am Wohnmobil. Ich hänge herab und glaube, dass meine Füße nicht mehr den Boden berühren. Ich versuche, mich wieder wütend zu machen. Adrenalin ist mein Freund. Ich denke an Monique bei unserem ersten Treffen. Wie sie mir eine Chance gab und mir half, aufs College zu kommen, und mich weiterhin finanziell unterstützte und für mich da war, bis Michael Rader in ihr Leben trat. Ich denke daran, wie verängstigt sie klang, als sie mir erzählte, dass sie mir nicht länger helfen könne. Und dass sie Michael die Kopien der Beweise übergeben hätte, die ich zusammengetragen hatte, weil er damit gedroht hatte, ihre Tochter umzubringen.

Ich frage mich, wer diese Frau ist. Woher weiß sie von mir? »Was zur Hölle?«, sage ich und bin selbst überrascht, meine Stimme zu vernehmen. Ich höre die Frau auf der anderen Seite des Wohnwagens.

»Du solltest bald wieder Gefühl in den Gliedern bekommen. Bleib, wo du bist. Sonst verpasst du die Party.«

Ich kann meine Hände spüren. Sie fühlen sich an wie Ballons, die an meinen Handgelenken befestigt sind. Das Seil schnürt mir die Blutversorgung ab. Ich versuche, mich hinzustellen, und merke, wie meine Zehen den Boden berühren. Ich bezweifle, dass ich mich hinstellen kann, um den Zug von meinen Handgelenken zu nehmen, aber ich versuche es.

Ich höre etwas bums, bums, bums aufschlagen und ein *Ächz*, dann sehe ich, wie die Frau Dan um die Ecke des Wohnmobils führt. Seine Arme sind hinter dem Rücken gefesselt, ein Seil spannt sich zwischen seinen Knöcheln, wodurch er nur sehr kleine Schritte machen kann. Sie stößt ihn vor sich her, bis er neben mir steht, dann legt sie ihm eine Schlinge um den Hals. Sein Gesicht ist zerschunden, geschwollen und blutig.

»Dan.« Er weiß, dass ich neben ihm bin, schaut mich aber nicht an. Ich kann es ihm nicht verübeln. Es ist meine Schuld, dass er hier ist. Er ist hier, weil ich gelogen und ihn nicht gewarnt habe.

Das Gift lässt jetzt schnell nach, aber ich versuche nicht, mich hinzustellen, um das nicht zu verraten, obwohl ich am liebsten schreien würde, so sehr schmerzen meine Hände.

Sie baut sich mit einer weiteren Spritze vor Dan auf und will ihm eine Dosis verabreichen. Er macht nicht den Eindruck, als könne er das verkraften.

»Ich will dich was fragen«, sage ich. Ich kann nur undeutlich lallen.

Sie hält inne und schaut mich an.

»Komm her. Ich will dir in die Augen schauen, damit ich sehe, ob du lügst.«

Sie holt eine zweite Spritze aus ihrer Tasche. »Keine Sorge. Für dich habe ich auch noch was.«

»Du widerliche, durchgeknallte Schlampe. Ich habe keine Ahnung, was irgendeiner der Raders in dir gesehen hat. Warst du ihre Putzfrau? Ich meine, guck dich mal an. Alex stand eher auf süße junge Blondinen wie mich.«

Sie lacht, aber ich sehe, dass ich einen wunden Punkt getroffen habe, also mache ich weiter.

»Michael hat ihn vermutlich nicht hochgekriegt. Vielleicht hat er deswegen Männer getötet. Hast du Michael umgebracht, weil er auf Männer stand?«

Sie kommt zu mir und starrt mir ins Gesicht. Ihre Lippen sind ein hauchdünner Strich.

»Michael war nicht mein Liebhaber. Und er war niemals mein Partner. Er war dumm.«

»Er war clever genug, die Gefangenen zu töten, die eine Gefahr für Alex werden konnten.«

Sie lächelt. »Das glaubst du, hm? Er hat seinen Bruder nicht beschützt. Michael und Marie hatten eine Affäre. Er hat sich selbst beschützt. Und sie.«

Ich habe mich immer gefragt, warum Michael von Monique die Fotos der toten Mädchen haben wollte. Er hat nicht den Namen seines Bruders geschützt. Sondern sich selbst. »Michael hat Marie dabei geholfen, die Opfer auszuwählen. Er hat einige der Fotos gemacht, oder?«

Sie antwortet nicht, sondern hält die Spritze hoch und bereitet sie vor.

»Du kommst aus Mittelamerika.« Das ist geraten. Mir ist egal, woher zur Hölle sie kommt. Ich will nur Zeit schinden. Ich kann jetzt meine Füße und Finger spüren. Ich kann mir vorstellen, wie ich ihr mit meinen Fingern eine Spritze ins Auge ramme.

»El Salvador«, sagt sie. »Ich bin entkommen und hier hergereist, nur um eine Sklavin zu werden. Alex hat mich gerettet. Er hat mir alles gegeben. Mir alles erzählt. Er hat Marie gehasst. Sie hat ihn gezwungen, zu töten.«

»Wie?« Mir ist bekannt, dass sie Alex durch emotionale Erpressung dazu gebracht hat, alles zu tun, was sie wollte.

»Marie war nach einem Autounfall von der Hüfte abwärts gelähmt«, antwortet sie. »Alex war der Fahrer. Sie hat seine Schuldgefühle ausgenutzt, damit er für sie Mädchen entführt und umbringt. Darauf stand sie.«

»Warum tust du das? Stehst du auch drauf?«

»Ich habe Alex geliebt. Er wollte Marie verlassen und mit mir durchbrennen. Aber du hast ihn umgebracht. Dass du Marie ermordet hast, ist mir egal. Wenn du es nicht getan hättest, hätte ich das erledigt. Ich habe versucht, ihm zu sagen, dass der Unfall nicht seine Schuld war. Aber er hatte ein großes Herz. Er versuchte, es ihr gegenüber wieder gut zu machen, aber sie war krank.«

Ja. Sie war krank. Nicht Alex. Er hat nur Befehle ausgeführt. Er hatte ein so großes Herz, dass er die Mädchen sieben Tage lang fast zu Tode gefoltert hat, sie wieder und wieder vergewaltigt hat, sie ermordet hat und ihre nackten Leichen weggeworfen hat, damit sie wie ein überfahrenes Tier am Straßenrand gefunden werden. Und diese kranke Schlampe wusste das alles.

»Wie hast du Michael dazu gebracht, dir zu helfen?«

Sie lächelt leicht. »Ja, schinde ruhig Zeit, das ist egal. Niemand weiß, dass du hier bist, sonst hätten sie sich längst gezeigt. Darum werde ich es dir erzählen. Ich hab Zeit.

Michael hatte Probleme auf der Arbeit. Er hatte ein paar Insassen getötet und es wurde gegen ihn ermittelt. Er war paranoid. Ich habe ihn davon überzeugt, dass er dich töten muss. Er hat dich für mich aufgespürt. Hat mir die Informationen gegeben, die ich über Monique und ihre Tochter brauchte.«

»Du hast Monique nur getötet, um meine Aufmerksamkeit zu erregen? Du hast Michael nur umgebracht, weil du ihn nicht brauchtest? Oder willst du ihm das alles in die Schuhe schieben?«

»Du bist schlau. Alex hat mir erzählt, dass du schlau bist.

Das war einer der Gründe, warum Michael Angst vor dir hatte.«

»Das nehme ich als ein Ja. Michael ist der Killer. Okay. Aber wie hast du Monique dazu gebracht, nach Port Townsend zu kommen? Hat sie nach mir gesucht?«

»Ich bin Moniques kleiner Gruppe von Weltverbesserern beigetreten. Wir wurden Freundinnen. War ziemlich leicht. Sie war eine sehr einsame Frau. Ich habe sie davon überzeugt, dass Michael eine Gefahr für dich war. Ich habe ihr die Zeitungsartikel von den toten Gefängnisinsassen gezeigt und ihr gesagt, dass ich Quellen im Gefängnis habe, die meinten, dass gegen Michael ermittelt wird. Ich war diejenige, die sie angerufen und wieder aufgelegt hat. Und all die anderen. Gabrielle, die Blumes, Moriarty. Ich wusste, dass du dem nachgehst.«

Sie hat mich angelockt wie das Licht die Motte. Hat mich glauben lassen, dass ich Michael suche. Ich wusste nicht, dass Alex eine Geliebte hatte. Oder dass sie verrückt wie eine Scheißhausratte ist und eine Killerin wie Marie.

Dan sagt die ganze Zeit über nichts, aber ich spüre seinen Blick auf mir. Falls wir das Ganze überleben, werde ich umziehen müssen. Wieder die Identität wechseln. Von vorne anfangen. Ich werde vermutlich jede Chance verlieren, mich mit Hayden zu versöhnen.

Aber im Augenblick kann ich an nichts anderes denken als daran, Dan zu beschützen.

»Falls es dir ein bisschen Frieden bringt: Wenn ich dich und deinen Freund hier umgebracht habe, bin ich fertig.«

»Ich mach dir ein Angebot«, sage ich.

Ich bin nicht in der Position, zu verhandeln. Aber ich mache sie neugierig.

»Wenn du Dan gehen lässt, werde ich dich nicht finden und umlegen.«

Sie wirft den Kopf nach hinten und lacht so heftig und

lange, dass ihr Tränen aus den Augen laufen. Sie japst nach Luft.

»Du bist nicht besonders helle, aber du hast Nerven. Ich werde dir nur eine kleine Dosis meines besonderen Gebräus geben. Genug, dass du die Schreie deines Liebsten hier hörst, während ich ihm die Haut abziehe. Wenn du ein braves Mädchen bist, gebe ich ihm am Ende ein bisschen, aber ich glaube, dass er ohnmächtig werden wird, bevor er es braucht.«

»Du wirst mich ohnehin töten«, sage ich. »Warum verrätst du mir also nicht deinen Namen?«

»Ich bin niemand. Ich bin alles, was du hasst. Ich bin die, die entkommen konnte. Jeder, den ich umgebracht habe, geht auf dein Konto.«

Sie zieht die Plastikkappe von der Kanüle der einen Spritze und klemmt sich die andere zwischen die Zähne. Sie hebt mein Hemd vorne an und beugt sich vor, um mir ihr Gift in den Bauch zu spritzen.

Die Wirkung hat weit genug nachgelassen, dass ich ihr das Knie mit aller Kraft unter das Kinn rammen kann. Sie taumelt rückwärts und stürzt hart zu Boden. Sie schaut mich an und in ihrem Blick sehe ich Panik. Ich bemerke die dunkle Flüssigkeit, die ihr Kinn hinabläuft. Keine Ahnung, wie viel von dem Gift sie in den Mund bekommen hat, aber es reicht nicht. Unsicher kommt sie auf die Füße und versucht, das lähmende Zeug auszuspucken. Sie zieht ein Messer mit langer Klinge aus ihrem Gürtel und kommt wankend auf mich zu, als sei sie betrunken.

Sie hält nicht an und ich bin so gut wie tot. Sie wird mich abstechen und hat danach vielleicht noch genug Kraft, um Dan zu töten. Tränen der Wut steigen mir in die Augen. Ich drehe das Gesicht zu Dan, der mir in die Augen schaut. In seinem Blick liegen weder Angst noch Panik.

»Es tut mir leid, Megan«, sagt er. »Es ist nicht deine Schuld.«

Ich spüre einen Kloß im Hals und meine Brust zieht sich

zusammen. Mir wird klar, dass ich ihn aus vollem Herzen liebe. Ich hatte kein so starkes Gefühl mehr, seit ich Hayden zurücklassen musste. Mein Herz bricht und ich wünschte, ich könnte ihm die Worte sagen, aber ich kann es nicht.

Sie will mich zuerst umbringen. Das verdiene ich, aber ich gebe nicht auf. Falls sie noch einmal nah genug herankommt, werde ich ihr in den Schritt treten. Irgendwie werde ich mich von dem Seil befreien und ihr das Messer in den Rachen stopfen und sie dann aufschlitzen, um nachzusehen, ob sie ein Herz hat. Ich werde ...

Sie hebt das Messer über den Kopf und kommt auf mich zugestürmt, die Spitze auf meine Brust gerichtet. Ein lauter Knall, dann ruft jemand: »Messer fallen lassen! Polizei!«

An einer ihrer Schläfen erscheint ein kleines Loch und auf der anderen spritzt ihr das Hirn aus dem Schädel. Sie sackt zusammen wie eine Marionette, der man die Fäden durchtrennt. Ich löse den Blick nicht von ihr, erwarte, dass sie sich wieder aufrichtet.

»Mein Gott, Megan«, sagt Dan. Er schaut in die Richtung, aus der das Geräusch kam.

Ronnie steht einige Meter entfernt, die Pistole in beiden Händen, die Arme ausgestreckt. Ihre Augen sind schmale Schlitze, als hätte sie sie geschlossen. Sheriff Gray kommt atemlos herangelaufen.

»Mein Gott, Megan«, sagt er, die Worte von Dan wiederholend.

NEUNUNDFÜNFZIG

Dan liegt auf einer Trage hinten im Krankenwagen. Ich bin in einem anderen, weigere mich jedoch, mich untersuchen zu lassen, bis Sheriff Gray mich daran erinnert, dass ich Beweise dafür brauche, in unmittelbarer Lebensgefahr geschwebt zu haben, um den Schuss zu rechtfertigen. Ronnie zuliebe lasse ich mich untersuchen und mir Blut abnehmen. Ich bin lädiert und angeschlagen, aber der Sanitäter glaubt nicht, dass ich Nervenschäden davongetragen habe. Er rät mir, ins Krankenhaus zu fahren. Ich danke ihm für seine Hilfe und gehe hinüber zu Dan.

Dan hat es schlimmer erwischt. Er wurde schwer verprügelt. Manche der Platzwunden müssen genäht werden und er wird im Krankenhaus beobachtet werden, um zu sehen, ob das Gift, das ihm gespritzt wurde, irgendwelche dauerhaften Muskel- oder Nervenschäden verursacht hat. Mir hat sie nur eine Kostprobe verpasst, aber Dan hatte sie eine volle Dosis verabreicht, als sie ihn in Snow Creek überrumpelt hat. Ich habe mitangehört, wie er dem Detective aus dem Sheriff's Office von Clallam County erzählt hat, dass er die Tür geöffnet hat, nachdem eine Frau geklingelt habe, die meinte, ihr Auto sei liegengeblieben. Das Nächste, woran er sich erinnert, ist, wie er neben mich gezerrt wurde. Er stand immer noch ziemlich neben sich.

»Es tut mir so leid, Dan.«

Er dreht den Kopf zu Seite. Er kann mich nicht ansehen. Ich bin bloßgestellt. Er hat jedes giftige Wort gehört, das gesprochen wurde. Er weiß jetzt mehr über mich als jeder andere Mensch. Sogar einige Dinge, die ich selbst erst von ihr erfahren habe. Er kennt so ziemlich die ganze Geschichte mit Ausnahme dessen, was ich seit der Ermordung von Alex und Marie Rader getan habe.

Mein erster »Beinahe-Freund«, Caleb Hunter, konnte mich auch nicht mehr ansehen, nachdem er mitangesehen hatte, wozu ich fähig bin.

Ich lege meine Hand auf Dans. »Können wir reden?«

Er antwortet nicht.

Der Sanitäter sagt: »Wir bringen ihn ins Krankenhaus. Der andere Krankenwagen nimmt Sie mit.«

Ich will hier mitfahren, bei Dan, aber ich bin mir sicher, dass Dan mich nicht dahaben will. Vielleicht will er darüber sprechen, wenn es ihm besser geht und er etwas Zeit hatte, das alles zu verdauen.

Seine Kunstwerke sind zu Asche verbrannt. Ich beuge mich vor und gebe ihm einen Kuss auf die Schläfe. Er entzieht sich mir nicht, aber er wendet sich mir auch nicht zu. Ich steige aus und gehe hinüber zu Sheriff Gray und Ronnie.

Die Sanitäter schließen die Türen des Krankenwagens, schalten die Signalleuchten ein und fahren los. Ich sage mir selbst, dass ich ihn nicht wirklich liebe. Ich sage mir selbst, dass ich emotional überreizt war und nicht geglaubt habe, dass ich überlebe. Ich stecke alles in eine Kiste und schiebe sie in den hintersten Winkel meines Schädels. Dort spüre ich ihr Gewicht.

»Das war leichtsinnig, selbst für deine Verhältnisse, Megan«, sagt Sheriff Gray.

Ronnies Ausdruck ist wie erstarrt. Sie hat gerade jemandem das Leben genommen und ich kann mir die Bilder und die Abscheu vor sich selbst gut vorstellen, die ihr durch den Kopf gehen.

»Woher wusstest ihr, wo ihr mich findet?«

»Dafür kannst du Ronnie danken«, erklärt der Scheriff. »Sie hat es rausgefunden.«

»Aber wie konntet ihr so schnell hier sein?« Ich habe Ronnie ohne Auto und mindestens zwanzig oder dreißig Minuten von jeder Zivilisation entfernt im Nirgendwo zurückgelassen. Der Handyempfang dort war bestenfalls dürftig. Sheriff Gray hätte mindestens eine Stunde gebraucht, um sie einzusammeln, selbst mit Blaulicht und Sirene.

»Sie hat erraten, wohin du fährst, und mir eine Nachricht geschickt, während du im Büro zur Toilette verschwunden bist. Sie meinte, dass ich euch zwanzig Minuten Vorsprung geben und dann folgen soll. Ich habe Ronnie gefunden, als sie die State Road 101 hochgelaufen ist. Nachdem du sie abgehängt hattest, hat sie dein Handy geortet, um dich zu finden.«

Ronnie hält ihr Smartphone hoch. »Die App heißt ›Mein Handy finden‹«, sagt sie. »Ich habe unsere Telefone schon vor einer Weile miteinander verbunden. Zum Glück.«

Dagegen kann ich nichts sagen, aber ich brauche ein neues Handy und muss meins verbrennen. Ich mag es nicht, geortet zu werden.

»Und was habt ihr gehört?«, frage ich die beiden.

Ronnie antwortet nichts. Cleveres Mädchen. Sheriff Gray schaut mich vorsichtig an. »Wir konnten nicht zulassen, dass sie dir oder Dan noch eine Spritze von dem Zeug gibt.«

Das sagt mir alles, was ich wissen muss. Sie haben so gut wie alles gehört. Meine Vergangenheit liegt weit offen für alle sichtbar da und alles, was sie noch tun müssen, ist, die Puzzlestücke mit Hilfe von Polizeiberichten zusammenzusetzen. Mir ist übel, aber es ist vorbei.

Sheriff Gray rückt seinen Waffengürtel zurecht und schaut weg. »Sieht für mich danach aus, als hätte Alex Rader seine Frau umgebracht und wäre danach geflohen. Wurde er je gefunden?«

Er bietet mir einen Ausweg, also schüttele ich den Kopf.

Ronnie guckt auf die Leiche der Frau. »Irgendeine Ahnung, wer sie ist?«

»Keinen Schimmer.«

Tony deutet in Richtung Wohnwagen und sagt: »Wir haben in einem Grab dort drüben die Leiche eines Mannes gefunden. Ihm wurde der Kopf abgetrennt. War das Michael Rader?«

»Ja.«

»Hat sie ihn umgebracht?«, will Tony wissen.

»Sie muss es gewesen sein. Sie war aus irgendeinem Grund wütend auf ihn. Vielleicht ist sie ein Mitglied der Familie oder die Freundin eines der Opfer aus dem Gefängnis.«

»Und das ist alles, was du weißt?«

»Ja, Sheriff.« *Es ist alles, was ich dir erzählen werde.*

Ronnie fragt: »Wollen Sie ins Krankenhaus und nach Dan sehen? Ich kann Sie mitnehmen.«

Ich spüre einen Stich im Herz. Ich will zu ihm, weiß aber, dass ich das besser nicht tue. Diese Sache zwischen uns ist wie ein frisch ausgedrückter Pickel. Am besten berührt man ihn nicht. Besser, man lässt ihn heilen, damit er sich nicht infiziert.

»Nein. Ich will zurück ins Büro. Ich habe eine Menge Papierkram zu erledigen. Haben wir vermutlich alle.« Meiner besteht aus kreativem Schreiben.

Der Rechtsmediziner von Clallam County trifft ein und ein Deputy führt ihn zu Michael Raders Leiche.

Ein Detective beendet die Befragung der Deputys, die zuerst hier eingetroffen waren, und richtet seine Aufmerksamkeit nun auf Ronnie und mich.

Sheriff Gray bemerkt ihn und sagt: »Ich vermute, wir werden noch eine Weile hier sein.«

Der Detective kommt zu uns rüber.

»Howdy, Sheriff Gray.«

»Hi, Mike. Das sind Detective Carpenter und Detective Marsh.«

»Detective Mike Felson. Ich würde ja fragen, wie es Ihnen geht, aber wenn Sie mir die Bemerkung gestatten, Sie sehen nicht so gut aus.«

Sheriff Gray sagt: »Wenn Sie Ihre Fragen kurz halten könnten … Ich bin mir sicher, dass wir morgen früh alle zu Ihnen ins Büro kommen können, oder Sie kommen zu uns, und dann geben wir einen vollständigen Bericht ab.«

»Tony, ich weiß, wo ich Sie finde. Die Deputys hier haben mir genug erzählt, um die Ereignisse erst einmal nachvollziehen zu können, aber wenn das in Ordnung ist, komme ich morgen um neun Uhr zu Ihnen. Wir haben Detective Carpenters Dienstwaffe noch nicht gefunden, aber falls sich das ändert, bringe ich sie morgen mit. Sie können Detective Marshs Pistole sichern. Für den Augenblick können Sie erst mal nach Hause.« Er sieht mich an. »Irgendetwas, das Sie mir noch sagen wollen, bevor Sie gehen?«

»Ich hatte ein Messer in meinem Stiefel. Sie hat es irgendwo in den Wald geworfen.«

»Wir werden die Augen offen halten.«

Sheriff Gray lächelt und schüttelt ihm die Hand. Zum Abschied gibt Mike uns noch etwas mit: »Verlassen Sie nicht das Land.«

Er ist ein Witzbold. Zwei Leichen, zwei Beinahe-Opfer und er macht Witze.

Ich mag ihn.

SECHZIG

Ich fahre mit Tony und Ronnie ins Büro zurück. Er wird einen Deputy schicken, der mein Auto abholt und auf dem Parkplatz abstellt. Wir schweigen während der Fahrt, jeder aus einem anderen Grund, doch alle in Folge der Ereignisse. Ich bin nicht in der Verfassung, ins Büro zu gehen. Ronnie bietet mir an, mich auf ihrer Couch schlafen zu lassen, und ich akzeptiere.

»Fühlen Sie sich in der Lage, zu fahren?«, frage ich sie, während Sheriff Gray ins Büro geht.

»Mir geht es gut, Megan«, antwortet sie. Sie sieht nicht aus, als ginge es ihr gut. Aber ich kann fahren, falls es nötig ist.

Sheriff Gray kommt wieder raus. »Sie kennen das Prozedere«, sagt er zu Ronnie. »Ich muss Ihre Waffe für die Tests ins Labor schicken. Aber in der Zwischenzeit braucht ihr beide das hier.« Er hat zwei .45er Halbautomatik hinten im Hosenbund stecken und reicht jeder von uns eine davon.

»Macht damit bloß keinen Ärger«, warnt er uns. »Ihr fahrt direkt nach Hause, keine Umwege. Geht schlafen. Seid um neun Uhr morgen früh wieder hier für eure Befragung mit Detective Felson. Danach habt ihr ein paar freie Tage.«

»Was ist mit den Berichten?«, will ich wissen.

»Die schreibt ihr morgen, bevor ihr euch frei nehmt. Wie letztes Mal.«

Ich will widersprechen. Ich muss den Bericht schreiben, solange alles noch frisch ist, aber ich kann kaum die Augen offen halten.

»Geht nach Hause«, wiederholt er.

»Sie bleibt heute Nacht bei mir«, wirft Ronnie ein.

»Okay. Und, Ronnie?«

»Ja, Sheriff?«

»Wir holen die Vereidigung in ein paar Tagen nach. Sie waren heute gut da draußen. Ich bin stolz auf Sie.«

Was ist mit mir? Ich hab mich nicht umbringen lassen. Ich finde, er sollte stolz auf mich sein. Aber er hat eine Menge von dem Zeug gehört, das die durchgeknallte Frau von sich gegeben hat, und ich glaube nicht, dass ich im Augenblick seine Lieblingsperson bin.

Ronnie bedankt sich, dann fahren wir zu ihr. Das Big Red Barn ist ein Bed & Breakfast, in dem Ronnie sich langfristig eingemietet hat. Das passt, da es der Schauplatz des Dramas letzten Monat war. Wir haben beide kein Interesse daran, noch auf einen Drink rauszugehen. Ich habe Angst, das Gift mit Alkohol zu mischen. Ronnie sollte gar nicht erst anfangen, ihren Stress mit dem Zeug runterzuspülen. Also fahren wir direkt zu ihr, wie der Sheriff es befohlen hat.

Dort eingetroffen plumpse ich direkt auf das große, bequeme Ledersofa. Ich glaube, ich werde mich nie wieder bewegen.

»Wollen Sie das Schlafzimmer haben, Megan? Das ist vielleicht bequemer.«

»Hier ist absolut in Ordnung.«

»Möchten Sie duschen?«

»Gehen Sie schlafen«, antworte ich.

Sie dreht sich um und will gehen, kommt aber noch einmal zum Sofa. »Megan.«

»Ja«, antworte ich. Ich bin schon fast eingeschlafen. Ich bin fast so was wie in Sicherheit. Ich habe Hunger, aber das hat Zeit.

»Wie ist das?«, will sie wissen.

»Wie ist was?«

Sie setzte sich ans Ende der Couch. Es ist immer noch genug Platz frei für eine Blaskapelle.

»Wie ist das? Ich habe sie getötet. Ich ...«

»Sie haben mich gerettet.« Ich habe einen Kloß im Hals. »Sie haben eine gute Tat vollbracht, Ronnie. Sie dürfen niemals etwas anderes denken. Sie haben nicht gezögert.«

»Ja«, sagt sie leise. »Ich habe nicht gezögert.«

Ich setze mich auf, rutsche zu ihr rüber und lege ihr einen Arm um die Schultern. Es ist unangenehm für mich, aber ich tue es trotzdem. »Es ist hart. Sie werden sehr oft daran denken. *Sehr oft*. Aber Sie müssen sich immer daran erinnern, was Sie getan haben. Sie war eine Mörderin. Sie wollte Dan und mich umbringen. Sie hätte es fast geschafft. Sie hätte keinen Lidschlag lang gezögert, auch Sie umzubringen.«

Ronnies Gesicht ist blass. Sie hat erst vor Kurzem dem Tod ins Auge geblickt. An so etwas erinnert man sich den Rest seines Lebens. Sie hat überlebt. Meinetwegen. Und jetzt habe ich ihretwegen überlebt. Dafür hat man schließlich Freunde. Oder Partner.

»Sie waren eine gute Partnerin«, sage ich, und diesmal meine ich es auch so. Wie könnte ich es auch nicht meinen?

Wir sitzen ein paar Minuten so da. Niemand von uns spricht. Das ist nicht nötig. Dann setzt Ronnie sich gerade hin. »Was kommt als Nächstes?«

Ich erinnere mich nur allzu gut.

»Wir werden unter Lohnfortzahlung freigestellt. Ich, weil ich fast ermordet worden wäre. Sie für den Schuss. Wir werden beide mit der Seelenklempnerin der Abteilung sprechen müssen. Sie wird eine Menge Fragen stellen, wie Sie sich fühlen. Antworten Sie ihr ehrlich.« *Ich werde wieder lügen und so tun, als würde es mich beschäftigen.* »Dann schreibt sie einen Bericht, dass Sie wieder arbeiten können, und schon ist der große Tag da.« Ich zwinge mich zu einem Lächeln.

»Großer Tag?«, fragt sie.

»Sie werden vereidigt. Sie werden eine richtige Polizistin. Und jetzt gehen Sie schlafen und lassen Sie mich schlafen.«

Ronnie wünscht mir eine gute Nacht und geht ins Schlafzimmer. Ich muss pinkeln, bin aber zu erschöpft, um aufzustehen. Ich schließe die Augen und eine Reihe von Ereignissen spult sich vor meinem inneren Auge ab. Alex Rader. Tot. Marie Rader. Tot. Monique Delmont. Tot. Michael Rader. Tot. Namenlose Killer-Schlampe mit großem Messer. Tot. Ronnies Gesichtsausdruck, nachdem der Schädel der Mörderin explodiert ist. Leblos. Sie stand nicht unter Schock. Sie war nicht wütend. Sie war ganz im Augenblick. Sie hat nicht gezögert. Sie war mir ähnlicher, als mir lieb ist.

Niemand sollte mir ähnlich sein.

Ich bin mir sicher, dass sie sich erholt. Sie hat es überwunden, entführt und verprügelt zu werden. Sie wird das durchstehen. Ich höre sie im Nebenzimmer leise weinen und fühle mich erleichtert. So ähnlich ist sie mir dann doch nicht. Ronnie tut mir leid, aber ich bin glücklich, dass die Psycho-Schlampe tot ist.

Ich ziehe meinen Blazer und die Stiefel aus, lasse aber das Schulterholster um. Den Blazer benutze ich als Decke. Ich muss mich ausruhen, bevor ich morgen mit dem Detective aus dem Sheriff's Office von Clallam County spreche. Und meine Berichte schreibe. Ich will jetzt nicht über so etwas nachdenken. Ich erinnere mich daran, dass ich Gabrielle und Clay anrufen muss, um ihnen mitzuteilen, dass es vorbei ist.

Ronnie schnarcht leise. Ich versuche, meinen Verstand auszuschalten und einzuschlafen, rufe aber dann die neue Handynummer an, die Gabrielle mir gegeben hat, damit ich ihr sagen kann, dass sie sicher nach Hause zurück kann. So viel schulde ich ihr.

Eine Männerstimme nimmt den Anruf an. »Wer ist da?«

Die Stimme klingt bekannt. »Hier ist Detective Megan Carpenter. Mit wem spreche ich?«

»Hi, Megan.«

Es ist Clay. Aber Gabrielle ist in Maine, bei ihrem Sohn. Ich begrüße Clay nicht. »Warum gehen Sie an Gabrielles neues Handy?«

»Gabby schläft.«

Gabby? »Sie sind in Maine?«

»Nein. Sie hat sich dort nicht sicher gefühlt und rief mich an. Sie ist wieder hier.« Im Hintergrund höre ich Gabrielles Stimme. »Wer ist das, Clay?«

Er antwortet ihr: »Detective Carpenter. Sie will mit dir sprechen.«

Ich kann nicht sagen, warum ich mich verletzt fühle. Clay hat mir den Eindruck vermittelt, dass er an mir interessiert wäre, aber ich rufe mir in Erinnerung, dass ich keine Beziehungen eingehe. Das lohnt sich einfach nicht. Die letzte Person, der ich nahe gekommen bin, wurde meinetwegen fast ermordet und wird nie wieder etwas mit mir zu tun haben wollen. Niemals.

Gabrielle übernimmt das Handy.

»Megan. Was gibt es?« Sie klingt verschlafen. Und besorgt. »Ich habe vor ein paar Stunden mit Sebastian gesprochen. Da ging es ihm gut.«

Da sie mich Megan genannt hat, zwinge ich mich dazu, sie Gabby zu nennen.

»Hi, Gabby. Es geht nicht um Sebastian. Ich dachte, Sie sollten wissen, dass die Gefahr vorbei ist. Wir haben den Mörder.« *Aber Sie sollten sich vielleicht davor fürchten, dass Clay Sie abserviert. Cops sind furchtbare Beziehungspartner.*

»Das hat Clay mir schon erzählt. Ich bin schon seit einer

Weile bei ihm zu Hause. Sheriff Gray rief an, um uns die Neuigkeit mitzuteilen.«

»Ich freue mich so, so sehr für Sie.«

»Wie bitte?«, fragt sie.

Ich habe nicht bemerkt, dass ich das laut ausgesprochen habe. »Ich meine, ich freue mich, dass Sie nicht länger in Gefahr sind und Ihr Leben genießen können. Ich bin mir sicher, dass Detective Osborne sich gut um Sie gekümmert hat.«

Sie bedankt sich und beendet das Gespräch.

EINUNDSECHZIG

Ich fahre mit Ronnie ins Büro. Sie ist in ruhiger Stimmung, was bedeutet, dass sie nur spricht, wenn sie etwas zu sagen oder eine Frage hat, statt ihres unablässigen Gedankenstrom-Geplappers.

»Wie haben Sie geschlafen?«, fragt sie mich.

»Ganz gut«, antworte ich. Immer, wenn ich kurz davor stand, einzunicken, malte meine Fantasie ein Bild davon, wie Dan schreiend bei lebendigem Leibe gehäutet wurde. Ich bin erstaunt, dass ich mich so fit fühle – körperlich –, obwohl ich nur so wenig geschlafen habe.

»Marley rief heute Morgen an, während Sie geduscht haben«, erklärt sie.

Natürlich hat er das.

»Er kommt heute früher, um die DNA zu untersuchen, von ... Sie wissen schon.«

Ich weiß es, will aber, dass sie es sagt. Sich seinen Ängsten zu stellen, seinem Schreckgespenst, ist der schnellste Weg, es zu überwinden.

»Wessen DNA?«, frage ich.

»Von gestern Abend. Die beiden Leichen. Eine ist vermutlich Michael Rader. Ich bin gespannt, ob sie die Frau schon identifizieren konnten.«

Sie hält an einem Drive-Through-Schalter von McDonald's und wir bestellen sechs Kaffee und sechs Apfeltaschen. Ich zahle.

Als wir am Büro ankommen, wandert mein Blick zu der Stelle, an der ich den Zigarettenstummel gefunden habe. Es ist mir ein Rätsel, warum ich das tue. Ich glaube, sie hat nicht mal geraucht. Der Stummel dort hätte von jedem sein können. Aber dass sie mich verfolgt hat, lässt mich an meinen anderen Stalker denken: Wallace. Vielleicht bin ich zu pessimistisch. Vielleicht war sie Wallace. Oder Michael Rader war es. Sie sind beide tot, und damit hat das ein Ende. Hayden ist es nicht. So sehr hasst er mich nicht. Ronnie und ich bringen unsere Schachtel von McDonald's hinein.

»Kaffee und Apfeltaschen für alle«, ruft Ronnie. Ich schnappe mir einen Kaffee, bevor alle weg sind. Ronnie trinkt offenbar wieder nur noch Wasser.

Dafür ziehe ich ihr einen Punkt ab.

Sheriff Gray gibt drei Portionen Kaffeesahne und drei Tütchen Zucker in seinen Pappbecher und rührt mit einem dieser langen Zahnstocher um. Er scheint in guter Stimmung zu sein. Das ist gut für Ronnie und mich.

»Ich habe die Berichte vom Tatort«, sagt er. »Fotos, Fingerabdrücke, das Messer der Frau, eine Liste von Dingen, die im Wohnmobil gefunden wurden.«

Und?, will ich fragen. Aber ich warte ab. Es ist seine Geschichte.

»Ich habe Michael Raders Personalakte aus der Vollzugsanstalt in Monroe. Die Fingerabdrücke passen zu der Leiche, die wir gefunden haben. Wir können keine weiteren Familienmitglieder finden. Sein Bruder, Alex Rader, ist immer noch spurlos verschwunden. Kitsap County sucht nach ihm als Mordverdächtigen. Der Gefängnisdirektor in Monroe war nicht allzu erschüttert über die Nachricht, dass Michael tot ist.

Die Spurensicherung hat hinter dem Wohnwagen ein Stück Seil gefunden, das zu dem Stück passt, von dem du meintest, dass die Frau sich damit an den Baum gebunden hätte. Was die Frau betrifft, haben wir noch nichts gefunden. Keine Fingerabdrücke, keine DNA im System. Es wird schwierig werden, sie zu identifizieren, aufgrund ...«, er macht eine Pause und schaut zu Ronnie, »aufgrund des Schadens in ihrem Gesicht. Wir haben ein sauberes Profilfoto und die Techniker glauben, dass sie daraus die andere Seite rekonstruieren können, um uns ein geeignetes Fahndungsfoto zu geben.«

»Irgendwelche Spuren, die sie mit den Morden in Verbindung bringen?«, will ich wissen.

»Yang arbeitet daran. Er hat mir heute Morgen erzählt, dass zwei Blutgruppen auf Raders Leiche gefunden wurden. Er überprüft von beiden die DNA.«

Offensichtlich hat sie sich geschnitten, während sie Rader den Kopf abgehackt hat. Armes Ding.

»Die Deputys aus Clallam County haben einen gestohlenen Mietwagen gefunden«, berichtet Sheriff Gray weiter. »Raders Pick-up wurde auf einem Parkplatz hinter einem Wendy's in Port Angeles gefunden. Wir konnten von beiden Leichen die Fingerabdrücke nehmen. Ihre fanden sich in beiden Autos. Der Autoverleiher meinte, dass das Fahrzeug von ihrem Parkplatz gestohlen worden sei und an niemanden vermietet war. Es gab nichts im Auto, was uns helfen könnte, sie zu identifizieren. Auf Rader war außerdem noch ein Moped zugelassen, das etwas entfernt vom Tatort gefunden wurde. Jemand hatte es mit Gestrüpp bedeckt, um es zu verstecken. Ihre Fingerabdrücke waren darauf.«

Es scheint, dass ich sie nur auf eine Art identifizieren kann: Indem ich ihr Foto an jede Strafverfolgungsbehörde und Nachrichtenagentur in den USA weiterleite. Vielleicht kriegen die

Labortechniker zwei gute Fotos von vorne und im Profil von ihr hin, aber ich habe sie gesehen, etwas auf dem Foto passt nicht.

Vielleicht sähe ihr das Bild ähnlicher, wenn sie darauf ein Messer über den Kopf heben würde.

»Ich kümmere mich darum, die Fotos rauszugeben, Sheriff«, sage ich. Ronnie wird mit Papierkram beschäftigt sein.

Detective Mike Felson kommt etwas zu früh und bringt uns, einzeln und nacheinander, in den Befragungsraum, um unsere Aussagen aufzunehmen. Zuerst befragt er Sheriff Gray und die beiden sind für eine halbe Stunde hinter verschlossenen Türen. Ich kann nicht anders, ich frage mich, worüber sie so lange gesprochen haben. Das Einzige, was Sheriff Gray über die Schießerei sagen kann, ist, dass er gesehen hat, wie Ronnie die verrückte Schlampe abgeknallt hat.

Die Tür wird geöffnet, Tony kommt raus und Felson bedeutet mir, einzutreten. Ich gehe hinein und setze mich ihm gegenüber auf einen Stuhl. Ich versuche, mir meine Nervosität nicht anmerken zu lassen. Ich habe keinen Grund, nervös zu sein. Er wird mich nur nach den beiden Morden fragen. Wäre er hier, um mich zu verhaften, würde er mir längst meine Rechte verlesen.

Felsons erste Frage lautet: »Wie geht es Ihnen heute? Sind Sie bereit hierfür?«

Ich entspanne mich, beantworte seine Fragen und füge nichts hinzu. Der Trick besteht darin, die Fragen ausreichend zu beantworten, aber nicht zu ausführlich. Das kann ich gut. Er nimmt meine Antworten auf Band auf und nach fünfzehn Minuten sind wir durch.

»Detective Carpenter, mir ist klar, wie stressig das für Sie ist. Ich war auch schon an Ihrer Stelle und kann Ihnen sagen, dass es nicht einfach ist. Die einzige Kritik, die ich habe, und wenn Sie möchten, dürfen Sie mich dafür gerne zur Hölle schicken, ist, dass Sie dort niemals hätten allein hingehen dürfen. Sheriff Gray schwört auf Sie und das soll mir reichen. Und aus dem Grund möchte ich nicht, dass Sie sich selbst in Gefahr bringen. Es war mir eine Ehre, Sie kennenzulernen.«

Damit steht er auf und streckt mir die Hand hin. Ich will ihn nicht zur Hölle schicken. Er hat mir nichts erzählt, was ich nicht ohnehin schon weiß.

»Ich wäre dann bereit für Detective Marsh. Wenn Sie sie bitte zu mir reinschicken könnten«, sagt Felson.

Ich treffe Ronnie an der Tür. Sie wirkt gefasst und aufgeräumt. Das sollte sie auch. Sie hatte jedes Recht auf den Schuss. Ich hoffe, sie hält ihre Antworten einfach und erzählt nicht, was die Mörderin mir erzählt hat, bevor sie abgedrückt hat.

Ronnie betritt den Raum und schließt die Tür.

ZWEIUNDSECHZIG

Für heute Vormittag ist eine Pressekonferenz anberaumt. Ich hoffe, dass Sheriff Gray sich darum kümmert. Ich spreche nicht mit Reportern. Sheriff Gray hatte vorgeschlagen, der Presse keine Fotos zu zeigen, bevor ich sie nicht den anderen Behörden übermittelt habe. Das war auch mein Plan gewesen, aber es gibt ihm das Gefühl, derjenige zu sein, der die Entscheidungen trifft.

Ich begnüge mich vorerst damit, das Profilbild der unbekannten Mörderin an die Behörden rauszugeben, da ihr eine Gesichtshälfte fehlt.

Guter Schuss, Ronnie.

Außerdem habe ich ihre Fingerabdrücke und DNA ans FBI und Interpol geschickt. Sie war eine eiskalte Mörderin, und ich kann mir nicht vorstellen, dass sie nicht früher schon Leute getötet hat. Und ich habe Marleys Informationen über das Gift weitergegeben, das sie benutzt hat. Ich werde vermutlich nie erfahren, wie sie zu den Raders gekommen ist, aber sie war eindeutig in Alex verliebt.

Es bringt nichts, mich zu fragen, was sie mir alles noch hätte erzählen können, wenn sie nicht – buchstäblich – den Kopf verloren hätte. Denn dafür hätte ich sie verhaften müssen. Und das wäre nie passiert. Sie war in der Sekunde tot, als sie mir die Nadel ins Bein gerammt hat.

Wir trinken unseren Kaffee aus und essen unsere McDonald's-Apfeltaschen. Ronnie macht immer wieder eine Pause, um Kaffee zu kochen oder ein paar Tassen aufzufüllen. Sie beschwert sich nicht darüber, und ihr Kaffee ist extra stark, so, wie die meisten von uns ihn mögen.

Sie selbst trinkt weiterhin lieber Wasser aus der Flasche.

Schließlich haben wir allen Papierkram erledigt, den wir erledigen konnten. Ich bin so erschöpft von der Giftspritze am Tag vorher und der Arbeit heute Vormittag, dass ich mich am liebsten zum Schlafen auf meinen Schreibtisch legen würde. Sheriff Gray kommt herein und trägt einen zweischichtigen Schokoladenkuchen mit einer einzelnen Geburtstagskerze darauf. Nan hat Pappteller, Servietten, Plastikbesteck und ein paar gekühlte Wasserflaschen besorgt. Ich will nichts anderes als schwarzen Kaffee. Jede Menge davon. Nur, um mich durch die nächste halbe Stunde zu bringen.

Nan entzündet die Kerze und Tony versammelt alle für seine Ansprache. In der Hand hält er ein Schriftstück, von dem er laut vorliest. Es ist der Eid, den Ronnie schwört: Dass sie die Verfassung und die Gesetze des Staates Washington ehren und verteidigen wird. Ich kenne ihn auswendig. Solche Dinge nehme ich ernst.

Sie hebt die Hand, wiederholt den Eid, unterzeichnet das Papier, und Tony greift in seine Hemdtasche. Er holt den sechszackigen Stern eines Deputy-Sheriffs heraus, mit dem Porträt von George Washington auf dem Siegel. Doch statt ihn ihr anzustecken, hält er ihn mir hin.

»Megan, ich dachte, dass dir diese Ehre gebührt.«

Sehe ich auch so. Sie hat mir das Leben gerettet. Ich nehme den Stern und stecke ihn über Ronnies Herz an ihrem Hemd fest. Bevor ich weiß, was ich tue, umarme ich sie und sage ihr ins Ohr: »Gratuliere, Red.«

Ronnie drückt mich, bis ich keine Luft mehr bekomme, und sie bebt vor Begeisterung. Sie *sollte* auch begeistert sein. Sie hat es deutlich schneller zum Deputy geschafft als die meisten anderen Reserve Deputys. Und ich glaube, dass sie auf der Überholspur zum Detective ist. Es könnte Schlimmeres passieren.

Sheriff Gray lädt alle ein, nach der Arbeit noch etwas trinken zu gehen, aber ich melde mich ab. Ich will im Krankenhaus nach Dan sehen. Er ist dort immer noch unter Beobachtung, weil er Probleme beim Atmen hat. Ich rufe das Krankenhaus an und erfahre, dass er eine weitere Nacht dort verbringen wird. Er verträgt nicht viel. Ich frage Sheriff Gray, ob ich gehen kann. Er erinnert mich daran, dass ich morgen einen Termin bei der Psychologin habe. Er hat für Ronnie und mich die Termine vereinbart. Das ist okay. Ich will so schnell wie möglich wieder arbeiten.

––––––

Ich betrete das Krankenhaus durch die Notaufnahme. Der Wachmann erklärt mir den Weg auf der Etage. Als ich an Dans Tür ankomme, höre ich Gelächter und die Stimme einer Frau. Ich werfe einen Blick um den Türrahmen und erwarte eine Schwester, aber es ist Jess Dumpfbacke. Seine lebhafte kleine Highschool-Aushilfe. Sie steht über das Bett gebeugt und umarmt ihn. Ihr Gesicht ruht an seinem. Ich bin nicht eifersüchtig, spüre aber, wie mein Gesicht heiß wird. Ich drehe mich um, um zu gehen, bleibe aber. Ich muss mich wenigstens dafür entschuldigen, dass ich ihn in die Sache hineingezogen habe. Außerdem will ich wissen, was er mit dem anfangen wird, was er gestern Abend gehört hat. Was davon er erzählen könnte, und wem. Ronnie und Sheriff Gray mögen mich im Augenblick noch nicht mit Fragen löchern, aber meine Zukunft steht immer noch auf der Kippe. Möglicherweise muss ich die Stadt verlassen. Das Land. Ich will nicht weg. Aber ich weiß, wie ich innerhalb kürzester Zeit verschwinden kann.

Ich trete ein und Jess richtet sich schuldbewusst auf. Hinter ihren dunklen Augen leuchtet Erkennen auf, und sie zeigt auf mich.

»Das ist die, die eine Pistole auf mich gerichtet hat.«

Ich würde jetzt gerne eine Pistole auf sie richten.

»Dan, ich habe mich bei ihr entschuldigt. Ich war auf der Suche nach dir.«

Ich werde mich nicht noch einmal entschuldigen. Sie hat Glück, dass ich ihm nicht erzähle, wie wenig hilfreich sie war und dass sie nie ans Telefon geht. Ich finde, dass er sie feuern und ein mürrisches altes Weib einstellen sollte, das auf den Laden aufpasst.

Nachdem das Gift nicht mehr wirkt, sieht er viel besser aus. Er hat wieder Farbe und sitzt aufrecht. Sein Blick wirkt aufmerksam.

»Danke für den Besuch«, sagt er zu Jess. »Würde es dir etwas ausmachen, auf dem Weg nach Hause noch einmal im Laden vorbeizuschauen? Falls es irgendwelche wichtigen Nachrichten gibt, lass es mich wissen.«

Jess schaut von ihm zu mir und wieder zurück. Sie schenkt ihm ein zuckersüßes Lächeln.

»Okay, Dan. Ich hab ja deine Nummer.« Sie schenkt mir einen Blick wie ein Todesstern-Laser, während sie vorsichtig um mich herum geht und durch die Tür verschwindet.

»Wie geht es dir?«, frage ich. Es ist eine dämliche Frage. Er ist im Krankenhaus, Herrgott noch mal. Er wurde von irgendeiner durchgeknallten Irren vergiftet, die drauf und dran war, ihn zu häuten, weil er mein Freund ist.

Er antwortet nicht. Stattdessen streckt er mir eine Hand entgegen. Ich durchquere das Zimmer und lege meine Hand in seine. Ich will etwas anderes Dämliches sagen, so etwas wie: »Es tut mir leid« oder »Gibt es irgendetwas, was ich dir bringen kann?«. Der übliche Schwachsinn bei Krankenhausbesuchen.

Er drückt fest meine Hand. »Megan, ich weiß zu schätzen, was du dort draußen getan hast. Sie wollte mich umbringen. Du hast dich selbst im Tausch für mein Leben angeboten. Was soll ich sagen? Ehrlich. Du hast mich gerettet.«

Jetzt weiß ich sicher, dass er all das andere Zeug gehört hat, das der Schlampe über die Lippen gekommen ist.

»Dan, sie hatte es auf *mich* abgesehen. Ich hätte dich da nie mit reinziehen sollen.«

»Wovon redest du, Megan? Du hast mich nicht reingezogen. Sie war verrückt. Sie hat dich vermutlich schon seit langer Zeit beobachtet. Sonst hätte sie nicht diese Fotos in meinen Briefkasten geworfen. Ich glaube, sie wollte herausfinden, wie nah wir uns sind. Ich habe ihr genau das gegeben, was sie wollte.«

»Es ist meine Schuld. Ich fühle mich furchtbar, Dan.«

Er lässt meine Hand nicht los. »Nein. Es ist ihre Schuld. Du bist mir sehr wichtig, und das muss sie erkannt haben.«

»Sie hat deine Schnitzereien verbrannt.«

»Ich kann neue machen. Ich habe gehört, dass ich es dir auch zu verdanken habe, dass mein Haus noch steht.«

»Darin kann man nicht mehr leben. Du hast alles verloren.«

»*Dich* habe ich nicht verloren. Oder?«

DREIUNDSECHZIG

Ich verlasse das Krankenhaus, nachdem Dan befohlen wurde, zu schlafen. Ich würde gerne noch bleiben, aber ich möchte nicht anfangen zu heulen. Er hasst mich nicht. Stattdessen habe ich den Eindruck, dass er sich allmählich in mich verliebt. Das ist etwas Gutes. Glaube ich.

Plötzlich bin ich nicht mehr müde und fahre los, um mich mit den anderen auf einen Drink zu treffen, aber sie sind alle schon weg. Ich fahre nach Hause. Ich habe ein Licht im Arbeitszimmer angelassen, aber jetzt ist alles dunkel im Haus. Ich ziehe meine .45er und gehe an der Seite des Hauses entlang zur Rückseite. Ich schaue mich um, ob irgendein Licht brennt oder ein Fenster zerbrochen ist. Alles sieht gut aus. Ich gehe wieder nach vorne und drehe am Türknauf. Er lässt sich mühelos bewegen.

Das Klügste wäre wohl, die Polizei zu rufen. Aber ich mache nicht immer das Klügste. Ich drehe den Knauf und öffne die Tür. In der Küche brennt gedämpftes Licht. Ich stelle meine Tasche neben der Tür ab und trete ein. Für den Fall, dass ich fliehen muss, lasse ich die Tür offen. Leise gehe ich den Flur entlang und werfe einen Blick in mein Arbeitszimmer. Nichts wurde bewegt. Der Bär steht immer noch auf meinem Schreibtisch, wo ich ihn gelassen habe. Ich habe das Gefühl, dass das schon Tage her ist.

Ich gehe weiter zur Küche und höre ein Geräusch. Es klingt wie Kauen. Das irritiert mich. Wilde Tiere öffnen keine Türen und schließen sie wieder hinter sich. Und sie knacken keine Schlösser. Ich erinnere mich, dass ich abgeschlossen hatte.

Ich komme näher und höre, wie jemand schmatzt. Ich werfe einen Blick um die Ecke. Die Kühlschranktür steht offen und versperrt mir den Blick zum Tisch. Ich kann unter der Tür hindurchsehen und erkenne ein Paar Schuhe Größe sechsundvierzig. Entspannt stecke ich meine .45er wieder ins Holster.

»Hayden«, sage ich und schließe die Kühlschranktür.

»Ich hab mich selbst reingelassen«, sagt er und kaut weiter auf seinem jämmerlichen Sandwich herum. Ich sehe eine leere Dose Thunfisch, ein Glas mit Erdnussbutter und eines mit Marmelade auf dem Tisch. Nur Hayden würde sein Erdnussbutter-Marmeladen-Sandwich mit Thunfisch und altem Brot essen. Ich würde mich am liebsten übergeben.

»Das sehe ich«, gebe ich zurück. »Ich dachte, hier wäre ein Einbrecher.«

»Nein. Nur ich«, antwortet er, als wäre sein plötzliches Auftauchen, nachdem er spurlos verschwunden ist, völlig normal. »Wo warst du letzte Nacht?«

Ich antworte nicht. Ich beschütze ihn immer noch vor den schlimmen Dingen. »Kann ich dir dazu etwas zu trinken anbieten?«

»Du hast keinen Scotch mehr. Ich hab deine Schränke durchsucht, aber die Flasche war leer. Nun, sie ist es jetzt.«

Ich ziehe mir einen Stuhl heran und setze mich. »Möchtest du reden?«

Er steht auf und geht zur Tür. »Nein. Ich wollte nur etwas essen. Ich war gestern Abend hier und du warst nicht zu Hause. Ich muss los.«

Er sagt das mit vorwurfsvollem Ton, als sei er der Meinung, dass ich nie da bin. Ich möchte es erklären.

»Hayden«, fange ich an, aber er ist schon weg. Ich höre, wie die Haustür ins Schloss fällt.

Eine oder zwei Minuten sitze ich bloß da. Ich habe keine Ahnung, was hier los ist. Ob er versucht, mich zu bestrafen? Keine Ahnung. Was ich weiß, ist, dass er das Schloss geknackt hat. Diese Fähigkeit war mir unbekannt an ihm. Von mir hat er das nicht gelernt. Vielleicht von Mom. Oder beim Militär. Es ist auch egal. Ich brauche ein besseres Schloss. Ich will ja, dass er wiederkommt. Aber nicht so.

Ich stehe auf und nehme einen Küchenstuhl mit zur Haustür. Ich schließe sie ab und klemme den Stuhl unter dem Türknauf fest. Ich gehe in mein Zimmer und öffne die Schreibtischschublade. Hayden hatte recht. Die Flasche ist leer. Er hat den Deckel auf meinem Tisch liegenlassen. Ich schnippe ihn in den Papierkorb.

Im Kühlschrank ist noch ein halbvoller Tetrapack mit Wein. Ich nehme ihn und ein leeres Marmeladenglas, das ich zum Trinken benutze, mit zum Schreibtisch. Ich öffne die Weintüte und fülle das Glas mit Riesling. »Riesling« reimt sich auf »Fiesling«. Und seit er aus Afghanistan zurückgekommen ist, gibt mir Hayden das Gefühl, genau das zu sein.

Die eine Minute gehe ich wie auf Wolken, weil mir klar wird, dass ich Dan wichtig bin. Die nächste werde ich von meinem Bruder behandelt, als hätte ich eine ansteckende Krankheit.

Ich öffne die Schublade, in der ich mein Abspielgerät und die Schachtel mit den Kassetten aufbewahre. Es scheint niemand drangewesen zu sein, aber ich muss mir einen Safe kaufen, den ich am Boden festnieten kann. Es wissen ohnehin schon zu viele Menschen zu viel über mich.

Ich hole das Abspielgerät raus, lege eine Kassette ein und

drücke auf ›Play‹. Während das Band läuft, lehne ich mich zurück und nippe an dem Wein.

Dr. A: Hast du dich von Monique verraten gefühlt?

Ich: Ja. Monique war die einzig echte Verbindung, die ich zur normalen Welt hatte. Ich habe Hayden angelogen, als ich versprochen habe, dass ich ihn holen käme, und ihn dann bei Tante Ginger ließ. Ich war immer noch auf der Flucht. Die Polizei von Port Orchard war noch auf der Suche nach mir, um mich wegen des Mords an meinem Stiefvater zu befragen. Wenn ich Monique um Hilfe bat, dann nur, weil sie der einzige Mensch war, an den ich mich wenden konnte. Als sie mir sagte, dass sie mir nicht länger helfen könne, verstand ich es so, dass sie mir nicht länger helfen wollte. Und als ich erfuhr, dass sie all die Beweise, die wir brauchten, um zu belegen, dass Alex Rader ein Serienmörder war, weggegeben hat, ich glaube, da hasste ich sie. Sie erzählte mir, Michael Rader hätte sie und ihre Kinder bedroht, aber ich steckte selbst in der Klemme. Ich habe nicht an ihre Sicherheit gedacht.

Dr. A: Aber jetzt tust du das?

Ich: Ja. Mir ist klar, dass sie Angst hatte. Ich weiß nicht, was ich getan hätte, wenn jemand damit gedroht hätte, Hayden wehzutun oder ihn umzubringen. Aber damals konnte ich nicht glauben, dass sie mich hängen ließ. Für mich fühlte sich das wie Verrat an. Mein ganzes Leben war so. Jeder, zu dem ich aufschaute, hat mich auf die eine oder andere Art verraten.

Dr. A: Wie gehst du damit um?

Ich: Gar nicht. Wie all die anderen schlechten Dinge fresse ich es einfach in mich hinein. Monique ist eine gute Frau. Ich kann sie nicht hassen. Ich kann nicht wütend auf sie sein. Ich kann nur auf mich wütend sein, weil ich an sie geglaubt habe. Weil ich an irgendwen geglaubt habe.

Ich schalte das Band ab. Ich erinnere mich an diese Sitzung mit Dr. Albright. Ich war damals noch immer etwas angefressen auf Monique, weil sie Michael Rader die Beweise übergeben hatte. Ich wusste, dass Dr. Albright von mir erwartete, das wie eine Erwachsene zu akzeptieren, aber ich nahm es Monique übel, dass sie mir erst ihre Hilfe anbot und mich dann im Stich ließ. Was ich noch viel übler nahm, war, dass ich nie wieder mit ihr sprechen konnte. Vielleicht machte ich mir selbst nur etwas vor, aber ich hatte geglaubt, dass wir Freundinnen geworden waren. Damals hatte ich keinerlei Freunde, und einen zu verlieren war ein Schlag ins Gesicht. Jetzt habe ich sie für immer verloren. Monique war ein Opfer des Krieges. Kollateralschaden in einem Krieg, den ich gegen Killer, böse Menschen und Monster begonnen hatte.

Auf der Haben-Seite gibt es Ronnie, die vielversprechend ist. Sie hat die Psychopathin ohne zu zögern ausgeschaltet. Ich hoffe nur, dass sie nicht anfängt, Spaß daran zu finden.

Und ich glaube, dass »Wallace«, mein Stalker, jetzt Ruhe gibt. Ich lege meine Waffe in den Safe in meinem Schrank. Ich habe nicht mehr das Bedürfnis, sie neben mir liegen zu haben. Ich räume das Abspielgerät zurück in die Schreibtischschublade und lasse mich ins Bett fallen. Ich gleite langsam in den Schlaf, als ich meinen Computer ein »Ding« abgeben höre, das eine neue E-Mail ankündigt. Ich ignoriere es. Morgen ist ein neuer Tag. Es kann warten.

Morgen früh werde ich Rowena Perkins besuchen. Ich habe ihr versprochen, ihr zu erzählen, was geschehen ist. Vielleicht nehme ich einen von ihren »Spezialtees« und helfe ihr ein wenig mit ihrem Feuerwehrmann-Puzzle. Und dann verbringe ich den Tag mit Dan. Er hat mir eine zweite Chance gegeben und ich habe das Gefühl, dass er besser ist als ein Feuerwehrmann-Puzzle.

MEHR VON BOOKOUTURE DEUTSCHLAND

Für mehr Infos rund um Bookouture Deutschland und unsere Bücher melde dich für unseren Newsletter an:

www.bookouture.com/bookouture-deutschland-sign-up

Oder folge uns auf Social Media:

facebook.com/bookouturedeutschland

twitter.com/bookouturede

instagram.com/bookouturedeutschland

EIN BRIEF VON GREGG

Liebe Leser:innen,

ich möchte euch ein riesiges Dankeschön aussprechen, dass ihr euch dafür entschieden habt, *Auf schmalem Grat* zu lesen, das dritte Buch der Reihe um Detective Megan Carpenter. Wenn ihr Spaß daran hattet und immer auf dem neuesten Stand meiner aktuellen Veröffentlichungen sein wollt, dann nehmt euch einen Augenblick Zeit, euch unter dem folgenden Link einzutragen. Ich verspreche euch: eure E-Mail-Adressen werden niemals mit jemandem geteilt werden, und ihr könnt den Newsletter jederzeit abbestellen.

www.bookouture.com/bookouture-deutschland-sign-up

Detective Megan Carpenter ist eine Regelbrecherin und eine Frau mit einer Vergangenheit. Diese Mischung treibt sie an, während sie immer einen misstrauischen Blick über die Schulter wirft. Sie ist schlau. Sie ist gebrochen. Sie ist großartig. Ich freue mich sehr, euch mitzuteilen, dass Megan in drei weiteren Bänden zurückkehren wird. Und in jedem einzelnen davon werden weitere Schichten dieser komplexen Frau enthüllt werden. Also bleibt dran. Lest weiter.

Steht Detective Carpenter weiterhin zur Seite.

Ich tue es.

Ich hoffe, dass euch *Auf schmalem Grat* gefallen hat, und falls ja, dann wäre ich sehr dankbar für eine Rezension. Ich

würde zu gerne hören, was ihr davon haltet, und es wäre eine
große Hilfe, neue Leser auf eines meiner Bücher aufmerksam
zu machen.

Ich liebe es, von meinen Lesern zu hören – ihr erreicht mich
über meine Facebook-Seite, auf Twitter, Goodreads oder
meiner Website.

Ich danke euch!

Gregg

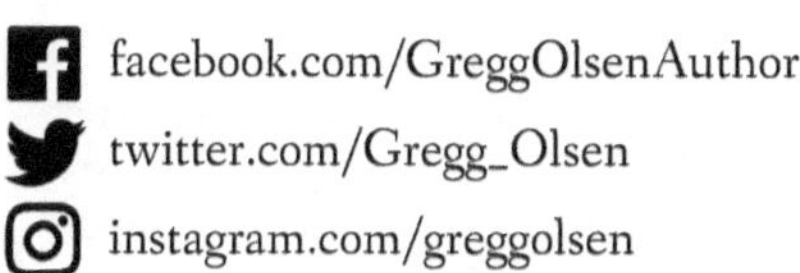

facebook.com/GreggOlsenAuthor

twitter.com/Gregg_Olsen

instagram.com/greggolsen